as indecorosas
DAMAS DE LONDRES

A DUQUESA

SOPHIE JORDAN

As indecorosas

DAMAS DE LONDRES

A DUQUESA

Tradução de Ana Rodrigues

Rocco

Título original
THE SCANDALOUS LADIES OF LONDON
The Duchess

Edição brasileira publicada mediante acordo com Avalon, um selo da HarperCollins Publishers.

Direitos para a língua portuguesa reservados
com exclusividade para o Brasil à
EDITORA ROCCO LTDA.
Rua Evaristo da Veiga, 65 – 11° andar
Passeio Corporate – Torre 1
20031-040 – Rio de Janeiro – RJ
Tel.: (21) 3525-2000 – Fax: (21) 3525-2001
rocco@rocco.com.br
www.rocco.com.br

Printed in Brazil/Impresso no Brasil

Preparação de originais
MANOELA ALVES

CIP-BRASIL. CATALOGAÇÃO NA PUBLICAÇÃO
SINDICATO NACIONAL DOS EDITORES DE LIVROS, RJ

J69d

Jordan, Sophie
A duquesa / Sophie Jordan ; tradução Ana Rodrigues. - 1. ed. - Rio de Janeiro : Rocco, 2025.
(As indecorosas damas de Londres ; 2)

Tradução de: The duchess
ISBN 978-65-5532-623-9
ISBN 978-65-5595-415-9 (recurso eletrônico)

1. Ficção americana. I. Rodrigues, Ana. II. Título. III. Série.

CDD: 813
25-100398.0 CDU: 82-3(73)

Meri Gleice Rodrigues de Souza - Bibliotecária - CRB-7/6439

Para todas as sobreviventes.

Capítulo 1

Os dois dias mais felizes da minha vida foram o dia do meu casamento...
e o dia do funeral do meu marido.

— Valencia, a duquesa viúva de Dedham

11 de abril de 1822
Rio Tâmisa
Londres, Inglaterra

O marido da duquesa de Dedham estava morto.

O desgraçado tinha dado o seu último suspiro um ano antes — fora encontrado com o pescoço quebrado na base da escada. Ninguém ficou surpreso, considerando o estado precário da saúde do duque e o quanto ele dependia de uísque e de láudano para sobreviver. Aquilo não era segredo. Talvez a única surpresa tenha sido o fato de Dedham ter sobrevivido por tanto tempo, antes de cair morto no meio do fim de semana festivo em uma casa de campo.

Agora, como duquesa *viúva* de Dedham, Valencia estava livre e pronta para se divertir. Para dizer a verdade, ela já se considerava pronta desde que descobrira que o marido tinha morrido, mas havia regras a seguir. Regras *de mais*. Regras que ela havia seguido a vida toda. Não que lhe garantissem alguma vantagem. Valencia tinha descoberto que esse tipo de coisa raramente era vantajoso para as mulheres. No entanto, isso mudou depois que ela deixou de ser a esposa de Dedham. Finalmente.

Para ela, bastava de luto. Bastava dos trajes de luto. Bastava de se esconder em sua casa em Mayfair.

Havia feito aquilo por um ano. Onze meses, para ser mais exata, mas era tempo suficiente para que ninguém a olhasse atravessado. Tempo suficiente dedicado às roupas de bombazina engomada e abrindo mão de frequentar qualquer evento social, evitando os salões de visita, os chás, os saraus, os bailes e a nobreza com seus sorrisos falsos.

A princípio, Valencia não se incomodou muito. Até preferiu. Depois de o marido morrer de forma tão dramática, ela precisava da solidão. Havia se escondido no isolamento, sentindo conforto na própria companhia e se fortalecendo a cada dia, até sentir que estava pronta para emergir e se juntar aos vivos.

Estava pronta.

Aquele era o dia de seu aniversário e o marido havia partido para sempre de sua vida. Talvez esse fosse o maior presente de todos. Por mais terrível que fosse o pensamento, era como ela se sentia. O Dedham que Valencia havia amado tinha morrido muitos anos antes quando caiu de um cavalo. Outro homem havia tomado o lugar dele. Não seu verdadeiro marido. Um fantasma. Um estranho. Fora aquele estranho que morrera de vez um ano antes, e Valencia não lamentava a perda.

Já não precisava mais aturar a presença irritadiça e controladora de Dedham. Não precisava mais se esconder nas sombras ou tentar se encolher em sua presença.

Valencia estava pronta para celebrar a vida — o resto da vida *dela* —, e tinha longos anos de infelicidade conjugal a compensar.

Mais de uma dúzia de convidados, todos os seus amigos — e inimigos — mais próximos, ocuparam a embarcação não muito estável que partiu do cais e navegou lentamente pelas águas escuras do Tâmisa até a margem sul enquanto anoitecia aos poucos. Destino: Vauxhall. Objetivo: uma boa farra.

E quem sabia o que mais? Talvez Valencia encontrasse um belo cavalheiro para levá-la a um dos infames passeios no escuro. Na verdade, ela adoraria aquilo. Já fazia muito tempo desde a última vez que fora tocada por alguém. Muito tempo desde que um homem esbelto fizera seu coração disparar ou que fora abraçada, beijada.

Ah, ela gostava de beijar. Já tinha sido boa naquilo. Havia muitas coisas no início de seu relacionamento com Dedham que pareciam um sonho nebuloso, mas aquela parte era verdade. O prazer que Valencia sentira ao beijar tinha sido real.

O limite de peso do veleiro talvez tivesse sido ultrapassado, mas aquilo não preocupava os convidados. Eles riam. Bebiam. Aplaudiam a cantora de ópera que se apresentava em cima de um pequeno tablado. Assoviavam para os barcos vizinhos, chamando pessoas que conheciam do outro lado do rio — e pessoas que gostariam de conhecer.

Damas em vestidos de todas as cores relaxavam entre as almofadas, rindo e tomando o champanhe servido por criados de libré que andavam pelo convés com uma destreza acrobática. Tochas brilhavam ao longo do perímetro do barco, estalando e crepitando e fazendo maravilhas pelas sedas, cetins e brocados brilhantes. Sem mencionar as joias extraordinárias que cintilavam em decotes profundos e cabelos bem-penteados.

A improvável peruca vermelha da marquesa brilhava feito uma chama no ar noturno enquanto ela ria alegremente. Valencia olhou contrariada para a madrasta. *Bruxa*. Se a mulher não fosse casada com seu pai, sem dúvida não teria sido convidada. Expectativas sociais e todo esse lixo. Valencia revirou os olhos e suspirou antes de tomar um gole de champanhe.

— Não deixe que a mera visão dela estrague sua noite — aconselhou Tru, adivinhando o motivo do suspiro de Valencia.

— Não acredito que sou obrigada a tolerar essa mulher. Logo esta noite.

Afinal, a celebração era em homenagem a Valencia, mas ela precisava aguentar a esposa ridícula do pai.

Valencia olhou para o pai com aversão. Suas mãos nodosas e de pele fina como papel seguravam a bengala de castão de ouro e cravejada de pedras preciosas enquanto o barco seguia em direção à entrada de Vauxhall. Tinha um equilíbrio cadente, mas de alguma forma, com muita ajuda, conseguira subir a rampa do veleiro. Valencia não achara que ele se disporia a encarar uma festa em Vauxhall, mas ali estava.

Cavalheiros a bordo de uma barcaça próxima repararam na embarcação deles. Era difícil não fazê-lo. Acenaram e assoviaram do outro lado do rio. Um rapaz chegou perigosamente perto da borda e levou as duas mãos ao peito, na altura do coração, enquanto bradava:

— Belas damas, por favor, aceitem a minha companhia pelos Jardins!

Valencia segurou com força a amurada e acenou alegremente em resposta com uma risada. Então, virou-se de novo para Tru.

— Veja só todos aqueles jovens atrevidos. — Então acrescentou em voz baixa: — Será que Hazel não poderia ter escolhido um deles? Por que teve que escolher meu pai?

Maeve, sempre racional, encolheu os ombros ao lado de Tru.

— Por que não seu pai? Ele é rico, nobre e a venera.

Valencia balançou a cabeça.

— Mesmo depois de tantos anos, ainda não consigo acreditar que aquele casamento acontecera.

A amante dele. O pai havia se casado com a amante. Aquilo era uma ofensa à memória de sua mãe.

— É claro que você consegue acreditar — retrucou Maeve. — Como tantos, seu pai é um homem vaidoso, e ter uma esposa jovem e bonita alimenta o ego. Ele não é nada extraordinário nesse aspecto.

— Mas não poderia ter escolhido alguém que *não* fosse amante de metade dos cavalheiros do nosso grupo? — resmungou Valencia.

— Ah, agora você está exagerando — repreendeu Tru.

— Não está, não — comentou lady Ashbourne, aproximando-se e entrando na conversa. Ela indicou a marquesa com um gesto de cabeça e ergueu o copo em uma saudação zombeteira. — Sei que *meu* caro Ashbourne, por exemplo, já mergulhou a pena dele *naquele* tinteiro. — A dama levantou a voz de propósito, para garantir que atrairia a atenção de Hazel com aquelas palavras inflamadas.

Hazel franziu o cenho e se aproximou delas.

— Está falando de mim, lady Ashbourne?

A dama mirou Hazel de cima a baixo com as narinas dilatadas, pronta para a batalha.

— Na verdade, eu estava falando do seu... *tinteiro*.

O rosto da mulher assumiu vários tons de vermelho, e Valencia quase — mas não exatamente — sentiu pena dela. Era inegável: gostava de assistir ao desconforto da madrasta. Até que Hazel reagiu.

A marquesa empurrou lady Ashbourne com força, acertando-a no peito. O golpe a fez colidir com Valencia com tamanho impacto que a jogou por cima da amurada do barco.

Valencia mergulhou nas águas escuras do Tâmisa com um grito. A água salobra invadiu seus pulmões. O peso do belo vestido que usava começou a puxá-la para baixo.

Ela se debateu, agitando as mãos na água, chutando o emaranhado de saias, se esforçando para subir à superfície. Era impossível. Valencia se contorceu e girou o corpo várias vezes. De repente, não tinha mais certeza de qual era o caminho para cima e qual a levaria mais para o fundo. A vontade de lutar começou a se esvair. Seus pulmões ardiam como fogo e seus membros pareciam feitos de chumbo, incapazes de se mover... se mover para salvá-la.

Estava se afogando, morrendo... Valencia ia morrer.

E no dia de seu aniversário, ainda por cima.

Maldição!

De repente, sentiu algo firme envolver sua cintura e se viu sendo puxada para cima, até chegar à superfície. Ela engasgou e tossiu, inspirando o ar doce e revigorante.

A coisa firme ao redor de sua cintura era um braço. Um braço que pertencia a um homem. Um homem que a estava resgatando, colocando-a em um barco.

Grata pela superfície sólida sob seu corpo, Valencia rolou para o lado, tossindo e cuspindo a água horrível do rio. Uma enorme sombra recaiu sobre ela, bloqueando a luz da tocha. Apoiando-se em um dos cotovelos, olhou ao redor, agitada. Aquele não era o veleiro dela.

Estava em uma barcaça.

A barcaça cheia de rapazes atrevidos.

Seu olhar se voltou para o homem encharcado que estava agachado sobre si, o peito absurdamente largo subindo e descendo por conta do esforço que fizera. *O esforço de pular no rio e salvá-la.*

Os lábios do homem se curvaram em um meio sorriso bonito demais, quase suave. O tipo que dizia que ele sabia muito bem como era belo.

— Você não precisava pular no rio só para chamar minha atenção, bela dama.

Valencia abriu a boca para falar com o homem que era bem mais bonito do que ela, só conseguiu tossir e cuspir mais água do rio. Não devia ser uma vista muito elegante. *Ela* não poderia estar nada bonita naquele momento — não como estivera no começo da noite, maquiada, bem-vestida e arrumada com todo o capricho.

Outro homem falou, este com um sotaque gutural profundo cheio de erres deliciosamente ondulantes.

— Pare de flertar, Dewey. Não vê que ela está tentando *não* morrer afogada?

Com as mãos apoiadas no chão do convés, Valencia voltou sua atenção para o cavalheiro que falava enquanto ela se esforçava para acalmar a respiração. O homem tinha uma beleza demoníaca. Não havia nada de suave na beleza *dele*.

Era muito atraente. Cabelos escuros como a meia-noite. Olhos castanhos profundos. A barba por fazer sombreando o maxilar anguloso. Ele sem dúvida era o tipo de homem com quem gostaria de se divertir em um passeio no escuro. Um belo estranho. Não muito jovem. Não muito velho. Bem o seu gosto.

O homem não era um dândi de pele pálida, desacostumado aos rigores das atividades ao ar livre. Sua pele estava bronzeada. Uma olhada de cima a baixo revelou que o corpo dele também não era o de um dândi. Seus ombros eram largos. Os braços fortes. Bíceps desenvolvidos sob o tecido do paletó. E alto. Mais alto do que o marido de Valencia havia sido — e era uns bons centímetros mais alto do que ela. Enfim, um conjunto extremamente viril. Valencia sentiu a boca seca e engoliu com dificuldade. Algumas linhas tênues marcavam os cantos dos olhos do homem, prova de muitas gargalhadas ou sorrisos. Talvez ambos. Não que estivesse fazendo qualquer uma das duas coisas naquele momento, enquanto a encarava, carrancudo.

Com *severidade* era a palavra certa. O homem a encarava com uma expressão severa, o que era insensível. Injusto. E *rude*.

A expressão dele quase a deixou alheia ao fato de que o homem à sua frente era exatamente o que estivera determinada a encontrar para si mesma naquela noite. *Quase*. Sem tal expressão, é claro. Isso nunca havia feito parte da fantasia dela.

Apesar disso, era impossível não ficar impressionada com a aparência dele, com ou sem aquela expressão.

Valencia enrubesceu profundamente sob as gotas de água do rio que molhavam seu rosto. Beirava o absurdo *aqueles* serem os pensamentos em sua mente quando, poucos momentos antes, estava quase se afogando. Quase morrendo. Mas talvez aquele fosse o motivo. Talvez fosse *porque* quase havia morrido. Depois de escapar da morte por pouco, via as coisas com muita clareza — talvez com mais clareza e precisão do que nunca.

Essa poderia ser a razão pela qual era capaz de encarar aquele homem com um olhar apreciativo, como uma caçadora consideraria uma presa. De forma contemplativa e ponderada... avaliando. Valencia se lembrou de qual era o objetivo daquela noite.

Tinha a sensação de que esperara toda uma vida.

Havia perdido muito tempo com o casamento, com Dedham. Então, após a morte dele no mais desfavorável — ou favorável? — fim de semana festivo, ela tinha sacrificado quase um ano de vida enlutada. Agora estava livre. Podia fazer o que quisesse.

A expressão severa do estranho não comprometia em nada sua aparência. Talvez até realçasse sua beleza, destacando o maxilar bem-marcado, a linha forte do nariz, as sobrancelhas grossas e cerradas acima dos olhos profundos. Olhos hipnotizantes. Valencia curvou os dedos no convés molhado, cravando-os na superfície sólida até a pressão ameaçar quebrar suas unhas.

O homem que a resgatara, Dewey — claramente o tipo encantador, com boas maneiras e sorriso fácil —, segurou-a com gentileza pelos braços e a ajudou a se levantar.

— Pronto, milady.

Valencia abaixou os olhos para o traje encharcado e soltou um gemido de tristeza.

— Meu vestido — lamentou.

— Vestidos podem ser substituídos. É uma sorte que esteja viva — murmurou o demônio carrancudo.

Valencia bufou e lançou um olhar irritado para o veleiro do outro lado do rio, onde estavam seus amigos. Ela tinha mesmo sorte de estar viva. O peso do vestido poderia tê-la puxado para baixo, fazendo com que se perdesse para sempre nas profundezas do Tâmisa. *Por causa de Hazel*. Era provável que a madastra estivesse se deleitando com o infortúnio de Valencia. Sem dúvida havia desejado que a enteada tivesse se afogado.

Ah, ela não a empurrara diretamente para a água, mas a jovem não lamentaria o acidente da enteada. Não havia amor entre as duas. Não havia nem um mínimo de *afeto* entre elas. Desde o início, só tinha havido tensão, o que piorara com o passar dos anos.

— Talvez a dama pense melhor agora antes de beber além da conta — acrescentou o belo demônio, mirando-a com uma expressão condenatória.

Valencia sentiu o corpo rígido diante da grosseria.

— O que disse?

O homem fez um gesto na direção dela, agitando os dedos longos e elegantes.

— É evidente que não sabe beber, milady.

— Primo — interrompeu o jovem encantador em tom de desaprovação, enquanto segurava Valencia pelo cotovelo. — Seja gentil. Ela passou por maus bocados.

Aquilo era verdade. Não que o *primo* de Dewey parecesse nem um pouco solidário. O homem a encarou com um leve sorriso no rosto que com certeza não era *nada* gentil. Ao que parecia, ele não a achava merecedora de gentileza.

Aquilo era demais.

Era *seu* aniversário de trinta e dois anos, *sua* comemoração do fim de um ano de luto, e lá estava ela, parecendo uma ratazana afogada e sendo insultada por aquele homem de... Ora, ela não conseguia identificar de onde era o sotaque dele. Lembrava um sotaque escocês, mas não exatamente. Sem dúvida era de algum lugar longe dali. Algum canto remoto daquele país que não costumava incutir boas maneiras e educação em seus habitantes do sexo masculino.

O homem estava vestido como um cavalheiro, mas aquilo não significava nada. Roupas não tornavam um homem bom ou decente. Valencia sentiu o coração apertar-se um pouco, as lembranças a cercaram, invadindo bruscamente os limites da sua compostura já comprometida.

Sabia daquilo melhor do que ninguém.

Dedham estava sempre vestido de maneira impecável, era o homem mais bonito e bem-arrumado de qualquer lugar, e seu jovem coração tinha se apaixonado perdidamente por ele.

Valencia havia se apaixonado por Dedham e pagara um preço muito alto. Anos da vida dela. Nunca mais se permitiria ser convencida de que estava apaixonada, que um homem poderia ter um comportamento constante, não mudar nunca. Não se convenceria de que, se aquele homem declarasse seu amor, ele estaria se comprometendo com aquilo para sempre.

Para sempre não durava tanto quanto Valencia havia pensado.

Ela sentiu uma onda de indignação dominá-la.

— Eu tomei uma taça de champanhe — murmurou Valencia, embora não devesse explicação àquele homem. Ainda assim as palavras saíram de sua boca.

— Uma taça a mais do que deveria, ao que parece.

Ah, que arrogância!

— Não que isso seja de sua conta, mas não estou embriagada, *senhor*. — Valencia cuspiu aquele *senhor* como se fosse o pior epíteto, como uma flecha afiada.

Como ousava! Já fazia um ano desde que se sujeitara às... críticas de qualquer homem. Não se submeteria à censura do marido que um dia lhe fora conhecido... Não se submeteria àquele tipo de tolice vindo de homem nenhum, nunca mais.

Valencia lembrou a si mesma de que era uma duquesa — correção: uma duquesa *viúva*. E mais do que isso. Era uma mulher que sobrevivera. Alguém que lutara. Havia passado por *aquela* provação e escapado, e continuava ali, uma sobrevivente. Viva. Forte. Renascida e com uma nova oportunidade, e não iria desperdiçá-la.

Ela ergueu o queixo e passou os olhos por todos os homens que a rodeavam. Conseguiu colocar no rosto uma expressão altiva e arrogante. Fingiu que não estava parecendo um rato afogado, que ainda tinha a aparência da dama elegante de momentos antes, e não a de uma alma infeliz que havia sido jogada no Tâmisa.

Os cavalheiros a observavam com atenção e admiração, o que a fez se sentir mais esperançosa, mais forte. Ao que parecia, os anos — e Dedham — não haviam lhe tirado tudo. Ela ainda tinha algo. Se aqueles homens eram capazes de admirá-la com aquela aparência... Ora. Havia esperança. Ainda restava vida nela, e não era daquilo que se tratava aquele dia, aquela celebração?

Valencia, porém, também se sentiu um pouco desconfortável sob a atenção ávida deles. Era a única mulher naquela barcaça cheia de homens. Decidiu não deixar a emoção transparecer — não revelaria seu desconforto, tornando-se um alvo, uma vítima em potencial. Ela engoliu em seco. Nunca mais se veria naquela posição. Nunca mais sentiria medo ou se sentiria diminuída ou encurralada.

Com o queixo erguido, decidiu que dali em diante dedicaria a vida a ser forte. Estava livre e havia força naquilo. Poder. Controle.

O primo encantador que a pescara no Tâmisa, Dewey, indicou Vauxhall com um gesto.

— Estamos quase lá, milady.

Valencia olhou para o cais não muito distante do qual estavam se aproximando e desejou que chegassem mais rápido. Desejou sair logo daquela barcaça cheia de homens desconhecidos.

A água batia nas laterais da embarcação. Valencia voltou o olhar para Dewey, mas não permaneceu nele. Na verdade, seu olhar passou veloz pelo rapaz e logo se desviou na direção *dele* de novo. O belo demônio voltou a atrair sua atenção — o que a fez questionar sinceramente o próprio bom senso.

A barcaça encostou no cais. Os homens comemoraram. Valencia ouviu a corda bater nas pranchas de madeira e o som de algo travando enquanto o barco era amarrado. Ela ouviu tudo aquilo, mas não viu. Ainda estava olhando para *ele*. O vilão de olhar severo que, ao contrário de seus companheiros, não parecia animado e ávido por diversão.

O rabugento não retribuiu o olhar de Valencia e parecia querer atirá-la de volta ao rio. Ainda assim, apesar de toda a severidade, foi nele que prestou atenção. Aquilo a assustou. O que dizia sobre ela? Deveria ter sido atraída pelo belo e charmoso Dewey, não pelo primo mal-humorado. Era como se não tivesse aprendido nada. Nadinha mesmo.

A rampa foi abaixada com um baque, estendendo-se entre a barcaça e o cais. Por fim, desviou os olhos. O cortês Dewey a ajudou a atravessar. Valencia avançou com a cabeça erguida, sem olhar para trás, por mais que desejasse.

Capítulo 2

Uma dama não se rebaixa a uma disputa de natureza física. Suas batalhas acontecem no plano mais elevado da influência e das insinuações sociais.

— Valencia, a duquesa viúva de Dedham

Valencia acordou ao som de uma invasão estridente na manhã seguinte.

Ela permaneceu deitada no conforto de sua cama por um longo tempo. Com a mão acima da cabeça e os dedos enrolados na cabeleira solta, absorveu os sons desafinados e dissonantes, sabendo que precisava despertar de vez e ver o que estava acontecendo, embora ainda não conseguisse encontrar a energia necessária para fazer isso.

O aniversário dela *não* saíra conforme o planejado.

Ao chegar a Vauxhall na noite anterior, Valencia havia se reunido com seus amigos. Eles a aguardavam ansiosos quando desembarcou da barcaça. Juntos, todos desceram até um dos salões de eventos em Vauxhall, onde conseguiram para ela um vestido de uma das senhoras que trabalhavam lá, mas o estrago já estava posto. A roupa que conseguiram não lhe caía bem, feita para uma mulher vários centímetros mais baixa e com muito menos curvas do que Valencia. A peça terminava a centímetros de seus tornozelos, e ela se sentia espremida nela, como uma salsicha embrulhada.

Seu cabelo havia sido rearrumado da melhor maneira possível, mas um mergulho no Tâmisa decerto não ajudava em nada. O cheiro desagradável da água do rio ainda impregnava seu corpo, e ela se sentia péssima. Só queria um banho e as próprias roupas — aliás, queria o próprio quarto e a própria cama.

Apesar dos protestos dos amigos, Valencia tinha desistido da comemoração e deixado que os convidados se divertissem por conta própria, enquanto voltava para casa, tomava um banho quente e cedia à tentação de se aconchegar na própria cama.

Apesar do desapontamento com a festa — ou melhor, com a *ausência* de festa —, Valencia adormeceu ainda esperançosa. O futuro acenava para ela de forma promissora, cintilante. Sua vida lhe pertencia pela primeira vez em muitos anos, tantos que ela não conseguiria nem contar. A noite talvez não tivesse saído como planejada — não houve beijos acalorados trocados com um belo estranho em um passeio no escuro, mas haveria outras chances, outras noites e oportunidades.

Por alguma razão, aquele homem rude na barcaça passou pela mente de Valencia naquele momento. Pena que não tivesse um temperamento melhor. Um humor que combinasse mais com a beleza de seu rosto. A lembrança a deixou com frio na barriga. Olhos castanhos profundos. Sobrancelhas espessas. O maxilar coberto por uma barba fora de moda que implorava por uma navalha. Cabelo comprido demais. Cheio e ondulado no alto, lutando contra o vento. A imagem do homem surgia tão fresca naquele momento quanto na noite anterior, e aquilo a manteve cativa em sua cama, sonhadora e contemplativa, experimentando uma sensação deliciosa, aconchegante e calorosa.

Um forte estrondo lembrou-a de que tinha assuntos urgentes para investigar. Alguma coisa estava errada. Seus criados eram bem-treinados — realizavam suas tarefas no mais absoluto silêncio, como ratos de igreja. Tinham aprendido a agir assim ao longo dos muitos anos em que precisaram andar sempre na ponta dos pés por causa de Dedham.

Valencia soltou um gemido, deixou de lado seus devaneios e se preparou para se levantar.

Ela se sentou na cama, esfregou os olhos e passou a mão pelos cabelos soltos enquanto os sons de vozes altas e de batidas continuavam a sacudir a casa.

— Que diabos — murmurou, levantando-se de vez e pegando o robe que havia deixado largado ao pé da cama.

Valencia ainda estava passando um dos braços pela manga do robe quando a porta se abriu e sua camareira entrou com o que só poderia ser descrito como uma expressão de pânico, o rosto ruborizado.

Valencia ficou imóvel, alarmada.

— Tildie, o que é isso?

— Vossa Graça — murmurou a jovem, estendendo a mão. — Acalme-se...

— Me acalmar? — repetiu ela.

Aquilo já funcionara alguma vez? Dizer a uma pessoa para manter a calma *realmente* a fazia se manter calma? A apreensão apertou seu peito e perguntou com mais firmeza:

— O que houve, Tildie?

— O novo duque...

— O *novo* duque? — interrompeu Valencia, com dificuldade de entender aquelas palavras.

— Sim, Vossa Graça. — Tildie tinha unido as duas mãos e estava balançando-as no ar como se o movimento pudesse estabilizar Valencia, como se a patroa fosse um garanhão selvagem que precisasse ser acalmado. — O duque de Dedham chegou...

— Ele foi encontrado?

Os administradores do espólio de Dedham haviam procurado pelo homem ao longo de todo o ano anterior. Valencia sabia daquilo — do muito pouco que tinham se preocupado em informá-la. *Não se preocupe, Vossa Graça. Vamos localizá-lo o mais rápido possível.* Como se Valencia estivesse preocupada com aquilo — não a preocupava nem um pouco a possibilidade de *não* encontrarem o homem, o que a preocupava era a conclusão inevitável de que seriam bem-sucedidos.

Sempre tinha havido rumores. Extravagantes e abundantes. Já havia se acostumado com eles. *O duque de Dedham reside perto do Cabo da Boa Esperança, na África, no momento. Ele está com piratas nas Seychelles. Mora em uma casa feita de bambu no Japão. Está pintando as pirâmides de Gizé.*

Valencia tinha convivido com aquela variedade de relatos falsos durante quase um ano, mas não tinha ideia de que os administradores *finalmente* o haviam localizado. Não que estivessem muito preocupados em mantê-la informada sobre tais coisas. O que Valencia era para eles se não uma mulher qualquer?

Nobre ou não, era uma mulher, e no que dizia respeito aos administradores do espólio de Dedham, o mero fato já bastava para garantir que ela não tinha qualquer inteligência ou importância. Aquele sem dúvida tinha sido o protocolo enquanto o marido de Valencia estava vivo, e não haviam mudado os costumes desde a morte dele. Ela não tinha importância o bastante para justificar que lhe pedissem permissão em relação a qualquer assunto.

Era verdade que uma semana antes soubera que tinham localizado o herdeiro e que sua chegada era iminente. Aquela informação viera de Maeve, cujo marido ocupava um bom cargo no Ministério do Interior — sem mencionar que era o terceiro filho de um visconde proeminente. Ele frequentava círculos importantes e estava sempre atento ao que acontecia na sociedade, mas aquela era a primeira vez que Maeve havia lhe passado informações que geraram pouco ou nenhum resultado. Valencia atribuíra aquilo a apenas mais um boato. Uma possibilidade, com certeza, mas improvável.

Supôs que tinha preferido acreditar que a informação não era verdadeira. Valencia havia começado a sonhar que o herdeiro talvez nunca aparecesse, embora soubesse que aquilo apresentaria uma série de problemas. A Coroa concederia o título a outra pessoa? Ou retiraria o título e revogaria todos os direitos atrelados a ele? Em que situação aquilo a deixaria?

A mudança estava chegando. Era inevitável, e Valencia sabia. Ainda assim, optara por viver com a cabeça enterrada na areia. Naquele dia, porém, ao que parecia, teria que levantar a cabeça. Não havia mais escolha.

— Sim. Ele foi encontrado. E chegou… com a família a reboque.

— Com a família? — A voz de Valencia subiu uma oitava.

Ela nem havia considerado aquela possibilidade, mas era óbvio. Quais eram as chances de o duque ser um homem que vivia só? O homem devia ter uma esposa. Filhos, talvez. Pais. Irmãos. Uma comitiva inteira. Valencia tentou engolir o nó de pânico que se formava em sua garganta. A comoção ruidosa agora fazia todo o sentido. Um sentido terrível.

A casa dela em geral era silenciosa. O clima estava muito mais tranquilo depois da era Dedham, quando andavam por ali na ponta dos pés. Naquela época, todos pisavam em ovos, com medo de provocar a ira do duque.

O falecido marido de Valencia era conhecido por ter explosões de temperamento ocasionais, em especial em seus dias ruins, quando o efeito do láudano, do ópio e da bebida já estava se desvanecendo e a ânsia por eles se tornava particularmente aguda. Todos eram afetados pelo estado de espírito do homem. Se Dedham sofria, todos sofriam. Era assim que as coisas funcionavam.

Agora, parecia que uma manada de elefantes estava subindo as escadas. Vários baques e estrondos repentinos se sobrepuseram ao atropelo de passos, então uma mulher gritou. Valencia estremeceu. Tildie se encolheu.

Aquela era sua casa. Sua responsabilidade. Ainda era a senhora do lugar. Aquilo não tinha mudado. Valencia cerrou os lábios com força. *Ainda não*. Deixando de lado qualquer preocupação com a modéstia, saiu apressada do quarto, de robe, e foi para o corredor.

E entrou direto no caos.

Havia pessoas por toda parte. Criados — e não os dela. Valencia não reconheceu nenhum dos rostos entre eles, mas, pela libré que usavam, sabia que estavam a serviço. Só não a serviço *dela*.

Virava a cabeça de um lado para o outro, tentando entender o que estava acontecendo e a quem poderia abordar para descobrir.

Ela viu uma jovem dama de óculos e vestida de maneira elegante parada no alto da escada, agitando os braços e gritando enquanto olhava para baixo:

— Minha querida! Minha Boneca!

Alarmada com a possibilidade de uma criança ter caído da escada, e ainda traumatizada por saber que a queda de um lance de escadas tinha sido a causa da morte do marido — uma lembrança que ainda a fazia acordar suando frio no meio da noite —, Valencia saiu em disparada, o coração preso na garganta, certa de que estava prestes a se deparar com uma calamidade. De novo.

Ela estendeu a mão para tocar o braço da jovem em um gesto de conforto. Uma estranha em sua casa. Mais tarde, descobriria a identidade da mulher —

a dela e a de todos os outros que por acaso estavam invadindo a sua vida naquele momento.

— Você está... — A pergunta gentil de Valencia morreu rápido em sua garganta quando ela viu a "Boneca" na base da escada.

Não era uma criança. Nem um bebê. Nada com pulsação.

Era um cachorro empalhado.

Um schnauzer marrom-avermelhado, mais especificamente. O pelo branco espalhado pelo focinho atestava que ele vivera uma vida longa.

— Aquilo é a... Boneca?

A jovem dama de óculos assentiu.

— Sim. — Ela bateu palmas e chamou em tom severo um dos muitos criados de libré. — Você aí! Vá buscá-la e traga para mim. Tenha cuidado, por favor! — A jovem olhou para Valencia, então, como se a visse pela primeira vez. — Ah. — A moça a olhou de cima a baixo, reparando no cabelo solto e no traje inadequado com uma sobrancelha levantada.

Em uma situação normal, Valencia teria ficado horrorizada ao ser flagrada em roupas de dormir por um estranho, mas aquela era uma situação muito incomum.

Quem são todas essas pessoas? Quem as deixou entrar na minha casa?

— Ah — repetiu Valencia, então, depois de umedecer os lábios. — Quem é você?

Afinal, a jovem estava dentro de sua casa. Não havia outra maneira de fazer aquela pergunta que não de modo direto.

— Eu sou Isolde — respondeu a jovem, evidentemente acreditando que aquilo bastava como explicação.

— Isolde — repetiu Valencia, sem reconhecer o nome.

Ela não conhecia aquela moça. Nem de vista, nem pelo nome. E não conhecia nenhuma Isolde na alta sociedade. Quem quer que tivesse herdado o ducado — e Isolde decerto estava ligada a ele de alguma forma — não era uma figura conhecida da sociedade.

Vários criados passavam correndo por elas, com uma energia frenética, carregando todo tipo de bagagem e itens diversos. Isolde, que não poderia ter mais de vinte anos, sorriu abertamente e assentiu — seu lindo cabelo ruivo era algo a ser admirado. Ela fixou os olhos mais uma vez, com uma expressão de curiosidade, no traje da duquesa, enquanto ajeitava os óculos em cima do nariz.

— E quem é você?

A moça tinha um sotaque lírico e envolvente que Valencia não conseguiu identificar.

— Eu sou a dona desta casa — declarou, pressionando a mão no peito.

Valencia disse as palavras tanto para si mesma quanto para aquela intrusa. Se o duque realmente tivesse chegado, então ela se tornaria de súbito supérflua. Sentiu uma necessidade avassaladora de se inserir ali, de marcar território naquele lugar, como se aquilo pudesse fazer diferença. Valencia reprimiu uma careta.

Isolde a encarou, confusa.

— Você... mora aqui?

— Sim.

— É uma criada?

Foi a vez de Valencia parecer confusa. Ela abaixou os olhos para si mesma: mesmo usando apenas o robe, a bela cambraia era, óbvio, um tecido caro. Segurou o cabelo com uma das mãos e jogou-o por sobre o ombro com o máximo de dignidade que conseguiu.

Antes que Valencia pudesse responder, Isolde continuou:

— Hum. Não. Não acho que seja uma criada. Se fosse o caso, você já estaria acordada e cuidando das tarefas diárias, não é mesmo? Em vez de ficar vagando como uma lesma. Então. Quem é você?

Uma... *lesma*?

Não havia fim para os insultos e humilhações?

Valencia se irritou e ergueu o queixo, evocando a própria dignidade. Em alguns dias, tinha a sensação de que aquilo era tudo o que lhe restava.

Ela era filha de uma nobre espanhola e seu avô tinha sido um *grandee*, um espanhol importante da alta sociedade... Valencia era descendente do primeiro príncipe das Astúrias. Tinha sangue real correndo nas veias. Quando menina, sua mãe a lembrava daquilo com frequência, queria garantir que a filha gravasse aquilo, que nunca esquecesse suas origens, por menos que importasse em sua vida.

Ainda assim, Valencia não estava disposta a ficar ali, implorando por reconhecimento ou consideração. Sua linhagem remontava à realeza do século XIV. Não imploraria nada a ninguém.

— Eu sou a dona desta casa. A duquesa de Dedham.

A duquesa *viúva*, para ser exata, mas Valencia não sentiu necessidade de acrescentar aquilo. Viúvas eram mulheres idosas, e ela ainda não se considerava uma.

— Ah. — A declaração surpreendeu a jovem, que piscou várias vezes. — Eu não me dei conta...

— Não está se referindo à duquesa *viúva* de Dedham, não é mesmo?

Ao que parecia, alguém achava por bem considerá-la.

Diante da chegada da nova voz, Valencia se virou e viu outra jovem dama subindo a escadaria, com uma aparência tão adorável quanto Isolde. Seu cabelo era de um tom profundo de ruivo. As duas obviamente eram parentes, mas a recém-chegada devia ser ao menos alguns anos mais velha, e não usava óculos. A mulher exalava um ar de maturidade — tanto nos modos quanto na aparência.

Ela arqueou uma sobrancelha e acrescentou:

— A menos que você tenha se casado com meu irmão sem que eu saiba. — O sorriso presunçoso que acompanhou as palavras deixou claro que a mulher diante dela sabia não ser o caso.

Valencia a avaliou, absorvendo suas palavras com cuidado.

— Seu irmão é o duque de Dedham?

É claro que é. Valencia engoliu em seco, sentindo algo semelhante ao pânico crescer dentro dela. Desespero e pânico.

É claro. Eu sou a última a saber.

Os dias dela ali estavam contados. Se o duque por direito estava fixando residência na casa naquele dia agourento, então aquilo significava que a antiga duquesa não era mais bem-vinda. Era como se já nem estivesse mais ali. Sua partida para a casa reservada à duquesa viúva, nos confins de Yorkshire, era iminente. Esperada, até. Obrigatória.

Ora. Aquilo *não* aconteceria. Não seria exilada.

Ainda tinha muito o que viver em Londres e, se partisse naquele momento, nada aconteceria.

Isolde assentiu em afirmação à sua pergunta. Com bastante animação, por sinal. Tanta, que chegava a irritar.

— Sim. Sim. Ele é. Isso não é maravilhoso? Nosso querido irmão é um duque!

Maravilhoso?

Não, com certeza não, mas Valencia conteve a resposta rude enquanto encarava as irmãs do duque. A grosseria não a levaria a lugar algum. Ela precisava ser o mais encantadora possível.

A mais velha das duas irmãs a encarava com uma expressão mal-humorada, os olhos semicerrados. Ela inclinou a cabeça, pensativa.

— A senhora *ainda* deveria estar aqui? Achei que o antigo duque havia falecido há um ano.

Isolde deixou escapar um arquejo baixo diante da grosseria da irmã.

— Del!

— Moro aqui há mais de uma década. — Valencia colocou os ombros para trás em uma postura orgulhosa. — Está querendo dizer que eu *não* deveria estar aqui?

— Ora. Essa não é mais a sua casa, é? — A irmã que atendia por Del ergueu um dos ombros. — Não é assim que a lei funciona entre vocês, ingleses? A senhora não deveria desocupar a casa e dar lugar ao novo duque?

Valencia e Del se encararam em silêncio por um longo tempo. Não havia uma resposta porque Del estava certa, é claro. Era assim que funcionavam as leis da primogenitura. O homem era o herdeiro. O herdeiro herdava. Sempre. Valencia recebera apenas uma modesta pensão de viúva e uma casa de viúva no campo. Não tinha direito a nada além daquilo. Se tivesse dado um filho a Dedham, poderia ter permanecido no local, mas a procriação bem-sucedida nunca fora seu forte.

Valencia sentiu o coração apertar, a mente distraída por aquela tristeza, mas logo afastou os pensamentos tão dolorosos. Já havia chorado demais e já se entristecera muito por aquela perda — pelas duas perdas, para ser mais específica. Ela poderia ter tido dois bebês, mas eles se foram. Perdidos. Nunca nem chegaram a respirar. Não fazia sentido reviver aquilo de novo.

Isolde balançava a cabeça de um lado para o outro enquanto encarava boquiaberta as outras duas mulheres.

— Del — murmurou, ainda afrontada pela falta de cortesia da irmã.

Isolde lançou um olhar de desculpas a Valencia. Era uma jovem doce, apesar de toda a sua... estranheza. Afinal, a moça tinha uma cachorra empalhada.

Naquele momento, *outra* jovem bem-vestida avançou escada acima, chegando ao segundo andar. Ao contrário das duas mulheres ao seu lado, o cabelo dela era de um castanho profundo, mas havia uma semelhança que todas compartilhavam: os grandes olhos castanhos sob sobrancelhas escuras. A recém-chegada carregava Boneca nos braços.

— Isolde — repreendeu. — Os criados já estão ocupados o bastante sem que precisem cuidar de seus... — interrompeu-se, lançando um olhar de repulsa para a criatura empalhada e passou-a para os braços estendidos de Isolde — ... pertences.

Isolde suspirou, pegou seu bem mais precioso e começou a embalar com carinho o animal morto havia muito tempo.

— Vocês são muito insensíveis — acusou a jovem. — Sabem o que a Boneca significa para mim...

— A Boneca não existe mais, Isolde. Ela morreu há anos. O que você tem nos braços não passa de uma cachorra inanimada.

A garota parecia ser mais nova que Del, mas tão direta quanto a irmã. Com sorte seria mais simpática e não trataria Valencia com a mesma grosseria.

— Desalmada. Totalmente desalmada — continuou a resmungar Isolde.

Del seguiu o mesmo tom.

— Se eu morresse, você me empalharia e me levaria para todos os lugares com você?

A jovem Isolde bufou e jogou os cabelos ruivos para trás, enquanto ajeitava mais uma vez os óculos em cima do nariz.

— É claro que não. Eu amo a Boneca, e nem gosto de você. Por que iria querer mantê-la por perto?

Del encarou a irmã com uma expressão furiosa.

Valencia conteve a vontade de rir, mas deve ter deixado escapar algum som. A irmã que acabara de chegar também mirou-a de cima a baixo ao vê-la parada no corredor em trajes de dormir.

— Ah — murmurou.

Isolde se encarregou de fazer as apresentações.

— Elin, essa é a duquesa de Dedham.

— Duquesa *viúva* de Dedham — corrigiu Del, em tom suave.

É claro. A outra já havia deixado claro como aquela distinção era importante para ela.

Elin fez uma reverência deselegante e exagerada.

— Ah, pelo amor de Deus, Elin. Isso obviamente é desnecessário — falou Del, irritada.

— Ela *é* uma duquesa — argumentou Elin com tranquilidade.

— Viúva — acrescentou Isolde, sempre animada.

— Exato — concordou Del. — Ela é a viúva e nosso irmão agora é o duque. — A mulher encarou Valencia com um olhar orgulhoso e carregado de censura. — Acredito que isso nos coloque em pé de igualdade. Não precisamos fazer reverências como se ela fosse a rainha.

— Não? — Elin pensou em voz alta, como se Valencia não estivesse ouvindo. — É uma duquesa viúva, enquanto nós somos só irmãs de um duque. Tenho quase certeza de que ela está acima de nós. Há um mês, eu estava usando calças e pescando no lago perto de casa com os rapazes do vilarejo. Agora estou aqui, me acotovelando com pedantes de sangue azul e ao lado de quadros que deveriam estar em um museu.

A jovem indicou com um aceno de cabeça um retrato do século XVI de um dos duques de Dedham, de peruca e ostentando uma gola branca saliente no pescoço.

Del fungou, nada disposta a permitir que as palavras da irmã a fizessem mudar de ideia.

Da irmã. *Irmãs*. Valencia se permitiu assimilar aquilo. *Três* irmãs, e nenhuma delas tímida ou reticente até onde podia dizer.

O duque tinha três irmãs, e todas morariam sob o teto dela. Bem. Não era mais o teto *dela*. Del havia deixado aquilo evidente e, claro, estava certa. Ela logo seria expulsa do que considerava a sua casa.

Vários cavalariços subiram as escadas, carregando um baú entre eles — um fardo pesado, a julgar por seus rostos vermelhos e ofegantes.

— Ah. — Del bateu palmas e se aproximou para examinar o baú. — Esse vai para o quarto da Nesta. O dela é o cômodo à direita.

Elas já haviam designado quartos para cada uma? Aquilo era incrível. Valencia tinha ido dormir sendo a única moradora da casa, com exceção dos criados, e havia acordado com uma casa cheia de novos moradores barulhentos e mal-educados reivindicando quartos para si.

E quem era aquela Nesta?

Se Nesta fosse mais uma irmã... Ela contou mentalmente. Quatro irmãs. *Quatro!* Bom Deus. Um verdadeiro exército.

Alguma seria casada? Aquilo significaria maridos. Talvez até filhos. Mais hóspedes chegando.

Hóspedes.

Valencia se deu conta de que não eram hóspedes de forma alguma. Aquelas pessoas eram bem mais permanentes do que meros convidados... Talvez *ela* fosse uma hóspede naquele momento. Aquela era uma constatação chocante. Uma constatação deprimente, mas que não tornava o fato menos verdadeiro.

A quarta porta mais abaixo à direita era a do quarto azul. Valencia costumava acomodar hóspedes com frequência naquele cômodo porque, além de ser encantador, ficava muito afastado do quarto do falecido marido dela e, dada a imprevisibilidade do homem, parecia sensato garantir certa distância dele. Valencia sempre procurara evitar que os hóspedes se assustassem com o mau humor do marido.

A casa deles em Londres ostentava mais de uma dúzia de quartos. Havia espaço mais do que suficiente para acomodar a maior das famílias, como parecia ser o caso da família do novo duque.

De repente, Valencia se deu conta.

O caos que a arrancara do sono não seria passageiro. Quatro irmãs... E aquilo com certeza não era tudo. Aquelas moças... *mulheres*... certamente não estavam ali desacompanhadas. Haveria ainda mais membros da família? Elas não estariam sozinhas. Os criados daquelas pessoas se juntariam aos que já trabalhavam na casa. Todos se mudariam para lá. Todos assumiriam o controle.

E ainda havia o duque. Ah... Sim. Ele era a razão pela qual todas aquelas pessoas estavam ali. O duque estava no centro de tudo aquilo, e era claro que se manteria por perto, deleitando-se com sua boa sorte.

Uma esposa? O duque seria casado?

Valencia já fora substituída como duquesa de Dedham? Ela engoliu em seco.

Pela forma compassiva como aquelas jovens a encaravam, até mesmo a doce Isolde, já estava claro que, por maior que fosse a casa, com sua abundância de aposentos, nenhum deles seria para ela.

Não havia espaço para Valencia ali.

Ela teria que ir embora.

Capítulo 3

Não há nada pior do que debutantes ávidas por um casamento.
A não ser seis debutantes ávidas por um casamento.
— Valencia, a duquesa viúva de Dedham

Rhain chegou à casa de Dedham em Londres amaldiçoando sua má sorte.

A mãe e as irmãs já estavam lá, sem dúvida misturando os criados que haviam levado com os que já trabalhavam na casa. As portas da frente estavam abertas, permitindo fácil acesso aos que entravam e saíam carregando uma quantidade infinita de bagagens. Rhain assentiu cumprimentando alguns rostos conhecidos. A mãe e as irmãs não teriam aceitado deixá-los em casa. Não, haviam levado consigo praticamente todos os criados, desde o mais alto mordomo e as camareiras até a cozinheira e seu séquito de criadas da cozinha. Rhain ainda não conhecia nenhum dos criados que trabalhavam na casa antes, mas já sentia pena deles. Pobres almas desavisadas... Não tinham noção do que estava se abatendo sobre eles. Eram como cordeiros no campo, e a mãe e as irmãs de Rhain eram os lobos invasores.

Ele, porém, tinha plena noção.

Conhecia muito bem a mãe e as irmãs. Não eram fáceis.

E, porque as conhecia, deveria ter estado ali para intervir e contê-las. Era Rhain que deveria ter se apresentado devidamente — assim como sua família — à nova equipe de criados. *Ele* deveria ter sido o primeiro a entrar pela porta.

Obviamente não poderia culpar ninguém a não ser a si mesmo. Não se sentia entusiasmado com aquilo. Com *nada* daquilo. Ir para Londres. Reivindicar um título, terras e as responsabilidades sobre todos os arrendatários. Assumir seu papel como dono de todo o espólio de Dedham. Não queria nada daquilo. Tinha a própria vida. Tinha o próprio negócio no lugar de onde vinha. Não precisava de mais.

Rhain parou no saguão de entrada e olhou ao redor, observando tudo. O piso de mármore. Os tetos abobadados. O lustre de cristal, que cintilava com o que pareciam milhares de diamantes, era do tamanho de uma carruagem. Era tudo seu, e ele teria que descobrir o que fazer com o que recebera. Gostasse ou não da ideia. Estremeceu. Não gostava da ideia.

Rhain exalou pesadamente e balançou a cabeça de leve.

Não chegara nem a conhecer o falecido duque e, ainda assim, por um capricho do destino, se via como herdeiro do homem. Eles compartilhavam um bisavô. Pelo menos tinha sido isso que os administradores do espólio de Dedham haviam explicado quando o localizaram no País de Gales.

Seu bisavô era o filho mais novo do duque de Dedham. Mas o pior foi descobrir que era um pouco inglês. Até então, ignorava aquela transgressão em seu nascimento.

O antepassado era uma espécie de lenda no folclore familiar. Todos sabiam que havia saído de casa aos dezoito anos, quando insistiram para que se casasse com uma dama de excelente origem, mas com quem ele não tinha o menor interesse em fazê-lo. Só que ninguém sabia que a *casa* de onde ele havia saído ficava na *Inglaterra*. Aquilo fora omitido de todas as menções ao seu bisavô.

A família de Rhain contava a história da fuga gloriosa do bisavô, descrevendo-o como um homem intrépido e orgulhoso. O homem tinha sido pressionado a se casar com uma mulher vinte anos mais velha, uma senhora profundamente afetada pela varíola, transmitida por seu falecido marido. Não importou quanto ele implorasse, o pai não cedeu, e insistiu em levar o casamento do filho adiante.

Aqueles fatos faziam parte da história da família de Rhain desde que era menino, só que nunca havia sido comentado que o bisavô era filho de um inglês. Um *duque*. Aquele detalhe amargo ou era desconhecido, ou um segredo muito bem guardado. Já era ruim o bastante que tivesse nascido naquelas terras, mas um duque? Afinal, não havia nada de que os galeses gostassem menos do que da aristocracia inglesa.

O bisavô tinha cortado todos os laços com sua vida anterior... Talvez não tivesse sido um desafio tão grande assim. Ele havia se afastado daquela existência grandiosa. Deve ter sido o seu fim aos olhos da família, que acabou por deserdá-lo. Sem dúvida tinha caído em desgraça. Não que tivesse tentado voltar e retomar a vida anterior alguma vez — pelo menos não até onde Rhain sabia.

Pelo que diziam, o bisavô era um homem agradável, casado e feliz, um pai de três filhos que vivia muito satisfeito. Um ducado não tinha lhe servido como isca. Não o seduzira. Rhain conseguia entender aquilo. Afinal, se sentia da mesma maneira. Infelizmente, a sua família não concordava.

Ao que parecia, nem todos os laços com o antepassado de Rhain haviam sido cortados. Os administradores do espólio do duque haviam conseguido localizá-lo. Depois de algum tempo, evidentemente. Quase um ano tinha se passado desde a morte de Dedham, mas acabaram por encontrá-lo em Bryn Bychan. Dois administradores do espólio de Dedham haviam batido à porta dele — ou melhor, à porta da mãe e das irmãs dele. Rhain não residia mais sob o mesmo teto que elas. Não desde que se tornara adulto.

Ele vivia nos aposentos acima de seu escritório, ao lado da mina. A mesma mina onde havia trabalhado ao lado do pai e do avô durante anos. Os dois tinham se esforçado para erguer o negócio, para que pudessem ter algo próprio, para estar no controle e viver sob o próprio comando — para que pudessem oferecer aos seus concidadãos galeses, trabalhadores como eles, um salário digno e uma vida que valesse a pena ser vivida.

Haviam começado com aquela única mina. Desde então, Rhain expandira para mais quatro, mantendo-as funcionando com o trabalho apenas de subordinados galeses, todos incentivados por um percentual da receita.

Infelizmente, o pai e o avô não estavam mais com ele para ver quanto o negócio que tinham começado havia crescido, mas Rhain sentia a presença deles em cada empreendimento, em cada decisão que tomava e em todas as suas conquistas.

Morar e dormir onde trabalhava foi uma decisão tomada em parte por conveniência e em parte para viver longe da mãe e das irmãs e manter a própria sanidade.

Ele havia construído uma casa grande para elas, com muitos aposentos, cômodos espaçosos e bem equipados. Havia até um quarto para Rhain que nunca se dera o trabalho de ocupar. Precisava do próprio espaço. Pisos acarpetados que não reverberavam com o barulho dos pés calçados com sapatilhas. Paredes que não vibravam com gritos estridentes, risadas e brigas.

Adorava as irmãs, mas não conseguia suportar tantas brigas. E, ah... elas adoravam brigar. Era a sua linguagem cotidiana: gritar e berrar por causa de uma fita de cabelo roubada, de uma ofensa real ou imaginária, de uma intriga particularmente lasciva.

Os administradores do espólio de Dedham apareceram na casa da família de Rhain. Como seria natural, os cavalheiros presumiram que ele morava no grande mausoléu que tinha construído para a mãe, e não nos aposentos modestos que organizara à própria maneira, acima do escritório da mina.

Rhain entrava e saía, e fazia o que bem entendesse naqueles cômodos confortáveis, com um único criado cuidando do seu alojamento de solteiro.

Recebia quem queria lá, sem estar sujeito à intromissão ou à desaprovação da mãe. Jogos de cartas. Jantares com a comida de sua preferência, uísque para acompanhar a costela de cordeiro. E mulheres. Companheiras com quem podia desfrutar sua cama quantas vezes quisesse — e fazendo o barulho que desejasse. Em sua casa, Rhain podia ser ele mesmo, como deveria ser o caso para um homem de trinta e cinco anos.

A mãe tinha convidado os administradores para entrar e lhes servira chá. Entre biscoitos e outros acepipes, os cavalheiros informaram a Alwena sobre a súbita mudança de status de Rhain — a mudança de status *deles*. Os gritos agudos de alegria das irmãs tinham chegado praticamente até a mina.

Não houve possibilidade de recusar o título. Não havia a menor chance. Ele não poderia negar aquilo à família. Quando decidiam algo, era impossível dissuadi-las. Até as irmãs casadas de Rhain tinham insistido em aceitar aquele súbito "golpe de sorte" — que só poderia ajudar as irmãs solteiras a encontrarem bons partidos, como era a missão delas. Seria necessário um homem muito mais forte do que Rhain para resistir aos apelos e argumentações de doze irmãs e de uma mãe tão formidável.

Não tinha havido como escapar nem como negar aquela sorte inesperada. Ou como recusar. Não com seis irmãs solteiras, todas ansiando por maridos.

Eram escassos os bons partidos em Bryn Bychan. As outras irmãs de Rhain, as casadas, haviam arrebatado para si todos os possíveis candidatos. Um fato com frequência lamentado pelas seis restantes. Ele conseguia entender a ansiedade delas diante da perspectiva de conseguirem novos lugares para procurar maridos em potencial. Em última análise, essa tinha sido a única razão para ter acabado concordando — a única razão para que estivesse ali, deixando o conforto de sua vida, sua casa e seus negócios por aquela cidade horrível. Rhain tinha aceitado por elas.

Não era um duque, mas ali estava ele, vivendo como uma fraude. Vivendo como duque de Dedham, pelo menos até encontrar maridos para as irmãs solteiras.

Com sorte, não teria que ficar ali por muito tempo, apenas o suficiente para ver as irmãs assentadas — talvez uma delas noiva. Se agissem com rapidez, ele poderia retornar ao País de Gales para retomar sua vida e seus negócios em Bryn Bychan.

Não abandonaria de todo o seu ducado. Não era assim tão indiferente. Manteria contato com Dewey por correspondência para garantir que ele administrasse o espólio de maneira adequada.

Um cavalheiro de aparência bastante angustiada se aproximou de Rhain. O mordomo do antigo duque, provavelmente, sem dúvida deveria estar se perguntando quem era aquele homem que nem se dera ao trabalho de bater antes de entrar na casa — mas talvez aquele fosse apenas mais um elemento do que devia ser um dia muito peculiar para o homem. Rhain não precisava conhecer todos os detalhes para *saber* que tinha sido um dia distinto. Quantas vezes, no decurso da vida de um mordomo, o patrão morria e um exército de mulheres chegava com um bando enorme de criados a reboque, todas insistindo que eram parentes do novo duque?

O homem passou a mão pelos cabelos grisalhos e untados com pomada, como se tentasse recuperar a compostura. Estava vestido de maneira impecável e elegante, provavelmente com a libré Dedham.

— Senhor, como posso ajudá-lo?

O cavalheiro mais velho falava com o sotaque inglês mais áspero da classe alta. A maior parte dos criados de Rhain nem sequer falava inglês. Eram nascidos e criados no País de Gales e falavam apenas a sua língua materna.

Rhain abriu a boca para responder, para informar àquele homem que era, para sua infelicidade, o duque de Dedham, mas as palavras nunca chegaram a ser pronunciadas.

— Rhain! — A mãe irrompeu no saguão de entrada, saindo do salão de visitas próximo, com os braços bem abertos, enquanto mantinha as portas duplas também abertas. — Aí está você, meu caro! Finalmente!

Ela lançou um olhar por cima do ombro, então deu um passo à frente e fechou as portas atrás de si com um ar que só poderia ser descrito como cauteloso, e aquilo era... *diferente* da atitude normal da mulher.

Ela era uma pessoa decididamente imprudente. Assim como as irmãs. *Todas* formavam um grupo nada recatado, e tinham liberdade para ser assim. Liberdade de fazer e falar o que quisessem. O pai de Rhain — e agora ele também — havia trabalhado muito para que elas pudessem ter tal independência. Rhain tinha visto o que acontecia com mulheres sem recursos, sem homens em suas vidas que fossem decentes o bastante para se afastarem e lhes darem espaço para viverem e agirem com autonomia.

Era uma característica lamentável do mundo em que viviam que a liberdade das mulheres fosse tantas vezes deixada nas mãos dos homens, mas aquela era a realidade. Uma realidade da qual Rhain tinha plena consciência como filho e como irmão de um grupo de mulheres, e já havia tomado providências para proteger todas elas caso algo lhe acontecesse. Não as deixaria desamparadas e sem meios de se manterem, dependendo da generosidade — ou da falta de generosidade — de seus semelhantes.

O mordomo falou, então.

— O senhor é...

O homem examinou Rhain de cima a baixo, reparando em sua altura considerável. O pai e o avô tinham sido homens altos e ele seguira pelo mesmo caminho. Distraído, perguntou-se se aquela seria outra herança de sua linhagem inglesa.

— O duque de Dedham, presumo? — completou o mordomo.

Rhain assentiu uma única vez, brevemente, com dificuldade até de reconhecer aquilo. Algum dia pareceria natural?

O mordomo fez uma reverência.

— Eu sou o sr. Wilkes, o mordomo, Vossa Graça.

— Wilkes — falou Rhain. — Espero que esteja conseguindo administrar bem os… desafios do dia.

Ao ouvir aquilo, o mordomo deu um sorriso tenso.

— Perfeitamente, Vossa Graça. Está tudo bem. Estou me esforçando ao máximo para garantir que sua mãe e suas irmãs sejam acomodadas de maneira confortável. — Pela expressão tensa do homem, nem tudo estava tão bem, mas ele não ousou dizer nada. — O senhor gostaria que eu chamasse a equipe de criados para a sua inspeção…

A mãe de Rhain afastou a ideia rápido, fazendo um gesto com a mão.

— Agora não. Haverá tempo suficiente para isso mais tarde, depois que todos estiverem instalados.

Os olhos castanhos dela cintilavam de preocupação. Não era uma expressão que Rhain tivesse visto no rosto da mulher desde que haviam recebido a notícia da herança. Ela estivera em um estado de alegria permanente desde então, mas, naquele momento, algo a afligia. Rhain esperava que as irmãs não estivessem causando nenhum problema. Como havia dito a Wilkes, o dia tinha sido cheio de desafios. As irmãs eram criaturas por natureza irritantes, e era aquilo o que faziam. Irritavam a mãe deles.

No entanto, felizmente não costumavam exagerar. Não era permitido puxar cabelos ou roubar itens pessoais. Elas adoravam esconder Boneca de Isolde, deixando-a furiosa.

O mordomo tentou não parecer ofendido por ter sido dispensado, mas aquilo estava estampado em seu rosto. Rhain viu o aborrecimento passar em um piscar de olhos por suas feições tensas antes de desaparecer, sendo substituído pela deferência estoica devida à mãe de um duque. Assim, Wilkes inclinou a cabeça e recuou, dando espaço a Rhain para falar com a mãe.

Quando se viu sozinha no saguão de entrada, ela se aproximou.

— Mandamos criados para procurar você. Estou tão feliz que eles tenham conseguido encontrá-lo.

Ele não tinha sido *encontrado*. Saíra do escritório do advogado de Dedham horas antes, então havia feito uma longa caminhada pelo parque, ignorando as nuvens de tempestade ameaçadoras, sozinho com seus pensamentos, antes de inevitavelmente seguir na direção da Casa Dedham e assumir o temido papel que o aguardava lá.

— Onde você esteve? — perguntou a mãe em um sussurro audível. — Não o vemos desde ontem. Passou a noite toda fora com Dewey? — Ela balançou a cabeça em desaprovação.

Na véspera, Rhain havia tomado café da manhã com a mãe e as irmãs no hotel, aconselhando-as a esperarem por ele antes de partirem para a Casa Dedham. As mulheres claramente tinham ignorado o pedido. Era mais do que provável que tivessem visto aquilo como uma sugestão. Uma sugestão que escolheram desconsiderar.

Ah, elas deviam ter esperado o máximo que conseguiram antes de partirem do hotel em sua comitiva de tamanho considerável. A moderação não era o forte das mulheres da família. Rhain deveria ter imaginado. Afinal, as conhecia muito bem.

Na verdade, ninguém o encontrara porque ele tinha passado à noite na casa de Dewey, em aposentos confortáveis, mas nada que se comparasse com o lugar em Mayfair onde Rhain agora morava — a residência do duque. *Sua* residência.

Apesar disso, ele preferia a casa de Dewey. Rhain aceitaria com prazer uma residência humilde e modesta no lugar daquela monstruosidade de casa. O primo havia comentado com ele que a casa do duque era uma das mais grandiosas de Mayfair, e não exagerara.

Dewey era seu primo por parte de mãe. Ele havia se mudado para Londres com a família quando era menino — ninguém sabia por quê. A mãe de Dewey era diferente da família, diferente da irmã, a mãe de Rhain. Por algum motivo incompreensível, desejava uma vida fora da cidadezinha galesa onde todos moravam. No momento, Dewey parecia mais inglês do que galês, mas família era família, e Rhain tinha boas lembranças de correr pelas colinas verdes com o primo, evitando as irmãs de ambos (Dewey tinha três) e causando todos os estragos típicos da infância, voltando para casa imundos, com as calças rasgadas nos joelhos.

O primo levava uma vida modesta, mas respeitável, como contador. Parecia ter uma cabeça boa para números. Rhain o avaliara sutilmente e aprovara a maneira como se comportava. Mesmo tendendo a andar em bando, ser namorador e tão encantador que chegava a ser nauseante, o primo era um homem decente. E família era família.

Dewey parecia a escolha ideal para ser seu administrador, para supervisionar os bens de Dedham. Rhain estava confiante de que ele estaria à altura da tarefa. Quem poderia ser mais confiável do que alguém da família? Sangue do próprio sangue?

Rhain poderia ficar tranquilo depois que deixasse Londres e voltasse para sua vida no País de Gales — pois não havia dúvidas de que faria aquilo. Voltaria para casa. Se alguma das irmãs decidisse se casar com um inglês e permanecer ali, que assim fosse. Ele iria embora, sabendo que Dewey estaria em Londres para cuidar de todas as que deixasse para trás — *e* também do ducado de Dedham.

Eles tinham chegado tarde de Vauxhall, mas Rhain acordara cedo depois de uma noite de sono agitada e tinha saído para a reunião com o advogado após tomar inúmeras xícaras de café, servidas pelo cozinheiro de Dewey.

Quisera se divertir na noite anterior, mesmo que só para satisfazer a vontade de Dewey. O primo queria que ele se divertisse. Londres era o lar de Dewey, que queria que Rhain amasse tanto a cidade quanto ele. O primo organizara a noite, convidando seus amigos mais próximos. Dewey tinha insistido que os Jardins de Vauxhall eram uma visão espetacular e que qualquer pessoa nova na cidade deveria experimentar seus prazeres em primeira mão.

Lamentavelmente, Vauxhall não havia conseguido deslumbrar Rhain, mas mesmo assim ele conseguia compreender o apelo que o lugar poderia exercer em alguns — em muitos. Era um grande espaço de entretenimento para os adultos. Um buffet de delícias. Vício e pecado à disposição de todos. Rhain percebera aquilo de imediato. A partir do momento em que embarcaram na barcaça e saíram flutuando pelas águas calmas do Tâmisa, ao lado de outras embarcações — todas seguindo o mesmo curso, indo direto para a tentação, navegando em direção a uma Sodoma moderna —, ele havia entendido do que se tratava.

Aliás, a tentação, como se viu, tinha aparecido *antes* mesmo de chegarem ao cais. Na verdade, Rhain não precisara esperar muito. Não foram os jardins dos prazeres que tinham oferecido aquele atrativo em particular. Fora o próprio rio. *Ela*. Uma mulher. Que tinha surgido da forma menos ortodoxa possível.

A mulher havia caído no rio e eles a pescaram como se fosse o prêmio do dia — e era mesmo um prêmio. Mesmo em sua pior forma. Pelo menos ele presumira que aquela fosse a pior forma dela. Encharcada com a água fétida do rio, o cabelo antes bem-penteado todo emaranhado, o vestido um desastre. Seria a pior forma para qualquer mulher. Ela não deveria ter parecido tão atraente, mas ainda assim parecera. Rhain havia percebido logo que se tratava de um tesouro, de uma sereia entre as mulheres. Quer estivesse em sua pior forma ou não, seu cabelo e olhos escuros o sugaram como areia movediça.

Rhain estava em Londres havia dias, cuidando daquele lamentável negócio de herança. Por mais que evitasse aquela cidade, não era sua primeira visita. Ele já estivera ali antes, uma vez, anos antes, quando queria investigar uma peça de maquinário que poderia ser usada em suas minas.

Nunca se interessara por uma inglesa — nem anos antes, nem ao longo de toda a semana anterior. Nem uma única mulher na rua, em uma loja ou no hotel. Ele achava todas bastante insípidas. As palavras que murmuravam em um inglês muito ríspido não o excitavam em nada. Rhain presumira que elas só não eram de seu agrado, que sua preferência era por mulheres galesas com línguas afiadas, olhos vivos e cachos escuros. Ele era parcial, com certeza. Era um galês que não tinha qualquer amor ou admiração pelos ingleses.

Só que a mulher desgrenhada e ensopada na barcaça na noite anterior provara que ele estava errado. Uma descoberta amarga. Rhain não queria estar ali, naquela cidade, e com certeza não queria achar atraente uma inglesa tola qualquer, que não sabia beber ou se equilibrar a bordo de um barco. Ainda assim, mesmo cuspindo água do rio no convés, ela o deixara paralisado. Mexera com o âmago dele.

— Onde você esteve? — repetiu a mãe, com descontentamento evidente na voz. — Pensei que iria nos buscar no hotel hoje de manhã. Suas irmãs estavam convencidas de que você tinha sido sequestrado por bandidos. Precisa tomar cuidado, Rhain. Agora que é um duque, é muito mais valioso.

Ele franziu o cenho.

— Então, quando não apareci essa manhã, sua conclusão foi... sequestro? Um pouco dramático, não acha?

A mãe arregalou os olhos.

— Dramático? — questionou ela, em tom determinado. — Acho que não. Você é um homem muito importante agora, Rhain. Pode haver um número infinito de patifes ansiosos para sequestrá-lo e pedir resgate.

Rhain gostava de pensar que já era importante antes, e que a mulher à sua frente achava a mesma coisa. Afinal, era sua *mãe*. Mas, antes que pudesse responder, ela continuou:

— Mas já chega disso. — Ele foi tomado pelo cotovelo. — Temos uma situação calamitosa em andamento que precisa de sua atenção imediata. — A mãe indicou o salão de visitas com a cabeça.

Calamitosa?

Depois de criar treze filhos, Alwena era agitada e dada ao drama. Ela não lidava bem com o estresse. Nunca havia lidado. O marido sempre conseguia acalmá-la com uma palavra, um toque ou uma linda bugiganga. Rhain carecia dessa habilidade específica. De qualquer forma, duvidava que o que a mãe considerava uma "situação calamitosa" fosse algo realmente capaz de descompor alguém.

Ela continuou a segurar o braço do filho com firmeza enquanto o arrastava para o salão de visitas, como se fosse um menino de cinco anos, e não um homem adulto.

— Vou mostrar a você, então poderá me dizer se estou sendo dramática demais.

Agora, quase parecia que ela esperava que a calamidade validasse suas palavras.

Rhain havia sido criado em uma família de mulheres, e sempre havia uma ou mais em estado de indignação. Era apenas um fato quando se lidava com tantas delas. Sabia que não devia reagir a qualquer demonstração de emoção ou irritação.

Individualmente, as irmãs e a mãe dele eram pessoas muito sãs, racionais e razoáveis, mas, juntas, eram bastante hiperbólicas e capazes de provocar destruição. Não havia outra descrição adequada. A devastação as acompanhara como fumaça durante toda a vida.

Naquele caso, Rhain não reagiu à indignação da mãe. Apenas se perguntou, distraído, que irmã teria se comportado mal daquela vez. Elas eram capazes de irritar a mãe como ninguém.

Alwena empurrou uma das portas duplas e fez um amplo floreio, indicando a ele que avançasse.

Rhain entrou no salão e logo parou.

As irmãs eram uma visão esperada. Seis rostos se viraram para encará-lo com vários graus de expectativa, mas não pelas razões esperadas. Assim como a mãe, sabiam que ele teria o que dizer: uma reação firme à dama sentada entre elas. Uma mulher que não era parente deles.

Uma mulher que não pertencia àquele lugar.

Rhain tentou engolir com dificuldade o nó repentino que apertava sua garganta.

Aquela dama era a mesma da noite anterior. A donzela dele, a que quase se afogara.

Capítulo 4

O peso de várias filhas solteiras é um fardo imenso para uma mãe carregar. Nenhuma medida é drástica demais para aliviar essa condição.

— Sra. Alwena Lloyd

A donzela dele, a que quase se afogara. *Dele.*

Rhain estremeceu com a imprecisão grosseira daquilo. A mulher não era *dele* de forma alguma.

Ela era, sem sombra de dúvida, a mesma mulher que Dewey havia pescado no Tâmisa e deixado no convés da barcaça como a pesca do dia, com o vestido vermelho encharcado tão pesado que o decote havia cedido o bastante para deixar exposta a elevação deliciosa dos seios. O corpete descera a limites perigosos, deixando entrever a borda mais escura de uma aréola que parecia piscar para ele — e também para os outros homens na barcaça.

Aquela visão o chocara e o atordoara. Afinal, Rhain era de carne e osso. A imagem da mulher pareceu ficar gravada em sua retina.

Os homens a fitavam com voracidade. Uma fome palpável e crepitante em relação a qual ela parecia ingênua e totalmente alheia, o que só serviu para inflamar a ira de Rhain sobre a mulher. Sobre os *homens*.

Moça tola. Homens malditos. Ele não conhecia os que estavam na barcaça, apenas Dewey. Teve vontade de passar uma manta ao redor da mulher para protegê-la daqueles olhos famintos.

Não gostara da sensação. Nem na noite anterior, nem quando pensava a respeito naquele momento.

Não confiara em nenhum deles enquanto a mulher deixava uma poça d'água cada vez maior no convés. Por isso tinha sido brusco com ela. Talvez, injustamente, tivesse dirigido seu mau humor contra *ela*, quando na verdade eram os camaradas maldosos do primo que mereciam sua ira.

Rhain ficara grato quando chegaram ao cais e ela se afastou do grupo, juntando-se aos amigos que a esperavam. Presumira que aquela seria a última vez que a veria.

Só que agora ali estava a mesma mulher, sentada no salão de visitas dele — porque aquele era o salão de visitas *dele*.

O salão de visitas. A casa. O título. Tudo dele. A vida dele. E ela não deveria estar ali.

As irmãs o receberam com gritos animados. Por mais irritantes que fossem, Rhain as amava e elas o amavam.

— Irmão! — exclamou Isolde. — Você está em casa.

Um comentário um tanto desnecessário, mas Rhain manteve o sorriso no rosto e tentou não se deixar abalar diante da ideia de que aquela era a casa deles, lembrando-se de não descontar seu mau humor repentino nas irmãs. Não era culpa delas que ele tivesse herdado aquela maldita vida — ou que já tivesse ficado cara a cara, em um encontro um tanto sórdido, com a mulher tão elegantemente sentada no sofá a sua frente.

Ela não lembrava em nada a dama de aparência caótica da véspera, mas com certeza era a mesma pessoa. Ainda tão atraente que Rhain sentiu um anseio profundo só de olhar para ela.

Para ser sincero, os homens na barcaça e a mulher à sua frente não tinham sido os únicos alvos da ira de Rhain na noite anterior. Uma dose pesada fora dirigida a si mesmo, porque *compreendia* a voracidade nos olhos deles, e compreendia porque sentira a mesma coisa.

E ainda sentia.

Sentia naquele momento, parado em seu salão de visitas, enquanto encarava boquiaberto aquela pessoa que não deveria estar ali.

Por que ela estava ali?

Era surpreendente e inapropriado. Indesejado, para dizer o mínimo.

— Você — sussurrou ele.

— Você — disse ela por sua vez, a cor desaparecendo de seu rosto, dando à pele marrom-clara uma palidez doentia, como se a mera visão dele a deixasse nauseada.

A reação de ambos não escapou do olhar atento da mãe de Rhain. Ela ficou olhando de um para o outro, perplexa.

— Vocês se conhecem?

Nenhum dos dois respondeu, apenas continuaram a se encarar, embasbacados. Ao menos *ela* parecia embasbacada. Rhain esperava estar parecendo mais digno do que aquilo.

— Nós já… nos conhecemos — Ele conseguiu dizer.

— Vocês se conhecem? — A mãe franziu o cenho. — Você acabou de chegar na cidade. Como assim? Como poderiam ter se conhecido? Esta é a primeira vez que você entra nesta casa.

Ele mal conseguia compreender as palavras da mãe quanto mais elaborar uma resposta.

Por que ela está aqui?

A dama inclinou a cabeça e o movimento fez com que um cacho escuro deslizasse sobre seu ombro enquanto respondia com uma voz suave e lírica:

— Nós nos conhecemos ontem à noite. Em Vauxhall.

O salão de visitas pareceu entrar em ebulição.

— Ah! Não! Você foi a Vauxhall! — gritou uma das irmãs dele, indignada. — E não nos levou, irmão? Como pôde?

Rhain nem se preocupou em olhar para saber qual delas havia protestado. As outras também compartilharam o mesmo sentimento. De forma muito audível. E estridente. Só conseguia se concentrar naquela voz tão diferente das outras que congestionavam o salão de visitas. O sotaque suave e nítido era atraente de uma forma que ele não conseguia explicar. O que desmentia tudo o que Rhain pensava sobre si mesmo e sobre o tipo de pessoa — de *mulher* — que o intrigava.

Aquela mulher. Ela o intrigava enquanto olhava ao redor com os olhos arregalados de admiração, sem dúvida assustada com a energia das irmãs dele. Elas eram mesmo assustadoras.

— Quem é você? — perguntou Rhain, sem se importar com o tom abrupto que adotara ou com a plateia ao redor.

Ele só conseguia ver aquela mulher sentada no centro de um salão onde não deveria estar, como se um raio de sol cintilasse sobre ela.

A mãe deixou escapar um som de desprazer ao lado dele.

— Rhain.

— Ela é a duquesa — explicou Isolde, em tom animado.

— Duquesa *viúva* — corrigiu Del, a que sempre acrescentava as próprias opiniões.

Isolde deu de ombros como se a distinção não tivesse importância.

Mas era importante. Significava que ela era viúva. A esposa do falecido parente dele, para ser mais exato. E aquela era a casa dela. Ou melhor, tinha sido. O lugar onde ela morara com o falecido marido por... *Inferno*. Ele nem sabia por quanto tempo. Vários anos, presumia.

Embora fosse claramente mais jovem do que ele, Rhain diria que a mulher tinha mais de trinta anos. Por mais adorável que fosse, com a pele impecável, sem rugas e luminosa, ela não mostrava mais o primeiro rubor da juventude.

Aqueles malditos advogados não haviam lhe dado nenhuma indicação de que a viúva de Dedham seria tão... apetitosa. A menção a ela fora apenas superficial. Haviam desprezado qualquer importância que pudesse ter, enquanto asseguravam a Rhain que a mulher não ficaria no pé dele por muito tempo. A casa designada às duquesas viúvas a aguardava como aguardara a todas as viúvas Dedham. Uma longa fila de mulheres que se viram subitamente sós. Sem um marido para reclamá-las. Sem um homem em suas camas. Sem um homem na cama *dela*. Sem um homem para *mantê-la* longe dele. Rhain se encolheu diante daquele pensamento. Em algum momento, havia parado de pensar nas viúvas do passado de Dedham e se concentrara apenas nela. Aquilo era errado.

Muito errado.

Ele balançou a cabeça, horrorizado com a indelicadeza de seus pensamentos. Aquilo não era habitual. Ele não era um homem governado pelo pênis. Sua vida tinha um propósito. Rhain tinha seu trabalho, a família, os amigos. Quando desejava, encaixava alguma mulher em meio a tudo aquilo. Uma diversão bem-vinda de vez em quando.

— Sim — confirmou a mãe dele. — Parece que a viúva está *morando* aqui. — Seu tom saiu carregado de acusação, e ela lhe lançou um olhar penetrante e severo.

Rhain inclinou a cabeça.

— Sim. Os administradores do espólio mencionaram isso.

O sorriso tenso da mãe deixava claro seu descontentamento com o filho por não ter lhe passado aquela informação. O que ele poderia dizer? Havia presumido que a viúva era uma senhora idosa e enrugada, e não a mulher encantadora sentada ali entre eles.

Ela não poderia permanecer ali. Não sob o mesmo teto que Rhain... Aquilo seria desconcertante demais. Não estava em busca de uma mulher. Nem mesmo aquela. Nada naquele empreendimento, naquela viagem, era para ele. Era tudo para as irmãs.

Rhain fechou os olhos por algum tempo e voltou a abri-los, como se aquilo fosse apagá-la do salão de visitas. Não adiantou. Ela permanecia ali. A duquesa viúva de Dedham. Como? *Como?* Não podia ser aquela mulher. Nunca havia lhe passado pela cabeça que a viúva de Dedham pudesse ter quase a mesma idade que ele. Viúvas eram velhas. Não eram como aquela mulher madura no sofá, com um corpo exuberante demais para o vestido que usava. Exuberante demais para Rhain.

Quase como se estivesse lendo seus pensamentos, a mulher voltou a falar com aquela voz que o afetava de um jeito que não deveria. Maldita atração inconveniente... dando as caras e concentrando sua atenção em uma pessoa totalmente inadequada.

— Eu *sou* a duquesa viúva de Dedham.

Rhain respirou fundo e revirou aquilo na mente.

— Então deveria estar na casa da viúva, e não morando aqui, não é mesmo?

Ele fez uma pausa, reconhecendo que suas palavras poderiam ser interpretadas como extremamente rudes. Ainda assim não pretendia retirá-las — ou se arrepender delas. Eram uma constatação muito necessária. Ela não poderia imaginar que seria bem-vinda ali.

O salão ficou em silêncio diante da franqueza das palavras de Rhain. As irmãs se entreolharam, sem dúvida surpresas com a falta de cortesia do irmão.

Ele não tinha nada a ver com a viúva do falecido duque. A mulher tinha a própria casa para morar em algum lugar do país. Um lar para si. Uma pensão de viúva. Não era responsabilidade dele. *Não poderia ficar ali*. Não naquela casa. Não em Londres. Definitivamente não podia ficar encharcada em uma barcaça qualquer a caminho de Vauxhall, deixando cada homem cujo olhar se deleitava nela — incluindo ele mesmo — com uma ereção. Ainda assim, aquilo já havia acontecido.

Maldição.

A duquesa viúva engoliu em seco e Rhain ficou fascinado com o movimento do belo pescoço. Ele sentiu o impulso louco e selvagem de colar a boca ali, de saborear aquela pele, passar a língua ao longo da deliciosa curva do pescoço. *Inferno. Inferno. Inferno.*

Ela precisava ir embora. Tinha que sair daquela casa que ele compartilharia com a mãe e as irmãs por um tempo indefinido no futuro. Imediatamente. Para longe. Longe dali. Longe dele e das ideias chocantes que sua mente abrigava. Aquela mulher o havia afetado — estava afetando. Afetando a ele. *Inferno*. Rhain perdera a capacidade de raciocinar direito. Não conseguia organizar nem mesmo um pensamento completo.

— Rhain — murmurou Isolde, de longe a mais doce das seis irmãs presentes ali no salão de visitas.

Ele ignorou o olhar de repreensão que lhe foi dirigido.

A viúva pigarreou e falou:

— Eu estava arrumando as malas a fim de ir para a casa destinada às duquesas viúvas agora mesmo.

— Estava? — Rhain inclinou a cabeça.

— Eu estava... *estou*. Eu estou fazendo as malas.

Ela se levantou com um sussurro da seda, o queixo erguido com dignidade. Rhain examinou sua silhueta mais uma vez antes de voltar os olhos para o rosto da mulher.

Era melhor mantê-los ali. O corpo dela era a encarnação do pecado. Cheio de curvas. Carne que transbordaria em suas mãos. A duquesa parecia ter sido feita para receber e abrigar um homem. Rhain franziu o cenho diante do que estava passando por sua mente, das ideias que disparavam luxúria em suas veias — uma reação que não deveria estar experimentando por uma mulher que mal conhecia. Ainda mais na frente da própria família.

— A minha camareira sem dúvida está esperando por minhas orientações. Não tema — disse a mulher, gesticulando para o espaço ao redor deles, abrangendo todo o salão —, todos os itens da casa estão a salvo de minha cobiça. Não levarei mais do que as roupas do corpo — concluiu em uma voz tão cortante quanto um chicote.

O olhar da duquesa sustentou o dele. Rhain reparou apenas no mais leve tremor em seus lábios que indicava que ela estava sendo afetada de alguma forma. Torceu para que a compassiva Isolde não tivesse notado. Caso contrário, a menina faria o irmão ouvir um sermão mais tarde.

Rhain assentiu uma vez, concordando, em um movimento breve e decidido. *Sim. Por favor, vá.*

A mulher passou como que flutuando por ele, que se viu atingido por um perfume sedutor de baunilha e bergamota. Rhain não se virou. Não olhou para ela. Foi necessário muito esforço, mas ele se forçou a não acompanhá-la com os olhos enquanto saía do salão.

— Meu Deus — murmurou Del assim que a duquesa viúva desapareceu de vista. — Isso foi desconfortável.

Rhain se conteve para não bufar. Tinha sido desconfortável para Del? Ela não tinha noção. E o que dizer da viúva? E dele mesmo?

— Isso realmente aconteceu? — perguntou Isolde, em tom acusador, com os olhos fixos no irmão. — Você expulsou uma duquesa da casa dela?

— Esta não é mais a casa dela — lembrou Del, ácida, com uma única sobrancelha arqueada.

— Ora, é claro que é — argumentou Isolde. — O marido dela morreu há um ano e ela mora aqui desde então, e Deus sabe quanto tempo antes disso. —

A jovem lançou um olhar de reprovação para o irmão. — Como você pôde ser tão pouco caridoso, irmão?

A pontada de remorso foi instantânea. Rhain não poderia dizer que não lhe inspirava pena ver uma mulher sendo desalojada pela morte inconveniente do marido. Ainda assim, não poderia tê-la tão perto.

A mãe pigarreou e pegou uma xícara de chá.

— Nunca pensei que veria algo assim.

— Assim como? — perguntou Isolde, sem entender, ainda com desaprovação na voz. — Seu filho se comportando de maneira tão rude?

— Não. Meu filho se comportando como um duque.

O fim de semana festivo no campo

Um ano antes

A vida de Valencia consistia em pesadelos. Havia muito tempo aquela era sua existência. Acordada e dormindo, os pesadelos a atormentavam.

Pairava em um espaço, uma paisagem infernal habitada por duas pessoas. Ela e Dedham. Mulher e homem. Esposa e marido. Presa e predador. Era tudo a mesma coisa. Não havia diferença. Ou distinção.

Valencia sabia que o marido era infeliz com ela. Aquele sempre tinha sido o caso, mas especialmente naquela noite.

Valencia sentia os olhares dele, cortantes como facas, em meio aos jogos de salão. Enfim, assim era a sua existência. Um marido infeliz olhando perpetuamente para ela com irritação. Infeliz com ela. Infeliz com a vida. Com a vida dele. Com a vida dela. Com a vida como um todo.

Desde o dia do acidente — o dia em que ele se transformara, o dia em que Dedham se tornara outro indivíduo, um homem irreconhecível para Valencia — passara a haver apenas olhares furiosos. Olhares e palavras acaloradas, e às vezes o impacto acalorado da palma de uma mão. Um empurrão irritado. O chão duro se aproximando para encontrá-la. Se ela o enfurecesse, se ficasse parada perto demais, se não fosse rápida o bastante e ele conseguisse alcançá-la. Se Valencia não fosse o que o marido desejava que fosse, o que na verdade acontecia o tempo todo. Desde o dia do acidente até aquele momento.

Valencia jamais conseguiria ser o que Dedham queria. Não havia nenhuma forma de ela ser a mulher que o marido queria, porque ele não tinha mais como ser o homem que queria ser — o homem que tinha sido antes. Ela sabia daquilo.

Havia compreendido aquilo, e muito melhor do que Dedham, porque o marido não compreendia nada. Ele estava além da lógica. Sua vida era dor, e apenas isso. Tudo o que era capaz de absorver, e só o que conseguia infligir.

Era inacreditável, na verdade. O homem que já a cortejara tão docemente, com quem Valencia tinha prazer de estar no início do casamento, não era o mesmo homem que ela agora chamava de marido. Pensava nele como dois indivíduos distintos. O Dedham de Antes e o Dedham de Depois. Havia uma linha definitiva demarcando cada um.

Antes do acidente, o marido era um jovem de olhos sorridentes, beijos doces e modos provocadores. Um homem que vivia e tinha prazer na vida e com as pessoas ao seu redor.

Depois do acidente, ele havia envelhecido da noite para o dia, atormentado pela dor e pelo rancor, e passara a ser um homem que odiava a si mesmo e aos que o rodeavam.

O Dedham de Antes se fora.

E o Dedham de Depois podia querer estar morto, mas não estava.

Valencia precisava estar sempre um passo à frente do Dedham de Depois. Era exaustivo. Ela se sentia injustamente envelhecida. Tinha a sensação de ser muito mais velha do que era.

Naquela noite, Valencia havia ido para a cama aflita, perguntando-se se o marido iria até seu quarto, se o homem se materializaria ali para descarregar sua amargura em cima dela. Dedham não gostara de vê-la dançando com lorde Burton. Valencia vira em seu rosto. O marido parecera especialmente furioso quando jogaram Kiss the Candlestick e Burton, ousado, havia roçado os lábios nos dela.

Se eles estivessem em casa, Dedham não teria perdido tempo em aplicar o que considerava uma punição adequada. A Valencia só restava torcer para ter sido poupada da ira dele, já que estavam a quilômetros de distância, na casa de campo dos Chatham. Com sorte, aquilo a pouparia. Com sorte, quando voltassem para casa, o marido já teria esquecido completamente aquela noite.

Valencia não desejava a atenção de Burton. Nunca havia desejado. Não estava interessada em ter um amante. Mesmo um homem belo como Burton. Ela havia deixado claro seu desinteresse em várias ocasiões, mas ele sempre insistia. Nem a presença do marido dela o detinha. Valencia supunha que o que acontecera naquela noite se devia em parte ao fato de Burton estar muito bêbado. Ele claramente não se importava que ela fosse casada, que ele mesmo fosse casado, ou que o marido de Valencia estivesse na casa, observando-os com um olhar sombrio enquanto Burton flertava com ela.

Valencia só estava feliz por estar sozinha em seu quarto, livre para respirar. Livre dos olhares de Dedham. Livre de tudo que deixava seus ombros permanentemente tensos e seu estômago embrulhado.

Só que, mesmo sozinha, ela nunca estava livre de verdade.

As preocupações a encontravam. O pavor. A necessidade constante de manter a guarda erguida.

Seu sono foi agitado, repleto de imagens sombrias, com o gosto acobreado do medo enchendo sua boca. O quarto estava escuro, as cortinas de tecido adamascado abertas, deixando um discreto luar inundar o espaço.

Foi quando ela viu. Quando o viu.

A forma escura de um homem, caminhando em direção a ela na escuridão. Dedham. No fim, ao que parecia, ele a puniria. Ela não havia sido poupada.

Valencia deixou escapar um grito e saiu da cama em um pulo. Foi rápida. Tinha aprendido a ser. Mesmo com os movimentos restritos por um espartilho ou por um vestido, tinha aprendido a se mover rápido, a se abaixar e a se esquivar. No momento, estava de camisola, o que era ainda melhor. Valencia tinha pés ágeis. Ele não a alcançaria. Com alguma distância entre os dois, raramente conseguia. Dedham não tinha mais a forma física e o vigor que já tivera.

Ela estava quase na porta do quarto, quase saindo para o corredor. Quase livre. Já podia até sentir o gosto da liberdade. Visualizá-la. Escapar. Ela se imaginou fugindo em direção às escadas, com a intenção de sair correndo da casa, se necessário. Para longe dele. Longe. Longe. Longe. Como sempre desejara estar.

Mais tarde, enfrentaria a realidade de que teria que retornar. Mais tarde, se lembraria de que era casada e que nunca conseguiria se libertar totalmente. Que não havia para onde ir.

Valencia, porém, não chegou à porta do quarto. Ele a agarrou. Foi rápido. E forte. Mais rápido e mais forte do que deveria ser. Só então ela se deu conta.

Aquele homem não era seu marido.

O homem que colocou as mãos nela não era Dedham. Valencia engoliu um soluço de desespero.

Talvez houvesse coisas ainda piores do que o marido.

Capítulo 5

Eu gosto de crianças. Especialmente quando pertencem a outra pessoa.
— A Muito Honorável Lady Rosalind Shawley

Valencia tinha se casado aos dezenove anos e passara doze anos com Dedham. Aquele tempo, somado ao ano que vivera ali sem ele, aumentava para treze o tempo total em que havia morado na Casa Dedham. *Treze*. Treze anos naquela casa.

Ela havia redecorado a residência Dedham logo depois do casamento, tornando-a sua. Era o papel de parede *dela* que cobria o salão onde o novo duque, sua mãe e irmãs estavam sentados depois de expulsá-la dali. Tinha sido *ela* quem escolhera, com muito cuidado, as listras violeta e creme com pequenos buquês de papoulas que decoravam os painéis verticais.

Estava fervendo de raiva com a injustiça de tudo aquilo. Por tudo o que havia acontecido ali — o bom, o ruim e o que ficava no meio do caminho —, aquela era a casa dela. Era tudo o que conhecia.

Ela acenou com a cabeça para Wilkes ao passar por ele no saguão, em um cumprimento. O mordomo fez uma pausa e se inclinou em uma reverência educada, com o olhar carregado de piedade. Valencia sabia o que Wilkes via quando a olhava: uma mulher expulsa de casa, desalojada e indesejada. Ela respirou com dificuldade. Seu orgulho sentiu o golpe.

Fora o orgulho que a motivara a guardar seus segredos durante todos aqueles anos, por que não confidenciara nem mesmo às amigas mais próximas o tipo de homem com quem tinha se casado. Elas presumiam o bastante, mas Valencia jamais fizera confissões. O orgulho a impedira. Suportara tudo em silêncio. Não queria a piedade delas. Não queria a piedade de ninguém, e se ressentia imensamente que a chegada do duque tivesse colocado aquela expressão nos olhos do mordomo.

O orgulho era uma coisa curiosa, reconheceu. Levava as pessoas a fazer certas coisas. A esconder coisas. A se esconder. A esconder a verdade. A mentir.

Exatamente como ela estava mentindo naquele momento, é claro.

Havia mentido para o novo duque, para as irmãs e para a mãe dele. Não estava arrumando as malas. *Rá*. Não mesmo. Não estava se preparando de forma alguma para sair da casa.

Tivera um ano para se preparar para aquele destino, mas em vez disso resolvera viver como se aquele dia nunca fosse chegar — porque aquela tinha sido sua esperança vã. Agora podia admitir que tinha sido uma tolice. O dia sempre estivera prestes a chegar.

Assim como não planejara partir, Valencia não planejara deixar aquelas palavras ousadas e falsas escaparem. Mas, quando viu o canalha de rosto impassível da barcaça da véspera, elas surgiram em uma tentativa desesperada de resguardar a própria dignidade.

Ele era o duque de Dedham. Tudo era dele, e Valencia não se rebaixaria a implorar nada daquele desgraçado. Não pediria para permanecer ali, mesmo que aquilo significasse que estava destinada a passar o resto da vida em um remoto chalé de viúva em Yorkshire.

Valencia saiu do salão pisando firme, com o coração pesado de amargura, a mente fixa nele — no rosto belo e terrível. Por que as coisas mais desprezíveis vinham em embalagens tão bonitas? Acontecera o mesmo com o marido. Ele era atraente. Encantador.

Uma fraude.

Ela respirou fundo, enchendo os pulmões enquanto se aproximava da escada. No entanto, além daquela bela aparência, até ali o novo duque se apresentara como realmente era. Hostil. Frio. Calculista.

Valencia, porém, estava mais esperta, mais experiente. A jovem imatura de anos antes não existia mais. Sua ingenuidade havia desaparecido junto com a juventude.

Agora era uma mulher madura, capaz de reconhecer um homem como aquele exatamente pelo que ele era.

Afinal, o novo duque não havia perdido tempo em deixar claro que a duquesa viúva não pertencia à casa, que não era bem-vinda. Assim que o homem rude e horrível a vira sentada entre suas irmãs, praticamente exigira que fosse embora. Talvez fosse assim que as coisas aconteciam no lugar de onde ele vinha. Sem rodeios e sem cortesia.

Uma das irmãs do novo duque dissera a Valencia que a família era galesa. Quem poderia imaginar que Dedham tinha parentes em algum pequeno vilarejo do País de Gales? O duque anterior com certeza nunca soubera daquilo. Ou pelo menos nunca se dera ao trabalho de mencionar. Na verdade, o marido nunca comentara nada sobre quem poderia ser seu herdeiro. Sempre presumira que os dois teriam filhos, e que o filho *dele* seria o herdeiro. Valencia engoliu em seco enquanto subia as escadas. Havia imaginado o mesmo.

Quando se casara, havia imaginado que seria apenas uma questão de tempo até dar ao duque o herdeiro desejado e, talvez o mais importante, até ter um filho para amar, como sua querida mãe a amava. O tipo de amor incondicional que existe entre mãe e filho. Valencia ansiava por aquilo, em especial porque a cada ano que passava se tornava mais claro que seu casamento não a faria experimentar nenhum sentimento tão substancial quanto aquele.

É claro que não tinha sido tão simples. Como Valencia havia aprendido, a vida raramente era.

Depois de ter perdido dois bebês, o médico da família lhe garantira que ainda poderia trazer um filho ao mundo. Valencia desejara acreditar nele. Afinal, ele entendia daquelas coisas, sabia o que estava fazendo. Desejou desesperadamente que ele estivesse certo. Afinal, ao que parecia, era capaz de conceber. Levar a gestação adiante era o que tinha se mostrado difícil.

Valencia não conseguia passar por um carrinho de bebê sem espiar o interior. Não conseguia ver outra dama com a barriga crescendo, se avolumando contra as dobras do vestido, sem sentir a ardência das lágrimas nos olhos. Tinha praticamente evitado Maeve durante o puerpério da amiga, sempre encontrando desculpas para recusar seus convites para o chá.

Valencia rezou e esperou. Rezou e esperou.

Até que parou.

Até que um dia parou de desejar, de rezar e de ter esperança. Ao menos no que dizia respeito a ter um bebê. Suas orações se voltaram para outras coisas. Coisas como sobreviver a cada dia com o marido.

Valencia dirigiu um sorriso tenso às duas criadas que a cumprimentaram com uma reverência enquanto atravessava o corredor a caminho de seu quarto. Não conhecia nenhuma delas. Todas usavam uma libré desconhecida, e ela sabia que eram parte da equipe de criados do novo duque... Outro lembrete da usurpação em curso.

A porta surgiu diante de Valencia e ela entrou no quarto que havia sido seu consolo por tantos anos. Então encostou-se na porta fechada, enquanto inspirava e expirava como se tivesse participado de uma grande corrida.

Era o fim de uma era. Sua vida ali finalmente chegava ao fim.

Valencia piscou várias vezes, sentindo os olhos subitamente marejados quando pensou nas amigas. Elas poderiam visitá-la, é claro, e Valencia poderia fazer o mesmo, mas não seria como antes. Era como se Yorkshire ficasse do outro lado do planeta, tão remoto quanto a lua.

Passou a mão pela testa, sentindo uma dor de cabeça se formando. Precisava fazer as malas e nem sabia por onde começar. Como decidir o que levar? Roupas, certamente. Mas o que mais era permitido? O que não estava atrelado ao título? O que pertencia à casa? Ao ducado? Ela até havia dito que só levaria as próprias roupas, mas realmente... não tinha direito a mais do que aquilo?

As joias que tinha eram dela? E os livros? E sua manta de cashmere favorita? E o quadro que havia encomendado e mandado pendurar na sala onde gostava de ler e escrever sua correspondência, sentada diante da escrivaninha preferida? Ah... mas aquela escrivaninha de cerejeira fora outra compra que fizera um ano depois de se casar. Com um suspiro, Valencia se deixou cair na cama e passou a mão pela sofisticada colcha de seda. Ela a havia escolhido na primavera anterior e adorava sua textura.

Tudo aquilo permaneceria ali, presumiu, com a maior parte do que lhe era valioso. Valencia se repreendeu. Eram apenas objetos. Posses. Não deveria se importar.

Olhando ao redor do quarto, ela fungou, chorosa. Duvidava que algum dia fosse voltar a dormir ali. Não voltaria. Os novos moradores não a convidariam para o Natal. Com certeza, não. Seu tempo ali havia acabado.

Valencia sentiu um nó na garganta. Nunca nem sequer visitara a casa destinada às duquesas viúvas em Yorkshire. Só sabia que era longe. Sua própria sogra não estabelecera residência ali depois do casamento de Valencia e Dedham. O lugar não era bom o suficiente para ela. A mulher havia passado seus últimos anos em uma casa na cidade. O filho garantira aquilo, e fora atencioso o bastante com a mãe para não mandá-la embora. A antiga duquesa tinha vivido seus últimos anos em grande estilo, entre amigos. Valencia não contaria com a mesma gentileza.

Ela ouviu uma batida na porta e convidou Tildie a entrar.

A criada parecia compreender o que estava acontecendo, porque logo tirou as malas de Valencia do fundo do armário.

— Você ouviu que devo ir embora?

Será que os criados estiveram escutando atrás da porta do salão de visitas?

Tildie assentiu enquanto se movimentava pelo quarto.

— Já solicitei que um baú seja enviado.

A camareira se movia com sua eficiência habitual, tirando roupas do armário... exceto que seus movimentos talvez fossem rápidos, bruscos demais. Sua coluna estava rígida, de um modo que não lhe era nada habitual. Valencia a observou com mais atenção. Manchas vermelhas marcavam seu rosto.

— Tildie? — chamou baixinho, e segurou a mão da camareira, interrompendo seu trabalho. — Sente-se aqui por um momento.

Tildie obedeceu, tensa, e afundou ao lado da senhora na cama.

— Você está... bem?

A criada assentiu, a boca contraída de uma forma que indicava que na verdade ela *não* estava nada bem.

— Vamos. Me diga o que é — insistiu Valencia em tom persuasivo.

A jovem era apenas alguns anos mais nova que Valencia e a acompanhava havia quase uma década. Até ali, Tilde parecia feliz com a vida que levava, com seu emprego como camareira de Valencia. Seguia o exemplo da senhora e nunca ousava falar do falecido duque, mas sempre se mostrava disponível quando Valencia precisava dela.

— Vou sentir falta… de Londres — admitiu a criada.

— É claro. — Valencia assentiu em tom compassivo. — Eu sei.

— E da minha família e dos meus amigos.

Os amigos e parentes de Tildie moravam na cidade. Assim como os de Valencia. Só que ela sabia que a mulher era próxima da família. Mais do que Valencia era da sua.

— Tildie — falou lentamente, umedecendo os lábios. — Você… deseja ficar aqui?

Nunca tinha havido qualquer dúvida em sua mente de que a criada iria acompanhá-la. Afinal, estavam juntas havia anos. Tildie não iria simplesmente abandonar aquela vida. O cargo de camareira era cobiçado. Havia poucas posições mais altas no serviço doméstico da nobreza. Havia um número finito de oportunidades, e muitos criados passavam anos tentando conseguir um posto tão elevado. No entanto, talvez Valencia não devesse ter presumido de pronto que teria companhia.

Tildie balançou a cabeça vigorosamente.

— Ah, eu não posso fazer isso. Irei com a senhora, é claro…

— Porque eu vou entender se preferir permanecer na cidade em vez de se mudar comigo para algum canto distante de Yorkshire.

Valencia estremeceu só de pensar naquilo.

Tildie mordeu o lábio, parecendo muito pequena e desamparada.

— É meu dever.

— Sua vida está aqui. Seus amigos. Sua família. Eu compreendo.

— É por causa de minha família que devo ir. Minha avó e minha irmã dependem de mim e do meu salário. Não há garantia de que eu possa encontrar outra dama para servir. Posições como a minha não ficam disponíveis com frequência. — Ela respirou fundo antes de continuar: — Perdoe minha franqueza, mas se eu ficar aqui, provavelmente terei que voltar à vida de criada doméstica, e o salário não será suficiente para sustentar a mim e a minha família.

Valencia assentiu brevemente, sentindo uma pontada de desconforto. Ela deveria ter considerado antes que não era a única com escolhas limitadas. A situação era humilhante. Deveria se sentir mais grata por sua sorte na vida, supôs. Sempre poderia ser pior. Já *tinha* sido pior.

Apesar das suas muitas provações, Valencia nunca tivera que se preocupar com aquelas coisas. Nunca precisara se perguntar se tinha fundos suficientes para garantir comida, roupas ou um teto sobre a cabeça. Mesmo enquanto era expulsa daquela casa, tinha um lugar para onde ir. Outra casa. Menor, com certeza. Mais modesta do que qualquer outra que já havia chamado de lar antes, no remoto condado de Yorkshire, mas mesmo assim seria um teto. Ela teria comida na mesa. Uma casa com criados, por menor que fosse. Tudo aquilo a esperava.

— É claro — murmurou, então umedeceu os lábios, sentindo-se de alguma forma culpada por fazer aquilo com Tildie. Por não ter como garantir que não precisassem sair da cidade. Ela sabia que era um pensamento irracional. Afinal, não tinha alternativa.

Quando fora preparada para a independência? Era a filha de um marquês e se tornara esposa de um duque. A única maneira pela qual poderia ter garantido o controle sobre a própria vida teria sido garantindo um herdeiro ao marido. Então, teria o filho para enfrentar o mundo por ela. Seria sua garantia, seu poder. Valencia franziu o cenho, sentindo uma pontada de raiva pelo fato de as coisas serem daquela forma. Pelo fato de o poder de uma mulher repousar no ventre.

Ela balançou cabeça e disse:

— Lamento não ser capaz de manter a nós duas em Londres.

— A senhora não tem nada do que se desculpar. — Tildie tocou a mão de Valencia. — Já teve que suportar o suficiente, Vossa Graça. — Ela obviamente estava se referindo a Dedham.

Valencia forçou um sorriso, sem querer parecer mal-humorada com Tildie. Ela se desvencilhou da mão da camareira, então, e se levantou.

— Venha. Temos muito a fazer. Não vejo muitas chances de partirmos hoje, mas com sorte poderemos seguir nosso caminho amanhã. Esta noite você irá ver sua avó e sua irmã para que possam se despedir.

Por um momento, Tildie pareceu prestes a desmoronar, mas logo se recompôs. Com a compostura recuperada, a jovem passou a mão pelas saias.

— Vou tentar, mas temos muito o que guardar...

— Tildie, eu insisto. Jante com elas.

A camareira assentiu e voltou a fazer as malas, dizendo com animação forçada:

— Obrigada. E a senhora também deve ir ver suas amigas.

A menção às amigas provocou uma pontada aguda no peito de Valencia. Seria uma despedida difícil, mas não podia apenas desaparecer sem vê-las. Um sorriso triste curvou seus lábios quando pensou naquilo. Elas iriam em seu encalço.

— Você está certa. Vou visitá-las essa tarde — concordou.

Era o que precisava fazer.

NO FIM, VALENCIA não precisou ir até elas. As amigas foram primeiro.

A notícia se espalhou como chamas pela alta sociedade. Era o tipo de novidade que corria mais rápido que um salmão subindo o rio. Não havia muitos duques na aristocracia, e quando um novo assumia seu posto, toda Londres sabia.

Assim, as amigas de Valencia logo a encontraram. Wilkes — ainda lhe lançando aquele maldito olhar de pena — levou-as diretamente para o quarto da senhora, que ficou grata ao mordomo. Era o único espaço que ainda parecia lhe pertencer naquela casa. Todo o resto passara a ser do novo duque e das mulheres da família dele. Principalmente o salão de visitas. Aquele espaço não lhe pertencia mais, era agora dos recém-chegados. Valencia não poderia receber as amigas lá com qualquer mínima esperança de ter privacidade.

Tru, Maeve e Rosalind exclamaram em voz alta ao entrarem no quarto, agitando as mãos.

O quarto de Valencia era espaçoso. Por se tratar dos aposentos da duquesa de Dedham, era o segundo maior quarto da casa. O primeiro ficava ao lado; o quarto do duque, obviamente, onde o marido dormira durante tantos anos, sozinho em sua enorme cama. Ainda assim, amplo ou não, naquele momento o quarto parecia apertado com as personalidades espalhafatosas das amigas dela em seus vestidos de seda e veludo.

— Valencia! — falou Tru, com a voz estridente, jogando a bolsa na cama. — O que está acontecendo?

— É verdade? — perguntou Maeve, pragmática. — O novo duque e a família chegaram?

Ros desabou na cama de Valencia com um floreio dramático, arrancando da cabeça o chapéu com a borda enfeitada com fita e jogando-o de lado.

— Primeiro aquilo de ontem à noite, e agora isso? Você não está tendo uma boa semana, minha amiga. — Ela se apoiou nos cotovelos e ficou encarando Valencia em expectativa.

Tru lançou um olhar fulminante à irmã.

— Tente ser mais solidária!

Ros deu de ombros e fez um gesto vago com a mão na direção de Valencia.

— Só estou falando a verdade. Você acha que ela não sabe o rumo ruim que a vida dela tomou?

— Rosalind — repreendeu Tru em tom brusco, claramente irritada com a franqueza da irmã.

Aquilo não era nada incomum. Irmãs ou não, as duas eram muito diferentes.

Tru tinha ficado viúva recentemente e era mãe de dois filhos: uma mulher adulta, às vésperas de sua segunda temporada no mercado de casamentos, e um rapaz que estava terminando o último ano em Eton. Rosalind era uma solteirona muito satisfeita com a própria condição. Ainda morava com os pais e não sentia a menor vontade de abrir mão da independência de que gozava para se casar e ter filhos. Tru, por sua vez, *já* estava planejando se casar de novo — daquela vez (a *primeira*) por amor.

Maeve olhou para Valencia com preocupação.

— O homem é… mau?

— Vamos direto ao ponto, certo? Ele vai expulsar você? — perguntou Ros sem rodeios, dando uma olhada ao redor do quarto para as muitas valises e para o baú que Tildie estava arrumando.

— Está na hora de eu me retirar para a casa que cabe às duquesas viúvas da família — retrucou Valencia, sem responder diretamente.

— Se retirar para a casa das duquesas viúvas? — zombou Ros. — Você não é uma viúva de cabelos brancos de oitenta anos.

Valencia suspirou, recusando-se a cair na provocação de Ros.

— Eu sabia que isso estava por vir. Todas nós sabíamos. Tive sorte por ter essa casa só para mim por tanto tempo.

— Que canalha! — Ros balançou a cabeça, seus olhos cintilavam de raiva. — Pois digo que devemos ir até esse homem para explicar direitinho quem você é e fazê-lo saber que não pode tratá-la dessa maneira.

— Ah, mas ele pode.

E está me tratando assim. Então Valencia teve um vislumbre do belo rosto do novo duque. Os olhos castanhos determinados, as sobrancelhas bem marcadas enquanto a expulsava da casa dela.

Não é minha casa. Nunca foi minha.

Ros continuou como se Valencia não tivesse dito nada:

— Quem ele pensa que é?

— Um duque — murmurou Valencia. — O duque de Dedham.

Ros bufou de uma forma que a fez parecer uma velha viúva. Ela se comportava como uma mulher experiente. Às vezes, era difícil lembrar que era mais jovem do que Valencia.

— Isso não é desculpa.

— Ah, mas você não pode ir embora. Talvez uma conversa com ele não seja uma ideia tão terrível — sugeriu Tru, sentando-se na beira da cama, com as mãos cuidadosamente cruzadas sobre os joelhos com modos muito mais decorosos do que os da irmã. — Ele deve ser um homem razoável.

Será?

O novo duque não parecera muito razoável quando a encontrara no salão de visitas ao lado das irmãs. Havia sido rude e ficara visivelmente aliviado quando Valencia anunciara que iria embora.

Tru continuou a falar, com modos mais calmos que os de Ros. Mas, para dizer a verdade, quando não estava mais calma do que a irmã?

— Com certeza ele vai entender que uma casa *aqui* na cidade será melhor para você do que em Yorkshire. Até o falecido Dedham providenciou uma casa na Fletcher Street para a mãe.

Maeve assentiu, reconhecendo o fato.

— Uma casa adorável.

— Essa é uma ideia esplêndida. Como novo duque, ele é bastante ignorante. Precisa ser esclarecido sobre o que deveria estar fazendo. — Ros bateu palmas de forma teatral, como se tivesse chegado à solução. — *Eu* irei até ele. *Eu* vou explicar como as coisas devem ser. Se seu marido conseguiu instalar aquele dragão que era a mãe dele em uma casa na cidade, então esse sujeito pode acomodá-la de uma maneira...

Tru lançou um olhar para a irmã com a clara intenção de calá-la e apontou um dedo para ela.

— Você não, Rosalind. *Você* não vai falar com ele.

Ros fez uma careta.

— Por que não eu?

— Porque você assusta os homens — rebateu Tru sem rodeios. — *Eu* vou falar com ele. — Ela se virou para Valencia com um olhar terno e caloroso. — Com você, é claro, Valencia. Faremos isso juntas.

A amiga semicerrou os olhos e observou Valencia de cima a baixo com uma expressão crítica.

— Você tem como vestir aquele vestido laranja? Fica belíssima de laranja.

— Não vai adiantar nada. — Valencia balançou a cabeça, com uma expressão solene. — Ele quer que eu vá embora, e tem esse direito. Todas vocês sabem disso.

Ela lançou um olhar severo para cada uma das amigas. Apreciava o que estavam tentando fazer, mas o duque tinha todo o poder, e Valencia não tinha nenhum.

— Pode ser o direito dele... mas não é *direito* — comentou Maeve enfaticamente. — Qualquer cavalheiro decente pode ver isso.

— Ainda assim, não serei eu que o farei ver. Tampouco nenhuma de vocês.

Valencia estremeceu diante da ideia de apelar para o duque, para aquele homem, um estranho, em uma tentativa de conseguir mais do que lhe era legalmente devido. Ele não lhe devia nada. Os administradores do espólio tinham sido muito claros naquele ponto. Valencia tinha sua pensão e a casa reservada às duquesas viúvas. Qualquer outra coisa seria caridade, piedade, além de uma dívida que jamais poderia pagar.

Ela não aceitaria nada daquilo.

De onde estava na cama, Ros deixou escapar um som de lamento, que Valencia interpretou como uma concordância relutante.

Tru assentiu uma vez com firmeza.

— Muito bem. Então você pode morar comigo.

Valencia se sobressaltou.

— Ah, não, eu não poderia...

— Eu também ofereceria, mas duvido que você queira morar com meus pais. O papagaio de minha mãe tem um lugar de honra na mesa de jantar. — Ros fez uma careta.

— Isso não parece muito higiênico — comentou Maeve.

Ros deu de ombros.

Tru continuou:

— Tenho muito espaço, e Cordelia e eu adoraríamos receber você.

— Ah, não, não posso aceitar. — Valencia balançou a cabeça com determinação. Queria permanecer em Londres, mas não àquele custo. — Você e Jasper logo se casarão, e não seria conveniente que eu impusesse minha presença quando começarem sua nova vida juntos. Vou ficar muito bem em Yorkshire — mentiu. — Terei uma casa própria com uma equipe de criados para me atender. Tenho muita sorte.

Tru abriu a boca para insistir, mas uma forte comoção chamou a atenção de todas para a porta do quarto no momento em que um bando de moças irrompeu por ali. Sem qualquer aviso. Sem bater, e certamente sem nenhum convite.

Capítulo 6

Poucas coisas são mais perigosas do que uma debutante sem modos.
A não ser, talvez, várias debutantes sem modos.
— Gertrude, a condessa viúva de Chatham

As irmãs do duque irromperam no quarto como um bando de cachorrinhos brincalhões.

As amigas de Valencia se viraram para ela quase em uníssono, com a perplexidade visível nos olhos.

— Quem é você? — exigiu uma das jovens, em tom rude.

Valencia não tinha certeza, mas achou que fora Del quem fizera a pergunta.

Tru piscou algumas vezes, chocada com aquela demonstração lamentável de falta de modos. Maeve ficou levemente boquiaberta de admiração quando a jovem Isolde se adiantou, segurando sua cachorra empalhada nos braços. *Boneca*. A moça nunca deixava aquilo para trás? O bicho ia com ela para toda parte?

— Nossa, vocês são todas tão bonitas e estão tão bem-vestidas! — exclamou a doce jovem, esticando a mão para tocar a manga ricamente bordada do vestido de caminhada de Maeve, que não reagiu, apenas continuou a piscar os olhos, espantada.

Estavam todas as seis ali. Valencia contou com rapidez para ter certeza. Sim. Seis. E nenhuma delas em silêncio. As moças conversavam entre si e também lançavam perguntas a Valencia e a suas convidadas.

As duas observavam as jovens com espanto e de olhos arregalados.

— Quem… são… elas? — perguntou Maeve em um sussurro hesitante.

— O que é aquela coisa? — questionou Ros, com os olhos fixos em Boneca e uma expressão de desdém.

— Damas — disse Valencia em voz alta o bastante, ela esperava, para ser ouvida em meio à algazarra nada insignificante das irmãs. — Permita-me apresentá-las às irmãs do duque.

— Seis? — A voz de Ros deixava clara sua incredulidade. — Existem seis delas?

Uma das irmãs anunciou, com alegria:

— Somos as seis que Rhain trouxe com ele — disse, e deu uma piscadela. — As seis *solteiras*.

As seis solteiras.

Aquela declaração despencou e assentou como uma pedra entre elas.

Tru cambaleou ligeiramente e suspirou, como se tivesse acabado de compreender tudo. Então trocou um olhar significativo com as amigas. *Todas* tinham compreendido.

A presença daquelas moças ali não era coincidência. O novo duque levara as irmãs *solteiras* para Londres para casá-las. Afinal, era aquilo que os homens faziam, pensou Valencia, contrariada. Usar, manipular e organizar a vida das mulheres sob sua responsabilidade.

Aquelas jovens provincianas estavam prestes a entrar na selva cruel do mercado de casamentos da alta sociedade. Não seria fácil nem bonito. Elas seriam devoradas pelos tubarões.

Uma das moças acertou outra com uma cotovelada rude.

— As seis *melhores*.

As irmãs riram como se fosse uma brincadeira que faziam havia muito tempo.

— Ai, meu Deus. Quantas mais de vocês... existem? — perguntou Maeve em um murmúrio.

— Somos treze no total. Doze meninas e nosso irmão. Seis são casadas. O meu irmão e nós seis *aqui*, não.

Ele era o único entre tantas mulheres. Aquilo sem dúvida era... alguma coisa. Provavelmente fora uma experiência e tanto crescer entre elas. *Ainda* devia ser uma experiência e tanto.

— Ai, meu Deus. Treze — sussurrou Tru, avaliando as moças. — São muitas de vocês.

— Não consigo identificar seu sotaque. — Ros conseguiu parecer educadamente curiosa, deixando de lado sua habitual autocrítica, o que era uma façanha.

— É de Bryn Bychan, no País de Gales.

— País de Gales. — Tru assentiu como se aquilo significasse alguma coisa.

Ros inclinou a cabeça e murmurou apenas para os ouvidos das amigas:

— Ao que parece, no País de Gales as pessoas não têm filhos, mas ninhadas.

Tru lançou um olhar de desaprovação para a irmã. Maeve pediu silenciosamente que se calasse.

Valencia reprimiu uma risada e acenou para cada uma da amigas, lembrando-se mais uma vez de suas boas maneiras e apresentando-as devidamente às irmãs do duque, cujos nomes ainda não havia decorado. Havia tantas delas... Será que *algum dia* conseguiria decorar aqueles nomes?

— Permita-me apresentar a vocês a sra. Bernard-Hill, a condessa viúva de Chatham, e lady Shawley.

As meninas trocaram olhares entre si e, uma por uma, se curvaram em reverências desajeitadas, fazendo Valencia e as amigas estremecerem, cientes de que o grupo seria alvo de desprezo e faria um papel ridículo nos salões de baile da alta sociedade. Não importava se eram irmãs do mais novo duque de Dedham: as grandes damas da alta sociedade as devorariam. Os recém-chegados eram sempre submetidos a um escrutínio fulminante e raramente ganhavam aprovação. Valencia leu a mesma conclusão nos olhos das amigas. Elas também já haviam concluído que aquelas jovens não se sairiam nada bem no convívio com a aristocracia. Não sem receberem um refinamento completo antes.

Naquele momento, uma sombra se avolumou no batente da porta, grande e imponente, e Valencia soube a quem pertencia antes mesmo de seu olhar pousar no rosto dele. As amigas ainda não o haviam notado. Estavam concentradas demais no estranho painel formado pelas irmãs. Mas Valencia logo o viu. Cada poro dela parecia se contrair e vibrar com a consciência da presença do duque.

Isolde, a única irmã de cujo nome Valencia conseguia se lembrar com facilidade, se apresentou primeiro:

— Eu sou Isolde. — De repente, ela olhou para as irmãs como se precisasse de confirmação. — Bem... É melhor dizer que sou a srta. Lloyd. — Ela então voltou a se dirigir às irmãs, falando apenas com o movimento dos lábios, sem emitir som: *É assim que devo me apresentar?* A ignorância da jovem sobre aqueles assuntos seria cômica se não fosse tão terrível. Comida para os tubarões, de fato. — É fascinante conhecer damas de sangue azul genuíno.

— Isolde, *nosso* irmão agora é duque.

— Ora — retrucou Isolde, na defensiva. — Ele é duque há quanto tempo? Uma semana? Dois dias? Essas damas com certeza são veteranas da alta sociedade.

Ros bufou e murmurou algo que pareceu com:

— Deus me livre de meninas imaturas.

Isolde ergueu a cachorra empalhada mais alto nos braços e acrescentou:

— E essa é a Boneca.

Maeve empalideceu e passou a mão pelo cabelo escuro impecavelmente penteado em um gesto nervoso.

— Essa coisa é... de verdade?

— Está querendo saber se ela já esteve viva? Sim — esclareceu uma das irmãs com uma risada. — Não se preocupe. Vai se acostumar a vê-la. Isolde o leva a todos os lugares.

A todos os lugares?

Valencia olhou de relance para a porta mais uma vez e viu que o duque permanecia ali, com uma expressão carrancuda, sem que a sua presença tivesse sido notada pelas outras — o que lhe parecia o milagre dos milagres. Como alguém poderia não perceber a presença daquele homem? Ele irradiava vitalidade. O ar praticamente vibrava com uma energia tão crepitante que Valencia podia sentir na pele.

O duque fechou os olhos por um momento, com a expressão sofrida, como se estivesse aflito com o comportamento das irmãs e tentando reencontrar a compostura. Um músculo se contraiu em seu rosto tenso, deixando claro que não estava indiferente ao momento, por mais implacável que fosse sua expressão.

— Você leva essa... cachorra... para toda parte? — repetiu Tru, sem dúvida imaginando o bicho empalhado acompanhando a jovem dama aos jantares festivos da sociedade.

Outra irmã afirmou:

— Vocês logo se acostumam.

Ros se encolheu, deixando muito claro que nunca se acostumaria com aquilo.

Valencia também não se acostumaria, porque estava partindo. A casa para as duquesas viúvas e a paisagem rústica a aguardavam. Apesar do convite gentil de Tru para que ficasse na cidade e morasse com ela, estava disposta a seguir em frente. Aquele era o destino dela.

Certamente não seria pior do que tudo o que já havia suportado. A solidão após a morte da mãe, os anos que se passaram tão devagar durante o casamento com Dedham, os longos dias, as horas prolongadas, os momentos pesados.

Aquilo resumia muito do que já acontecera em sua vida, a natureza desamparada da sua existência.

Ainda assim, Valencia continuava a desejar, a ansiar. Como uma tola.

Ela deveria saber que era melhor não ter esperança.

Deixaria o novo duque e as irmãs dele com suas vidas ali.

Que viesse o novo. Adeus ao que era antigo.

E, naquele cenário, Valencia era o antigo. Uma ideia que dava o que pensar.

Um discreto sorriso sem humor fez cócegas em seus lábios enquanto imaginava aquelas seis moças vibrantes, jovens e inocentes entrando no mercado de casamentos. Elas não tinham a menor noção do que as aguardava — nenhuma noção de como agir na complexa hierarquia social da aristocracia. Seria um espetáculo e tanto.

Jovens debutantes passavam a vida toda estudando o trabalho de Debrett e treinando a arte da dança, do namoro, do piano, do bordado e da administração doméstica, preparando-se para sua entrada na Alta Sociedade. Suas reverências no clube Almack's seriam apenas uma introdução, o limiar pelo qual passariam para uma glória maior — ou para o inferno.

Valencia conteve uma risada ao imaginar Isolde fazendo sua reverência com Boneca nos braços. As meninas estavam destinadas ao desastre, e Valencia se sentia triste por elas — mas um lado egoísta lamentava não estar ali para testemunhar aquilo. Seria pura diversão.

O duque pigarreou, anunciando enfim sua presença para todas no quarto.

— Meninas. Espero que não estejam incomodando as damas.

Sim. Elas não devem me perturbar e me impedir de fazer o que precisa ser feito para que eu vá embora logo.

As amigas de Valencia voltaram os olhos para o homem que apareceu na porta. Seus breves arquejos foram audíveis.

— Quem é *esse*? — sussurrou Ros de forma nada discreta.

Mesmo se autoproclamando uma solteirona orgulhosa, ela não deixava de admirar cavalheiros que mereciam admiração.

O novo duque inclinou ligeiramente a cabeça, e talvez não devesse ser tão surpreendente que aquilo de alguma forma pareceu ao mesmo tempo digno e apropriado. Régio, até.

— Miladies.

É claro que ele seria adequado para o papel de nobre duque. O homem se virou para Valencia, então, com um olhar significativo, que parecia dizer algo como: *Você deveria estar recebendo amigas quando está se preparando para partir?* Como se fosse sua função administrar as ações dela.

Cretino arrogante.

Valencia ergueu ligeiramente o queixo, então fez a devida reverência e apresentou as amigas ao novo Dedham. E logo se encolheu diante daquele pensamento. *O novo Dedham*. Encarou o homem à sua frente e sentiu um arrepio de aversão ao se referir a ele usando o sobrenome do falecido marido. Não combinava. Nunca combinaria.

O Dedham dela estava morto, se fora. Aquele homem não era ele.

No que dizia respeito a Valencia, nunca mais haveria outro, e era assim que deveria ser.

Todas as amigas fizeram reverências perfeitas e bem-treinadas, dizendo com deferência, em um tom doce e gentil:

— Vossa graça, é um grande prazer. Seja bem-vindo a Londres.

As irmãs do duque ficaram boquiabertas. Algumas deram risadinhas. A que gostava de usar os cotovelos acertou uma ponta ossuda na irmã mais próxima, quase derrubando-a. Isolde, que acariciava Boneca, disse cheia de admiração:

— Uau. Vocês fazem isso muito melhor do que nós. — Sorrindo, olhou para as irmãs em busca de concordância, mas as outras a encararam com irritação e não responderam. — Talvez devêssemos aprender com elas, não?

As palavras foram ditas em um tom brincalhão, mas Valencia só conseguiu pensar: *Sim. Sim. Sim. Sim.* Na verdade, as irmãs precisavam de aulas antes de entrar na sociedade. Aulas. Treinamento. Orientação.

Aquelas coisas aconteciam no curso normal da vida das jovens da alta sociedade, mas o irmão delas certamente não saberia nada a respeito. Ele era novo no papel de duque, novo na sociedade londrina. Na verdade, Valencia não sabia nada sobre o homem, mas daquilo sabia.

Não sabia quem ele era ou o que fazia antes de herdar o ducado, mas fora capaz de apreender o bastante para saber que aquele mundo não era algo que compreendesse bem. O novo duque era um homem que não tinha a menor ideia de como funcionava a vida na alta sociedade, mas logo a dura realidade o educaria. Infelizmente, à custa das irmãs.

Ros piscou para a menina que acariciava o Schnauzer empalhado como se fosse um animal de estimação vivo. Seus olhos cintilaram. Ela estava se divertindo demais com aquilo.

Tru lançou um olhar severo para a irmã.

O duque não perdeu nada que acontecia em paralelo. Estava perfeitamente alerta, os olhos atentos. Seus lábios se cerraram em uma expressão rígida — lábios atraentes e volumosos, mas Valencia não se permitiria reparar naquilo.

Ele obviamente estava ciente do fato de que as irmãs não eram nada elegantes. Rhain as examinou com uma expressão exasperada, confirmando que não era tão alheio às nuances e subtextos como as jovens à sua frente pareciam ser. Bom para ele. Não tão bom para as moças, mas talvez o duque procurasse ajuda para elas. Talvez não as atirasse de qualquer jeito na confusão do mercado de casamentos.

Embora a estivessem tirando do lugar que até aquele momento ela considerava sua casa, Valencia não desejava mal às meninas. A alta sociedade era capaz de ser uma receptora ríspida e cruel. Ela não desejaria tal crueldade a ninguém.

— Irmãs — disse o duque —, por que não deixam as damas em paz para que possam conversar?

Uma das moças deixou escapar um gemido. Outra murmurou algo em protesto. Uma terceira chegou mesmo a bater o pé. Era evidente que as jovens não estavam acostumadas a recusas e rejeições. A primeira temporada em Londres provavelmente seria um árduo despertar para elas, já que recusas e rejeição eram tão comuns quanto biscoitos com glacê na hora do chá.

As meninas saíram em fila, sem a menor postura, com Isolde andando especialmente devagar, lançando olhares de expectativa para Valencia e as amigas.

O duque permaneceu na porta depois que elas se foram e inclinou ligeiramente a cabeça.

— Miladies.

Ele levou a mão à maçaneta e começou a fechar a porta, mas não antes de seus olhos encontrarem os de Valencia. O duque fez uma pausa, então, sustentando o olhar dela pelo que pareceu uma eternidade, até finalmente sair e fechar a porta atrás de si.

— Então *esse* é o novo Dedham — murmurou Maeve suspirando profundamente, sem dúvida impressionada.

Valencia tentou não ficar emburrada. Não queria que Maeve ou qualquer uma das amigas ficassem *impressionadas* com o homem. Queria que não gostassem dele, assim como ela. E Valencia não gostava de Rhain — o homem que fora tão mal-educado desde o primeiro encontro. O homem que a estava expulsando de sua vida, arrancando-a da súbita liberdade que encontrara antes mesmo que Valencia pudesse aproveitá-la de maneira adequada.

É claro que ela sabia que o duque não era pessoalmente responsável por aquela mudança no rumo de sua vida. Se não fosse ele, seria outro homem. No entanto, também era verdade que o novo duque era o patife grosseiro que não parecia lamentar nem um pouco a situação de Valencia.

E daí que ele era jovem, forte, belo e tinha uma voz deliciosa, se havia sido um cretino? E daí que demonstrava uma dedicação admirável às irmãs?

Como a vida de Valencia poderia ter sido diferente se tivesse um irmão como ele para cuidar dela — ou pelo menos para aceitá-la com aquela tolerância gentil. Era como se o novo duque fosse uma versão melhorada do falecido Dedham, e *aquilo* provocava muitas sensações tristes e desconfortáveis em Valencia. Trazia à tona pensamentos que ela não tinha a menor vontade de examinar. Não se permitiria admirá-lo. *Não* sentiria aquela... atração.

— Tão belo quanto o último — acrescentou Ros com naturalidade.

— Rosalind — repreendeu Tru, lançando um olhar constrangido para Valencia.

— O que eu disse de errado? — Ros deu de ombros. — Ambos são homens atraentes. Bem, um *foi*. O outro *é*. — Ela pareceu perplexa por um momento, então deu de ombros mais uma vez, como se aquilo não importasse.

Era tudo muito enervante. O velho Dedham estava morto, mas assim que ele saiu de cena, um novo brotou para ocupar seu lugar. Como uma maldita estrela do mar.

A biblioteca da Casa Dedham ostentava uma grande variedade de livros, muitos deles abordando temas como natureza, anatomia e biologia. Um dos duques anteriores tinha grande interesse pelos assuntos. Valencia leu em um dos livros em questão que as estrelas do mar tinham a capacidade de se regenerar. Caso perdessem um membro, eram capazes de criar outro depois. O mesmo acontecia com os duques. Quando um ia, outro brotava em seu lugar.

— Eles *não* são parecidos — retrucou Valencia, sem conseguir se conter.

Os dois homens não eram iguais, mas o mais importante... *ela* não era a mesma. Não era mais a jovem inexperiente que se deixa levar por um rosto bonito e uma voz mansa. Não mais. De novo não.

Valencia se recusava a ver o falecido marido no novo Dedham. Na aparência, seu cônjuge era encantador, os cabelos loiros bastante atraentes — pelo menos no início, quando estava em bom estado físico e mental. Ela havia se permitido envolver completamente pelo jovem. O bastante para quase derreter quando Dedham anunciara abertamente, na primeira valsa que dançaram — o que aconteceu já na *segunda* vez que se encontraram — que a sua busca por uma noiva havia terminado e que ele a tomaria como esposa.

— Não deveria me fazer o pedido da forma devida, Vossa Graça? E ao meu pai? — perguntara Valencia, ofegante enquanto ele a girava nos braços.

— Uma mera formalidade — murmurara Dedham, com um sorriso autoconfiante. — Quero você. Você será minha.

O coração jovem e tolo de Valencia disparara no peito, e ela havia achado aquela autoconfiança e ousadia terrivelmente românticas. Anos depois, era capaz de perceber como Dedham havia sido arrogante... e egoísta. Tudo sempre girava ao redor dele, de seus caprichos, de seus prazeres, do que queria dela.

— É claro que não são parecidos — concordou Tru em um tom quase consolador, como se Valencia precisasse disso. Era piedade, um sentimento tão temido e odiado, do qual já estava farta. — Eles não são nada parecidos. — Tru lançou um olhar significativo para a irmã.

Ros piscou, como se tivesse se lembrado de algo. Olhou para Valencia e disse de forma pouco convincente:

— É claro que não. Nada parecido. A não ser pela boa aparência, riqueza e um título que lhe garante o que há de melhor na vida, seja merecido ou não.

Tru balançou a cabeça e soltou um suspiro exasperado.

— E isso não vale para todo nobre?

As amigas se demoraram por mais uma hora, mostrando uma alegria forçada e tentando aproveitar ao máximo o tempo fugaz que tinham juntas. Fizeram promessas de se reunirem em Yorkshire. Prometeram nunca perder contato. Convidaram Valencia a visitá-las em Londres ou em suas casas de campo. Ninguém poderia dizer quando ainda. Só puderam garantir que fariam aquilo acontecer de alguma forma. E talvez fizessem mesmo.

Valencia sentiu um nó na garganta enquanto pensava nas amigas e em tudo por que tinham passado juntas ao longo daqueles anos. Os bons momentos, os não tão bons, em que havia precisado delas e todas se dispuseram a apoiá-la, a amá-la. Os momentos em que haviam estado presentes, apoiando-a, amando-a e fazendo-a rir quando havia tão poucos motivos para rir. Será que conseguiria rir em Yorkshire sem as amigas?

Valencia havia escondido o pior delas. As três sabiam dos bebês perdidos, mas não de sua vergonha mais profunda. Aquilo ela escondera delas. Valencia sabia, racionalmente, que não era sua culpa, mas nunca havia revelado toda a extensão dos maus-tratos do marido. Nunca colocara aquilo em palavras, mas as amigas não eram tolas; tinham olhos e ouvidos. As três sabiam o bastante, e Valencia não teria sobrevivido todos aqueles anos sem elas. Não teria conseguido. Existe a família em que se nasce, mas existe também os amigos de quem ela se cerca, a família que se escolhe.

O fim de semana festivo na casa de campo voltou à sua mente. O corpo de Dedham retorcido e quebrado ao pé da escada enquanto gritos enchiam os ouvidos de Valencia. Os gritos *dela*. Seu estômago se revirou com a náusea já conhecida que a acometia sempre que recordava aquela noite. De fato, como teria sobrevivido sem suas amigas?

Valencia acompanhou sua família escolhida até a porta da frente, onde trocaram abraços apertados em uma despedida chorosa. Principalmente Ros e Maeve. As duas se agarraram a ela com mais força, por mais tempo, alisando suas costas, as mãos acariciando-a para cima e para baixo, como se relutasse em soltá-la. Os olhares cheios de palavras não ditas, palavras que não precisavam ser ditas porque podiam ser lidas em seus olhos.

Tru estivera muito ocupada no último ano com os momentos difíceis da própria vida. Assim como Valencia, Tru tinha sido casada com um homem desgraçado, e os maridos desgraçados cobravam seu preço. Enfrentá-los era uma ocupação de tempo integral. *Sobreviver* a eles.

Valencia não culpava a amiga por não ter atentado para os problemas dela com Dedham enquanto os maridos das duas estavam vivos. Só se podia aguentar uma provação por vez.

Chatham morrera pouco depois de Dedham. Outro acidente trágico. Era engraçado como os acidentes se abatiam sobre homens desgraçados. Era quase providencial, como se alguma força maior, uma mão norteadora, tivesse um papel importante tanto para ela quanto para Tru. Valencia estremeceu e desviou rapidamente os pensamentos para um rumo mais seguro à sua sanidade.

As humilhações sofridas nas mãos do marido haviam, de modo compreensível, ocupado o tempo de Tru. Então a morte dele a ocupara. Depois, Jasper Thorne. Aquele homem em particular *mais* do que ocupava Tru. Jasper a consumia, e ela a ele. Da melhor maneira possível. Os dois estavam perdidamente apaixonados — um amor verdadeiro, profundo e duradouro —, como atestavam as núpcias próximas deles.

Como se os pensamentos daquele casamento iminente tivessem evocado uma menção a ele, Tru gritou ao se despedir, quando já descia os degraus da frente:

— Você virá para o casamento. Tem que vir. Prometa-me que estará aqui.

— Eu virei — prometeu Valencia, e falava sério.

Mais tarde pensaria em como fazer aquilo, onde se hospedaria. Provavelmente com Maeve. Ros não havia exagerado. Os pais dela passavam um pouco da conta. A mãe tinha um pássaro que gostava de insultar os convidados durante o chá. Aquilo era tão natural para a criatura infernal quanto respirar.

No entanto, para Valência, Ros e a família ainda eram opções melhores do que ficar com seu pai e sua madrasta. Ela não conseguiria suportar aquilo — não suportaria ficar com eles, com o mesmo pai que não estivera ao seu lado ao longo de todos aqueles anos. O pai que não questionara quando o duque de Dedham pedira a mão de Valencia em casamento depois de apenas alguns encontros. O pai que não percebera — nem se importara — quando ela havia passado a não ter voz na presença do marido. Quando passara a desaparecer nas sombras.

As amigas tinham se preocupado com a mudança nela. Mesmo que Valencia guardasse seus segredos, mesmo que nunca comentasse sobre as coisas que aconteciam dentro das paredes de sua casa, elas a cercavam de amor.

Valencia fechou a porta e pressionou a testa contra a madeira fria por um longo momento, com os olhos firmemente fechados em uma tentativa de afastar a dor de cabeça, a saudade, o nó que apertava sua garganta e ameaçava explodir em um soluço.

Sentiria falta daquelas três.

Valencia dizia a si mesma que queria permanecer em Londres para experimentar a vida, ter uma aventura, saborear a independência... talvez até para ter um amante, já que agora estaria livre para fazê-lo. Embora nada daquilo fosse mentira, talvez houvesse mais. Havia *elas*.

As amigas estavam ali — a família de seu coração. Não havia nada nem ninguém esperando por ela em Yorkshire. Apenas o vento, as charnecas e o silêncio. Pouquíssimas pessoas — e todas estranhas. Embora estivesse pronta a se aventurar na remota casa destinada às duquesas viúvas, o coração de Valencia permaneceria em Londres.

Ela respirou fundo, suspirou e se virou, pronta para fugir para o quarto e terminar de fazer as malas a fim de poder começar sua jornada rumo ao norte no dia seguinte.

Então, ouviu um som baixo. O salto de uma bota arranhando o chão.

Valencia olhou rapidamente ao redor para tentar descobrir o que seria, e seus olhos acabaram pousando no duque, parado no lado oposto do saguão de entrada. Rhain estava apoiado no batente da porta com uma tranquilidade que ela não sentia. Naquele momento, Valencia sentia apenas tensão, contraindo o maxilar enquanto o encarava, enquanto o via avaliá-la.

Os braços do novo duque estavam cruzados sobre o peito largo enquanto a examinava, e Valencia sabia que ele já estava fazendo aquilo havia algum tempo. Observando-a com aqueles olhos castanhos profundos que pareciam iluminados por dentro — durante as despedidas com as amigas, no longo momento que ela tirou para si depois, enquanto se esforçava para manter a compostura e encostava a testa na porta, no que pensou ser um momento privado. Ele a estivera observando.

E ainda estava.

Valencia ergueu o queixo indignada, enquanto dizia a si mesma que a opinião daquele homem sobre ela não importava nem um pouco.

O duque continuou a encará-la. Valencia sustentou seu olhar, prendendo a respiração, sem piscar, os olhos ameaçando lacrimejar por permanecerem abertos por tanto tempo.

Então ele falou, e o som rouco pareceu roçar a pele dela até deixá-la arrepiada.

— O jantar será servido daqui a uma hora. — Uma pausa pairou no ar denso. — Junte-se a nós.

Rhain não esperou pela resposta dela.

O duque se virou e desapareceu pelo corredor na direção do escritório — do escritório dele agora — deixando-a sozinha, se perguntando por que aquele homem iria querer que Valencia se sentasse para jantar com ele e sua família. Parecia pouco característico da pessoa que a havia dispensado da casa dela de forma tão fria, tão casual e tão *definitiva*. Valencia fez uma careta. Da casa *dele*.

Junte-se a nós.

De repente, viu-se irritada. Não havia sido exatamente um pedido, mas uma exigência. Ele já estava se comportando como um duque, ou talvez sempre tivesse sido autoritário. Afinal, era um homem. A experiência havia lhe ensinado que os homens eram criados para serem dominadores, como se aquilo fosse um direito dado a eles por Deus.

O novo duque queria que ela fosse embora. Então por que a convidaria para jantar com a família?

A nuca de Valencia se arrepiou em alerta e seu estômago se revirou. A ocasião seria mais do que um jantar. Ela sentia aquilo nos ossos. Não sabia as razões, mas descobriria. Antes que tudo acabasse, Valencia descobriria.

Aceitaria o convite do duque. Juntaria-se a ele e à família dele para jantar ou o que estivesse sob o disfarce de um jantar.

A duquesa viúva de Dedham chegaria à mesa de jantar em todo o seu esplendor, com toda a dignidade, segurança e altivez que haviam lhe ensinado desde que aprendera a andar, desde o dia em que fizera sua primeira reverência.

O novo duque ficaria encantado. Ficaria boquiaberto.

Então saberia *quem* estava expulsando daquela casa.

Capítulo 7

A maior coisa em qualquer cômodo é o ego de um lorde.

— Valencia, a duquesa viúva de Dedham

A família estava reunida no salão de visitas, antes do jantar, à espera de que a duquesa viúva se juntasse a eles. Rhain se sentara perto do fogo crepitante e tomava seu conhaque, tentando não demonstrar a ansiedade que sentia. As irmãs não fizeram o mesmo esforço.

— Por que ela está demorando? — perguntou Isolde, ansiosa, para ninguém em particular.

A jovem ficara animadíssima ao saber que a ex-dona da casa jantaria com eles naquela noite. As reações das demais irmãs variavam de um leve interesse ao aborrecimento.

— Ela não sabe que estamos com fome? — resmungou Del, passando a mão pelo cabelo ruivo, os dedos tateando com habilidade uma das pequenas tranças que compunham o coque em sua nuca, como se estivesse tocando flauta.

— Como ela *saberia* disso? — perguntou Isolde, acariciando Boneca, a cachorra de olhos vazios, em seu colo.

Rhain já não se espantava ao ver a irmã com o animal empalhado, mas naquele momento só conseguia vê-la pelos olhos daquelas belas damas mais cedo. Ele vira a aversão nos olhos delas. As mulheres tinham achado aquilo estranho. Tinham achado *Isolde* estranha, e tal reação não caíra nada bem em Rhain. Isolde era uma menina doce e ele só queria o melhor para a jovem. Era o que a irmã merecia.

No entanto, ele podia muito bem imaginar como o restante da aristocracia reagiria. Rhain suspirou. Não podia permitir que aquilo acontecesse. Pelo bem de Isolde. De alguma forma... Boneca teria que partir.

A mãe e as irmãs haviam se fixado apenas nas coisas boas que resultariam daquela herança. As festas e bailes cintilantes, a dança até a meia-noite. Bons partidos fazendo fila na porta com buquês de flores e caixas de doces.

Elas achavam que aquele ducado significava apenas coisas bonitas. Não tinham considerado outra possibilidade. Não haviam previsto os desafios.

Rhain concordara em levar a mãe e as irmãs para Londres porque aquilo as deixava felizes e, em última análise, aquilo era tudo o que desejava: a felicidade delas. Só que não achava que era felicidade o que as aguardava ali. Previa mágoas. Humilhação. Não havia garantia de que seriam tratadas com educação. Aqueles malditos de sangue azul iriam devorá-las vivas e se deleitariam com cada momento. Embora as damas que haviam estado na casa naquela tarde tivessem sido bastante educadas, o constrangimento que as irmãs provocavam tinha sido evidente.

Rhain gostaria de poder protegê-las de toda maldade, mas aquele mundo estava além de seu controle. Ali não era Bryn Bychan. Ele sabia muitas coisas e se considerava um homem educado, mas era capaz de reconhecer as próprias limitações. Não conseguiria ajudar as irmãs naquilo, e elas precisavam de ajuda urgente.

Aquelas damas haviam percebido aquilo. *Ela* havia percebido. A duquesa viúva. Valencia, ele ouvira as amigas falarem o nome dela. *Valencia*. O nome combinava com a mulher. Era lindo e único como ela.

Rhain desconfiava que o atraso fosse proposital. Ele supôs que aquilo a fazia se sentir poderosa, como se ainda estivesse no controle. Como se aqueles continuassem a ser os seus domínios, seu reino, onde achava que tinha a vantagem. Como homem de negócios, reconhecia a tática. Era uma manobra digna, mas em vão. Quem estava no controle ali era ele — não havia criado as regras, mas as regras existiam. Eram o que eram, e a haviam despojado de qualquer poder que tivesse naquela casa.

Valencia poderia chegar tão tarde quanto quisesse para jantar, mas não estava mais no controle.

Um criado entrou no salão e manteve a porta aberta.

Rhain levou o conhaque aos lábios para tomar outro gole enquanto esperava que ela aparecesse, depois de colocar uma expressão cuidadosamente neutra e impassível no rosto.

A duquesa viúva pareceu deslizar pelo salão, e Rhain respirou fundo, vendo toda a sua esperança de parecer impassível se esvair em um instante. De repente, já não se sentia tão no controle.

A mulher era como uma visão.

As irmãs e a mãe pararam de conversar e ficaram encarando-a, boquiabertas. E com razão.

Rhain já sabia que ela era linda. Mesmo quando estava encharcada no convés da barcaça, fedendo às águas do Tâmisa, ele já ficara impressionado com sua beleza. Tinha experimentado aquela atração inconveniente e indesejável por Valencia desde o início. Atração maldita. Não havia como controlá-la, mas poderia se recusar a agir movido por aquela atração.

E *se recusaria*.

Rhain se levantou, tomando cuidado para não deixar transparecer o desejo que sentia enquanto a observava entrar na sala. Não queria ser aquele tipo de homem. O tipo predatório que olhava para as mulheres e as devorava com os olhos como se fossem carne em um açougue.

— Vossa Graça — disse em saudação, fixando a atenção no rosto da duquesa viúva e nas ondas escuras de seus cabelos, presas para o alto, deixando os ombros nus, uma pilha de tranças tão gloriosa, tão magnífica, que ele sentia as mãos ansiando para tocá-las, para segurar os fios sedosos junto ao rosto.

Rhain estava muito consciente do corpo exuberante envolto por aquele vestido dourado — como se Valencia fosse o sol irrompendo em um horizonte escuro. Mesmo sem baixar os olhos, ele estava muito consciente. Seria capaz de ver aquela imagem para sempre — *ela*. Para sempre. A visão da mulher fora impressa nele. Seria uma das imagens que manteria guardadas em um dos cômodos de sua mente para revisitar de vez em quando. Rhain se amaldiçoou pelo pensamento fantasioso.

Valencia fez uma reverência rápida e perfeita.

— Vossa graça. Miladies. Espero não tê-los feito esperar.

Apesar das palavras e da aparente graciosidade, *aquilo* não parecia verdade. Rhain poderia apostar que ela tivera toda intenção de fazê-los esperar.

Algumas de suas irmãs murmuraram algo indecifrável. Rhain não olhou na direção delas enquanto assegurava à dama deslumbrante à sua frente:

— De jeito nenhum.

Ele ofereceu um braço à mãe e outro à duquesa viúva. As duas aceitaram e ele as acompanhou até o salão de jantar, com as irmãs seguindo-os como patinhos obedientes.

O restante da noite passou com um fluxo constante de conversas. Até Del e Elin, sempre taciturnas, relaxaram e participaram, perguntando sobre Londres e sobre todas as coisas que desejavam ver e fazer e que haviam lido em livros e jornais.

Isolde e Bronwen estavam mais interessadas nos aspectos sociais, nas festas e bailes e, obviamente, nos cavalheiros.

Era fácil admirar a duquesa, sentada à mesa, resplandecente em seu vestido dourado, com a pele luminosa e os modos elegantes, os movimentos como os de um pássaro planando no ar.

— Quando você acha que poderemos comparecer ao nosso primeiro baile? — Bronwen se virou para o irmão cheia de esperança, distraindo Rhain de seu fascínio pela jovem viúva.

A resposta àquela pergunta estava fora de seu alcance. Rhain hesitou, olhando interrogativamente primeiro para a mãe e depois para a viúva. A dama mais jovem o encarou sem fazer qualquer comentário. E por que *deveria*? Não tinha nada a ver com ela. A mulher estava de partida.

Rhain desejou não ter olhado para ela. O fato de tê-lo feito era... significativo. Revelava demais, confirmava como ele sabia pouco daquele mundo, o mundo no qual desejava que as irmãs se inserissem com sucesso — porque aquele era o desejo *delas*. Era verdade que ele não sabia nada sobre aquilo, mas Valencia, sim. A duquesa viúva de Dedham. Aquele era o mundo dela.

A mãe de Rhain balbuciou alguma resposta. A duquesa viúva apenas observava. Ouvia. Ela sorriu com educação, enquanto devia pensar que todos eles eram irremediavelmente ignorantes. Rhain endireitou o corpo na cadeira. Não gostava nada daquela ideia nem da forma como ela o fazia se sentir profundamente incapaz. Ele se orgulhava de ser um homem competente.

O restante do jantar prosseguiu. Saborearam uma deliciosa refeição de costela de cordeiro com geleia de menta, linguado com endro e limão, nabos com manteiga e uma belíssima salada de pepino.

Depois da refeição, foram para a sala de estar, onde sua mãe insistiu para que a duquesa tocasse piano. Ela aceitou o convite e tocou lindamente. Rhain se deleitou com a apresentação e bateu palmas com as irmãs, que estavam encantadas. Era impossível negar: a mulher, além de linda, era talentosa.

Ainda não era muito tarde quando Valencia se levantou e pediu licença, mencionando a longa viagem do dia seguinte como motivo para se recolher mais cedo.

Rhain se levantou, discreto, e ficou observando com um aperto no peito enquanto a mulher saía da sala. Então, voltou a se afundar no sofá depois que a duquesa viúva se foi, ouvindo sem muita atenção enquanto a mãe e as irmãs conversavam ao seu redor.

Ele se viu olhando para a porta pela qual a duquesa viúva havia desaparecido, imaginando-a no andar de cima, em seu quarto, guardando os últimos itens na mala e se preparando para dormir. A última noite na cama dela, no quarto dela, no que antes fora a casa dela. Os dedos de Rhain tamborilavam no braço do sofá, em um movimento ansioso. Por alguma razão, a ideia não lhe caiu bem.

E por que deveria? A duquesa viúva era a única pessoa naquela casa que entendia alguma coisa sobre a vida na alta sociedade, e ele a estava mandando embora. Rhain fez uma careta, porque era um idiota precipitado que tinha aberto a boca no momento em que a descobrira em seu salão de visitas, antes de ter tempo de avaliar adequadamente a utilidade que a mulher poderia ter. Tinha se comportado como um cretino mal-humorado e agora se via diante das consequências da partida iminente dela.

— Rhain? Rhain? Você me ouviu?

Ele voltou rapidamente a atenção para a mãe. Alwena o encarava em expectativa, e Rhain sentiu todo o peso daquela expectativa no olhar dela.

— Você sabe como poderíamos começar a participar dos eventos sociais da cidade, agora que já nos mudamos e estamos instaladas? As meninas estão ansiosas para socializar.

Uma pergunta pertinente e que ele não sabia responder. As irmãs obviamente precisavam ser convidadas para ir aos lugares, e até o momento Rhain não tinha conhecimento da chegada de nenhum convite. Nenhum havia chegado à sua mesa. E deveria chegar? Como ele deveria proceder para conseguir convites?

Rhain deu de ombros com uma despreocupação casual que estava longe de sentir, já que as palavras lhe escapavam. Não tinha pensado tão longe quando decidira se aventurar em Londres com metade da família a reboque. Supunha que havia achado que iria simplesmente... acontecer. Eles chegariam a Londres. As irmãs encontrariam e escolheriam os cavalheiros elegíveis. Rhain não havia pensado em como as meninas seriam apresentadas aos supostos nobres pretendentes.

A mãe e as irmãs continuavam a encará-lo em expectativa, as expressões esperançosas.

Elas queriam que Rhain providenciasse, que resolvesse, como sempre havia feito. Como sempre faria.

Ele deixou escapar um suspiro.

— Vou ver o que pode ser feito.

Todas sorriram e assentiram, e logo se recostaram em seus assentos respirando aliviadas, certas de que ele faria o que prometera, que cuidaria de tudo.

Capítulo 8

O leito conjugal e o parto... duas consequências nefastas de se tornar uma esposa. É de espantar que a viuvez seja um estado cobiçado?

— Gertrude, a condessa viúva de Chatham

Valencia não se demorou muito depois do jantar. Aquela era a última noite em seu quarto, em sua casa. Ela se ressentiu por fazer o papel de anfitriã para as mesmas pessoas que a estavam expulsando e assumindo o controle de sua vida.

Preparou-se para dormir — despiu o vestido dourado e guardou-o com cuidado em um de seus baús, para que Tildie não precisasse ter aquele trabalho pela manhã. Acariciou o tecido refinado e se perguntou se algum dia teria motivo para usar aquele vestido nos confins de Yorkshire. Será que encontraria uma comunidade lá? Amigos? Amigas como tinha ali? Aquilo certamente não seria tarefa fácil. Talvez fosse mesmo impossível.

Balançando a cabeça para afastar os pensamentos sombrios, lembrou a si mesma de que voltaria para visitar as amigas. Estaria ali para o casamento de Tru, e também poderia organizar fins de semana festivos, desde que a casa destinada à duquesa viúva fosse grande o bastante para tal. Mas desconfiava que não seria.

Um fim de semana festivo. Valencia estremeceu ao pensar naquilo. Não comparecera a nenhum evento como aquele desde o ano anterior, desde que perdera o marido, e ainda tinha pesadelos com aquilo.

Ela se acomodou no banco diante da penteadeira e começou a tirar os grampos do cabelo, um por um, deixando-os em um pratinho à sua frente, tilintar após tilintar. A massa pesada de fios caiu por suas costas e Valencia suspirou de alívio enquanto apoiava os cotovelos na mesa e esfregava o couro cabeludo. Ficou daquele jeito por um longo momento antes de voltar a se mover.

Pegou a escova de cabelo de cabo perolado e escovou os fios até que brilhassem, como havia feito inúmeras vezes naquele mesmo lugar, enquanto se perguntava onde estaria fazendo aquilo na noite seguinte. Provavelmente em alguma estalagem ao longo da North Road, com sons estridentes chegando até ela vindos da taberna abaixo. E na noite seguinte... estaria em um quarto para onde inúmeras viúvas Dedham já haviam sido relegadas, onde foram alojadas e esquecidas até morrerem sem que ninguém se desse conta, sozinhas em suas camas.

Ela congelou, a escova a meio caminho no ar enquanto uma única batida reverberava no cômodo. A batida sacudiu a porta contígua — a que levava ao quarto de Dedham.

Um arrepio percorreu seu corpo. Ninguém nunca batia àquela porta. O aposento estava vazio havia mais de um ano... e antes daquilo Dedham já deixara havia muito de cruzar aquele limiar.

Aquele quarto, porém, acabara de voltar a ser ocupado.

Valencia ficou encarando a longa porta de madeira, a maçaneta ainda imóvel, como se pudesse ver através daquela barreira, como se fosse uma coisa viva, que respirava e podia saltar e mordê-la.

Ela balançou a cabeça. O novo duque nunca seria tão ousado, tão audacioso, a ponto de bater na porta entre os quartos como se os dois fossem íntimos, como se Valencia fosse deixá-lo entrar. Talvez tivesse sido algum dos criados que chegaram com a família Lloyd. Ela não sabia. Aquilo não fazia muito sentido, mas também não fazia sentido o novo duque bater na porta contígua entre os aposentos.

Encarar a porta fechada fez Valencia se lembrar de tempos passados. Tempos melhores, em que era muito jovem, cheia de esperança e estava apaixonada pelo homem com quem havia se casado, uma época em que acreditava ter encontrado um amor como os descritos nos livros. Tempos melhores, de fato. Quando o marido ainda estava interessado nos assuntos de cama e batia na porta uma única vez, por cortesia, antes de entrar. Ele então tirava o próprio robe, depois o dela, e os dois se deitavam na cama de Valencia para o que sempre parecia um encontro amoroso breve demais. Ela conseguia tirar algum prazer daqueles escassos minutos, mesmo que sempre ficasse vagamente insatisfeita, desejando mais.

Valencia abriu a boca, mas as palavras não saíram. Não sabia o que dizer. Ainda estava tendo dificuldade de assimilar que o novo duque estava no quarto ao lado — pois devia ser ele. Já era capaz de admitir aquilo para si mesma.

Era *ele*, e o homem queria entrar.

A maçaneta foi empurrada para baixo. O tempo pareceu desacelerar enquanto a porta começava a se abrir. Então o duque apareceu e parou na entrada do quarto de Valencia.

Ela o encarou através do espelho da penteadeira.

O homem já havia estado no quarto dela mais cedo, mas fora diferente. Antes, as irmãs dele e as amigas de Valencia estavam ali. Agora, eram só os dois.

— O que houve? — perguntou em um tom cheio de indignação, enquanto se virava lentamente no banco acolchoado para encará-lo.

Rhain olhou ao redor do quarto tranquilo, diferente de Valencia. Ele examinou tudo como se não fosse ousado ou inesperado de sua parte entrar no quarto dela sem ser convidado.

— É muito diferente dos meus aposentos.

Valencia sabia daquilo. Ela havia planejado a organização do quarto e decorado o espaço anos antes, quando se mudara para lá. Nos anos que se seguiram, Valencia renovara diversas vezes a decoração, mantendo o cômodo sempre como seu espaço privado. Naquele momento, o quarto era todo em tons pálidos de creme e lavanda suave com toques dourados. Já era daquele jeito havia alguns anos. Estivera avaliando a possibilidade de renovar mais uma vez a decoração, mas, como estava sendo expulsa de casa, aquilo nunca aconteceria.

— O quarto é seu agora. — Ela indicou os aposentos do duque com um movimento rígido de cabeça. — Pode reformar e decorar como quiser.

De alguma forma Valencia conseguiu dizer as palavras sem qualquer inflexão na voz. Isso foi um desafio, com certeza, já que estava sentindo todo tipo de coisas.

Ainda assim, havia indignação e… ressentimento vibrando sob sua pele. Valencia sentia um ressentimento intenso e penetrante pela injustiça de tudo aquilo invadindo-a com ardor.

É claro que aquele homem podia entrar no quarto. Ele o pertencia agora. O quarto dele. A casa dele. Tudo ali era dele.

O duque assentiu lentamente.

— Suponho que sim.

Exceto eu. Eu não sou dele.

O novo duque não tinha o direito de se comportar como se ela devesse se sujeitar a suas vontades

Valencia decidiu ser ousada e falou:

— Só porque passou a ser o senhor e mestre aqui não significa que tem o direito de entrar no meu quarto sem ser convidado. Sua autoridade não se estende a mim. Não é o *meu* senhor ou o *meu* mestre.

Ele a encarou em silêncio por um longo momento, com uma expressão indecifrável nos olhos castanhos profundos, sem deixar transparecer o que pensava, e aquilo a perturbou, deixando-a insegura enquanto se perguntava o que estaria pensando.

Finalmente, Rhain falou, com a voz irritantemente calma:

— Eu precisava falar com a senhora, e como planeja partir pela manhã… — Ele deixou o restante da frase no ar e deu de ombros.

— O senhor achou que isso lhe dava o direito de usar a porta que compartilhamos — concluiu Valencia.

O duque olhou novamente para a porta.

— Conveniente, isso.

Valencia endireitou os ombros em afronta.

— *É mesmo*… mas uma conveniência feita para uso do duque e da duquesa de Dedham.

Os lábios do homem se curvaram em um meio sorriso malicioso.

— Não é isso que nós somos? O duque e a duquesa de Dedham?

Ah! Valencia sentiu o rosto quente. *Aquilo estava muito longe da realidade.*

— O senhor sabe o que quero dizer.

Ele assentiu, ainda com aquele meio sorriso irritante.

— Sim. Eu sei.

Rhain estava brincando com ela, então? Valencia piscou, surpresa. Afinal, não havia percebido sequer um vislumbre de humor nele desde que se conheceram.

O duque voltou a olhar para a porta, como se estivesse considerando o assunto.

— Por mais conveniente que seja uma porta compartilhada, não há nada tão conveniente quanto compartilhar a mesma cama. Nada como um corpo quente e flexível ao alcance do braço o tempo todo. Uma das poucas vantagens do casamento, eu poderia apostar. Por que pessoas casadas precisariam de quartos separados? De camas separadas? Ou de uma porta compartilhada, já que estamos falando disso? Na verdade, o recurso me parece bastante… *in*conveniente. Nada conveniente. A senhora não concorda?

Valencia sentiu o rosto ainda mais quente. Que homem ultrajante. Ainda assim, as palavras dele encheram sua mente com imagens chocantes que causaram arrepios por todo o seu corpo e a fizeram apertar mais as coxas uma contra a outra, na tentativa de reprimir o súbito latejar entre suas pernas.

Ela reagiu depressa, finalmente encontrando a própria voz.

— As coisas são diferentes aqui… em Londres, na alta sociedade. Maridos e esposas mantêm quartos separados.

— Essa é a vida na aristocracia, então?

— Sim, é. — Valencia assentiu.

— Um bando de pedantes frígidos — comentou o duque, pensando alto.

Ela parou de assentir e franziu o cenho.

— Ora. Não.

Rhain grunhiu e deu de ombros.

— Se eu fosse casado, acharia isso muito inconveniente.

Valencia perguntou bruscamente:

— Deseja mesmo permanecer em Londres, Vossa Graça?

Nada nos modos daquele homem refletia qualquer entusiasmo por ter se tornado duque, por estar na cidade ou mesmo na casa. Apenas emanava desprezo por tudo aquilo.

O homem sorriu, então. Um sorriso devastador, de provocar um frio na barriga.

— Não — disse ele, apenas. — De jeito nenhum.

Valencia o encarou espantada, surpresa com a resposta. Achou que o duque insistiria que desejava estar ali, que pertencia àquele lugar.

— O senhor não quer... isso? — Ela fez um gesto amplo com a mão, mostrando o quarto ao redor. — Não quer o ducado?

Que homem sensato não desejaria a riqueza, o prestígio e a reputação instantânea que acompanhavam um ducado?

Ele jogou a cabeça para trás e deixou escapar uma risada rouca. Então, disse com a voz profunda:

— Cacete, não.

Valencia estremeceu, perplexa com o uso do palavrão.

Ela até conhecia a palavra, mas nenhum cavalheiro jamais a havia pronunciado em sua presença antes. Nem mesmo o marido. *Não, ele só me atormentava e me machucava*. Atos muito piores do que usar uma linguagem grosseira.

— Mas a senhora — acrescentou o duque —, *a senhora* quer estar aqui.

Valencia endireitou os ombros. Seria assim tão transparente? Se aquele homem estava consciente de seus desejos, aquilo significava que também tinha plena noção de como ela se sentia desapontada. O duque sabia que a ideia de deixar a casa a estava destruindo, e aquilo a fazia se sentir extremamente vulnerável. E vulnerabilidade só levava ao sofrimento.

O duque estava se regozijando com aquilo? Estava gostando de vê-la arrasada enquanto fazia as malas rumo à casa da duquesa viúva?

Valencia não se rebaixaria a discutir ou negar, mas também não iria implorar.

Ela ergueu o queixo.

— Eu sei qual é o meu lugar.

O duque deixou escapar um som evasivo e inclinou a cabeça, com uma expressão pensativa no rosto.

— E se seu lugar for aqui?

Valencia se sobressaltou ligeiramente, certa de que havia entendido mal.

— Eu não...

— E se a senhora permanecesse *aqui*?

Ele estava brincando? Valencia fez uma pausa antes de responder, enquanto se perguntava que jogo era aquele.

— E por que eu faria isso?

Que razão poderia haver para ela permanecer ali? Não passava de uma peça antiga. Não tinha qualquer serventia. Pertencia ao lugar para onde todas as outras viúvas antes dela haviam ido.

— A senhora poderia ser útil para mim... para a minha família.

Valencia digeriu aquilo por um momento. *Útil*. O que significava que... ele queria usá-la. *Ah*. Então era aquilo. É claro. Não estava sendo motivado pelo altruísmo.

— Suas irmãs — declarou sem rodeios.

O duque assentiu, agora sério.

— Elas poderiam se beneficiar de sua... hum, orientação.

Valencia cruzou os braços, enquanto pensava que as jovens realmente precisavam de ajuda em algumas áreas.

— Pelo que vejo, não há como argumentar em relação a isso — acrescentou o duque.

— Elas poderiam se beneficiar de alguma... ajuda — admitiu Valencia, e ergueu os ombros discretamente.

— E quem melhor do que a senhora, uma nobre viúva, para ajudá-las a navegar pelos mares da alta sociedade?

Não era um plano sem mérito. Ficar ali. Ajudar as irmãs dele. Mas...

— E quando eu não tiver mais utilidade para o senhor? Quando não precisar mais de minha *orientação*? E então? O que acontecerá comigo? Estarei de volta a esse mesmo lugar — argumentou Valencia, indicando o ambiente ao seu redor com a mão —, a esse momento, fazendo as malas para partir para a casa destinada à duquesa viúva? — Estaria de volta àquele momento terrível, que não tinha a menor vontade de reviver.

— Aceite minha proposta e poderá determinar seu preço.

— Meu preço?

— Sim. A senhora deseja permanecer aqui em Londres. Podemos providenciar isso. Posso lhe garantir sua própria casa... e aumentar seu rendimento.

Valencia o encarou com um olhar penetrante, e ele colocou uma expressão inocente no rosto e encolheu os ombros.

— Eu me reuni com os administradores do espólio do antigo duque, lembra? Sei como é baixa a quantia que lhe foi destinada. No momento, sua pensão não a sustentaria durante uma temporada em Londres. Cuidarei para que tenha o suficiente para durar o resto de sua vida. — Rhain acenou com a cabeça uma vez, sustentando o olhar dela.

Valencia manteve a calma por fora, a compostura, embora tudo dentro dela tremesse de empolgação com o que ele estava oferecendo. Empolgação *e* ressentimento.

Sei como é baixa a quantia que lhe foi destinada. Bem. Aquilo era mortificante. Uma vergonha profunda a fez enrubescer, e aquilo não estava certo. A vergonha não era dela, mas ainda assim se sentia constrangida.

Valencia não queria depender daquele homem para lhe prover nada. Não queria a ajuda dele.

Ainda assim, queria desesperadamente permanecer ali.

Será que oferecer um serviço em troca a ajudaria a se sentir digna?

— Vou registrar por escrito para a senhora — acrescentou o duque, seduzindo-a, tentando-a.

— Isso não é necessário...

— É, sim. — Ele cerrou os lábios naquela linha firme e determinada que Valencia já vira antes. — Vou providenciar para que seja feito. A senhora deve ter esse acordo devidamente registrado.

Valencia abriu a boca e logo voltou a fechá-la com um estalo inaudível. *Por que não?* Era *o certo* que ela tivesse aquilo por escrito. Merecia aquele tipo de garantia, o tipo de proteção que nenhum homem jamais lhe dera na vida. Nem o pai, nem o marido. Valencia nunca experimentara a sensação de segurança, mas o novo duque estava lhe oferecendo aquilo.

Ela engoliu em seco. Por um preço. Por serviços prestados, e aquilo era justo. De alguma forma, até a fazia se sentir melhor — por não estar ganhando algo em troca de nada. Não estaria sendo alvo de caridade. Ele não estava lhe concedendo aquele benefício por pena, e Valencia não ficaria em dívida.

Teria conquistado aquilo.

Valencia sem dúvida tinha uma habilidade. Era capaz de fazer o que o novo duque estava pedindo. Ela conhecia aquela vida, aquele mundo. Era uma grande dama da alta sociedade. Conhecia a aristocracia e todas as dificuldades que representava. Era capaz de navegar por aquelas águas com os olhos vendados.

Levantou-se do banco diante da penteadeira e avançou, fingindo confiança, fingindo não estar se sentindo vulnerável apenas de camisola. Não importava qual fosse sua aparência no momento, sem dúvida era melhor do que quando os dois haviam se conhecido.

Ela parou diante do novo duque.

— Muito bem. Temos um acordo, Vossa Graça.

Valencia endireitou os ombros e estendeu a mão, determinada a tratar aquilo como qualquer acordo firmado entre dois indivíduos razoáveis.

O duque ficou olhando por um longo momento para a mão estendida antes de pegá-la e envolvê-la na sua, que era muito maior. Os dedos quentes envolveram os de Valencia, enquanto seu olhar ardente a aprisionava. Ela respirou fundo.

O contato físico disparou uma onda de choque por todo o seu corpo. Talvez fosse o poder de atração do homem à sua frente. Talvez fossem aqueles olhos, de um tom castanho tão hipnótico e sedutor que teve a sensação de estar se afogando neles. Valencia respirou fundo mais uma vez.

Ou talvez fosse o fato de estarem sozinhos ali, a noite pulsando ao redor deles, apenas sons baixos vindos do mundo exterior, a cintilação suave do lampião banhando os dois com uma luz que parecia sobrenatural.

O latejar da pulsação dele encontrou a dela, atravessando a palma de sua mão. Valencia sentiu o coração acelerar um pouco, a batida um pouco mais forte, e se perguntou se o duque também estaria sentindo aquilo através das mãos unidas. Um som surdo começou a latejar em seus ouvidos, como um batimento cardíaco.

Valencia engoliu em seco.

Queria desviar os olhos, mas não conseguia. Não conseguia se afastar do olhar dele.

De repente, Valencia teve plena consciência de que os dois estavam sozinhos no quarto dela, à noite, com a cama a poucos metros de distância.

Ela engoliu em seco mais uma vez, ainda sentindo a garganta incrivelmente apertada. Deus. De fato, estava faminta por intimidade, voraz, se era capaz de se sentir daquela forma logo por ele, entre todos os homens. O novo Dedham. O substituto. A ironia não lhe passou despercebida.

Já se passara tempo demais.

O duque era muito atraente, e o corpo de Valencia não sentia os prazeres da carne havia tanto tempo. Aquilo serviu para lembrá-la de sua condição de viúva e de que nada a impedia de sentir atração por outro homem. Até mesmo por aquele idiota.

Durante anos, Valencia contara apenas consigo mesma para obter satisfação, confiara nas próprias mãos na escuridão do quarto, deixando que deslizassem, que vagassem por seu corpo e encontrassem os lugares onde o desejo se avolumava, esforçando-se para alcançar o alívio de que precisava, o clímax que nunca conseguira alcançar com o marido. Conseguira chegar lá por conta própria, e havia sido suficiente, mesmo que não fosse muito empolgante. Valencia permanecia com a sensação de que havia mais do que aquilo, mais prazer a ter com um parceiro adequado.

E queria um parceiro *adequado*. Ah, não amor. Nunca mais cometeria o mesmo erro — acreditar que estava atrás daquela coisa esquiva e efêmera. Não, não. Não era aquilo que buscava. O amor levava a ideias tolas de "felizes para sempre" e de casamento. Não queria outro marido. Jamais.

Quando pensava em um parceiro *adequado* era no sentido de um homem que fizesse sexo com ela adequadamente. Queria alguém que a fizesse revirar os olhos, e não para lhe dar o mesmo prazer que podia garantir sozinha a si mesma, mas porque ele saberia como usar e manipular o próprio corpo e também saberia o que fazer com o dela enquanto dividiam a cama.

Antes da chegada do homem à sua frente, Valencia estivera disposta a iniciar uma busca por aventuras amorosas. Se iria permanecer em Londres, não haveria motivo para não levar a busca adiante. E ainda poderia orientar as irmãs do duque com relação às normas da alta sociedade e conseguir o que queria, o que precisava, para si mesma.

Com os bons contatos que tinha como duquesa e a súbita posição das moças como irmãs de um duque, Valencia acreditava que não deveria ter problemas em ajudá-las a conseguir casamentos satisfatórios. As moças precisavam apenas de um pouco de refinamento. Sabia que poderia se incumbir daquela tarefa e, no processo, ainda se divertir um pouco com um parceiro de cama *adequado*.

O fim de semana festivo no campo

Um ano antes

Havia cavalheiros na alta sociedade que se empolgavam com a ideia de perseguir mulheres casadas. Para muitos, aquela era a única ocupação a que se dedicavam, mais do que a qualquer outro hobby. Mais do que se dedicavam a jogar, caçar ou correr pela cidade em seus *curricles* — carruagens leves e muito rápidas. Aqueles homens as encaravam como o objeto da caça, a presa. E o número daquele tipo de cavalheiros ao redor de Valencia só aumentou depois do acidente de Dedham.

Ela não estava preparada para aquilo — para eles.

Os homens circulavam como abutres sobre Valencia, como sombras escuras, aparições que a cercavam. Tinha sido profundamente incômodo. Havia se passado apenas uma semana do acidente a cavalo de Dedham e eles já surgiram. Ela e o marido ainda estavam se recuperando do choque, do trauma, ainda não tinham plena noção do resultado sombrio, e Valencia já precisava se defender dos avanços de patifes e libertinos. Assim que se espalhou a notícia de que Dedham talvez não voltasse a andar, a duquesa passara a receber convites obscenos de homens que achavam que deveria estar sofrendo em sua cama fria. Como se Valencia fosse governada apenas por seus desejos.

Lorde Burton tinha sido um daqueles homens. Ele fora tão ousado, tão indecoroso, que chegara a aparecer no salão de visitas dela sob o pretexto de checar como estava Dedham, quando o que realmente pretendia era deixar claro para Valencia que estava à disposição dela para... toda e qualquer necessidade.

Desde então o desgraçado estivera sempre presente. Sempre pairando ao redor. Em todos os bailes, apresentações musicais e óperas. Em cada reunião social, festa ou fim de semana festivo. Não importava que ambos fossem casados. Valencia se via permanentemente se esquivando dos avanços dele.

Enquanto Dedham viveu, ela honrou seus votos. Nunca rompera por diversão a fidelidade devida ao casamento, como tantas outras mulheres faziam. A sociedade dificilmente a culparia — desde que fosse discreta.

Afinal, já haviam se passado anos desde o acidente do marido. Tempo demais sem um homem em sua cama, mas ainda assim ela não ousara. Se Dedham descobrisse, Valencia sabia que não veria o resto de seus dias. A tolerância do marido tinha limites — bem estreitos, na verdade —, e ela sabia que aquilo era algo que ele não toleraria.

Valencia não havia convidado lorde Burton, mas ainda assim ele estava ali, em seu quarto, em seu espaço, com as mãos em cima dela.

— Solte-me — falou Valencia, com a voz engasgada.

Os dedos de Burton apertavam seus braços com força e ela teve certeza de que haveria marcas ali no dia seguinte. Tildie as veria e abaixaria a cabeça, desviando o olhar como sempre fazia, mas não antes de a duquesa perceber a pena em seus olhos, como já havia acontecido. Era uma piedade que já suportara antes.

— Pare com seus joguinhos. — Valencia sentiu o hálito quente e úmido do homem em seu rosto. — Você está brincando comigo há tempo demais, quase uma década agora. Eu já deveria ter tido você há muito tempo. Deveria ter sido minha assim que Dedham ficou aleijado. Deus sabe que seu marido não vai lhe satisfazer agora. — Burton a puxou contra si, e Valencia sentiu a protuberância insistente da masculinidade do homem contra o abdômen. — Como você deve estar sofrendo por isso depois de todo esse tempo, minha cara.

Ela engoliu um soluço enquanto se perguntava o que podia ter feito para dar a entender que estava aberta aos avanços daquele homem — e o que fazia todos presumirem que o marido não estava à altura de cumprir seus deveres conjugais? Era verdade, mas por que todos achavam aquilo? Era assim tão óbvio? Havia uma placa pendurada em seu pescoço, declarando tal abstinência quando andava pela cidade?

Burton deixou a mão subir até o decote da mulher, e ouviu-se o som do tecido se rasgando.

— Chega de resistir, Vossa Graça. Isso realmente já se tornou bastante tedioso.

Foi estranho ouvi-lo dirigir-se a ela tão respeitosamente, usando o título honorífico, enquanto a agredia.

No entanto, Valencia sabia que a posição e o título não ofereciam qualquer proteção a uma dama. No fim do dia, na escuridão da noite, uma mulher sempre podia ser vítima.

O ar frio a atingiu e a fez entrar em ação. Estendeu o braço e esticou a mão, procurando com os dedos e tateando até encontrar um pequeno relógio de latão na mesa de cabeceira. Ela ergueu o objeto pesado, respirou fundo e acertou a cabeça dele.

Aquele homem a escolhera como vítima, mas Valencia seria sua própria paladina. Ela sobreviveria.

Burton grunhiu e a soltou.

Valencia cambaleou para trás e ficou paralisada por um instante, em pânico, com o coração parecendo prestes a sair pela boca enquanto olhava para a forma imóvel diante de si. Ela cobriu a boca com a mão.

Senhor. Eu o matei. Eu. Matei. Esse. Homem.

Ninguém acreditaria que havia sido um acidente. E havia sido? Afinal, tivera a intenção de agredi-lo.

Valencia balançou a cabeça para clarear as ideias e se moveu, lançando-se em direção à porta. Lorde Burton a havia trancado — óbvio — quando entrara sorrateiramente, como um ladrão, determinado a levar a cabo seu propósito nefasto. Ela abriu a porta, enquanto mantinha a gola rasgada da camisola no lugar.

Valencia desceu rapidamente o corredor, determinada a chamar Tru. A amiga saberia o que fazer. Afinal, era a casa e o fim de semana festivo dela, e Tru era sempre muito sensata, tão calma e controlada. Uma mãe nata, uma pessoa que sabia cuidar, que nunca entrava em pânico em nenhuma situação.

Valencia parou diante das portas duplas do aposento que sabia que Tru ocupava. Já estava erguendo a mão para bater quando hesitou e recuou, sem deixar os dedos encostarem na porta de madeira. Um pensamento passou por sua mente, deixando-a em pânico: e se o marido de Tru estivesse com ela? O conde de Chatham — que por acaso também era amigo de Burton. E se ele estivesse no quarto?

Já havia se passado cerca de uma década desde que o conde e a condessa haviam organizado algum evento juntos, desde que haviam dormido sob o mesmo teto ou compartilhado um quarto. Era improvável que Chatham estivesse lá agora, mas a verdade era que aquele fim de semana festivo, naquela casa, também havia sido uma ideia improvável. Ainda assim, os dois estavam ali, juntos.

Chatham havia olhado para a esposa naquela noite com os olhos cintilando de interesse. Aquilo não passara despercebido a Valencia. E se ele tivesse decidido visitar a cama da esposa? Valencia não poderia se intrometer e arriscar que Chatham soubesse do acidente. Ele considerava Burton um amigo. Não poderia admitir diante dele que talvez tivesse matado o homem. Chatham não acreditaria que havia sido um acidente.

Valencia engoliu em seco, sentindo a garganta subitamente apertada. Aquilo não seria nada bom. Dedham seria alertado, e o marido só pensava o pior. Ele também não acreditaria nela.

Deixando a mão cair frouxa ao lado do corpo, Valencia se afastou da porta com os pensamentos acelerados. Ela muito possivelmente tinha um homem morto em seu quarto. No mínimo o deixara inconsciente. Burton poderia estar morrendo naquele exato momento. No quarto *dela*. Aquilo era demais. Valencia rangeu os dentes até sentir o maxilar doer.

Com o coração ainda parecendo prestes a sair pela boca, ela se virou na direção do quarto, decidida a descobrir qual era a situação de Burton naquele momento, para ter noção do que estava enfrentando. Com passos relutantes, ela se deslocou lentamente pela passadeira macia do corredor.

Valencia parou na entrada do quarto, segurando o batente da porta com tanta força que os nós dos seus dedos ficaram brancos. Ela olhou para a escuridão silenciosa do cômodo, para o tapete.

Nada.

Ele não estava ali. Valencia olhou ao redor, desesperada. Burton não estava em lugar algum. Sentindo-se como um animal perseguido, saiu para o corredor, andando de costas, ainda olhando freneticamente em volta, esticando a cabeça para olhar o interior do quarto, como se ele estivesse escondido em algum canto escuro e pudesse atacá-la a qualquer momento. Para onde fora? Estaria...

— Achou que havia levado a melhor, não é?

Valencia se virou ao ouvir a voz dele, mas não teve tempo de reagir ou de dizer qualquer coisa. Ou mesmo de se mover.

A mão de Burton envolveu subitamente seu pescoço, e ele a empurrou contra a parede do corredor. O homem se inclinou, então, com o rosto agora junto ao de Valencia, roçando os lábios nas curvas da orelha dela.

— Poderia ter sido tão agradável para nós dois. Agora não será fácil para você.

Não havia como se enganar sobre as intenções de lorde Burton. Ele queria machucá-la.

Com uma das mãos ainda ao redor do pescoço de Valencia, ele abaixou a outra, indiferente ao fato de que estavam no corredor, correndo o risco de que alguém os visse. Burton não se importou com aquilo. Estava furioso, procurando a bainha da camisola dela, enquanto Valencia se debatia entre ele e a parede.

— Pare de se mexer, sua vaca estúpida. Você não é uma criadinha inexperiente. Este é um fim de semana festivo, e é isso que acontece nesses eventos.

— Desculpe interromper, meu bom homem, mas faça a gentileza de encontrar outra prostituta para passar a noite. Talvez a sua esposa? Acredito que aquele seja o quarto dela.

Valencia piscou uma única vez, arrasada, e sua cabeça bateu na parede atrás com um baque surdo.

Ao ouvir aquelas palavras, Burton soltou um arquejo e se afastou rapidamente dela.

Valencia reagiu mais devagar, pois conhecia muito bem a voz do marido — e o humor dele. Ele não estava ali para salvá-la. Ela trocaria um mal por outro.

A fúria mal disfarçada na voz de Dedham não era reservada a Burton. Não, ela não seria poupada de sua ira. Sua voz estava trêmula com raiva *dela*. Seu desapontamento era sempre dirigido a Valencia, da forma mais irracional, mais injustificada — e injusta. Valencia passara a carregar a culpa por todos os desapontamentos da vida do marido.

— Dedham. — Burton pigarreou e passou a mão pelos cabelos enquanto se afastava dela. — Me perdoe. Não tive a intenção de ofender...

Não? Aquilo era realmente impressionante. Seria um pedido de desculpas? A mera ideia a surpreendeu. Burton não pretendera ofender um homem abordando a esposa de tal homem?

— Suma de minha vista, Burton.

Dedham se apoiou pesadamente na bengala. Embora não representasse uma grande ameaça física, ele era a própria imagem da intimidação. Mesmo com o corpo alquebrado, os olhos faiscando e um pouco insano com a dor que o atormentava cronicamente, ele ainda era o duque de Dedham. Ainda era um homem de poder e influência, e se tornava mais assustador por sua imprevisibilidade e sua propensão a descontar a ira em Valencia.

Burton abaixou a cabeça, subserviente.

— É claro, Vossa Graça.

O homem lançou a Valencia um último olhar carregado de uma emoção que ela não conseguiu nem começar a desvendar naquele momento. Tinha coisas mais sérias a enfrentar — outra reação a temer.

Então, Burton saiu de cena, descendo apressadamente o corredor.

Valencia se viu sozinha com o marido de olhos severos.

O olhar sem expressão pousou diretamente nela. Não era um resgate. Seria um castigo. Uma sentença. Talvez até uma execução.

— Esposa... — começou Dedham, então, como se achasse necessária uma correção: — Prostituta... o que tem a dizer em seu favor?

Nada, percebeu Valencia. Não havia nada a ser dito que não a condenasse ainda mais na mente do marido e a fizesse afundar ainda mais naquele abismo. Anos já haviam se passado desde o início daquela derrocada infernal. As únicas coisas que tinha, sua única salvação, eram suas amigas, suas damas. Não podia contar com um pai para intervir ou uma mãe em quem confiar. Nem mesmo um filho para lhe garantir conforto.

Não que tivesse feito confidências às amigas. Não sobre aquilo. Não conseguiu. Valencia tinha consciência de que não era certo sentir tanta vergonha pelos maus tratos que o marido lhe dispensava — Deus sabia que Tru era casada com um idiota. Ela receberia empatia. Ainda assim Valencia havia se mantido em silêncio, guardando para si os próprios segredos.

Dedham pensava apenas na própria perda. Na própria dor. Nunca na esposa. Nunca na possibilidade de que, no dia do acidente dele, Valencia perdera algo também. Que uma parte dela também tivesse morrido.

Os dois estavam sozinhos no corredor de uma casa adormecida. Terrivelmente sozinhos. Valencia estava muito perto do marido, ao alcance dele. Ela recuou um passo, buscando apenas se autopreservar, como sempre fazia quando se via em um cenário como aquele, mas Dedham antecipou seus movimentos e a agarrou por um braço, torcendo-o, machucando a pele sob a força implacável de seus dedos.

Valencia sentiu a fúria queimar seu peito e um rubor ardente se espalhar por sua pele.

— Nada. Não tenho nada a dizer em meu favor, porque não *preciso* dizer nada. Eu não fiz nada. Nunca fiz nada, mas você jamais vai aceitar isso.

As narinas de Dedham se dilataram.

— Devo acreditar que você se manteve fiel a mim durante todos esses anos em que não a servi como um marido deveria...

— Sim! Sim! — disparou Valencia. — Exatamente isso.

— Porque você me ama demais — zombou ele.

— Ah, não — devolveu, sentindo-se perigosamente ousada. E imprudente, talvez, mas o que aquilo importava naquele momento? *Ela* fora assediada sexualmente naquela noite e agora se via obrigada a enfrentar a ira do marido por não ter feito nada além de sofrer os maus-tratos por parte de Burton. Assim, continuou: — Não mais. Qualquer amor que já possa ter sentido por você morreu há muito tempo.

— É claro! — Os olhos de Dedham cintilaram como se ele estivesse encantado, como se justificado por aquela confissão. — No momento em que me acidentei, você...

— Não — interrompeu Valencia. — Não teve nada a ver com seu acidente. Foi você. Foi só você. Você matou o meu amor, e eu realmente o amava. — Ela fez uma pausa para tentar respirar, pressionando a mão contra o peito. — Mas você nunca conseguiu aceitar isso. Acabou destruindo cada fragmento de leveza que existia entre nós.

Dedham balançou a cabeça.

— Não.

— Ah, sim. — Valencia continuou, de qualquer modo, dizendo as palavras que nunca ousara dizer antes. — Você nos matou. Você matou o que tínhamos...

— E você acha que eu queria isso?

Dedham apontou para si mesmo, com o rosto contorcido por uma dor que ia além do emocional. Era física. Valencia sabia daquilo e tinha pena dele. Uma pena sincera. O marido vivia com dor. Por mais que a tivesse machucado, ela sabia que Dedham também sofria, mas aquilo não significava que Valencia o perdoava por tudo o que ele lhe infligira. Não havia desculpa para aquilo.

— Não. — Valencia balançou a cabeça com tristeza. — Você não queria, mas acabou garantindo que seu sofrimento se tornasse meu.

— Seu sofrimento — cuspiu ele, e a saliva literalmente escorreu de seus lábios. — Você está se ouvindo, sua cadela egoísta? O que é seu sofrimento comparado ao meu?

O aperto no braço dela se tornou mais forte, provocando uma dor excruciante.

Nada, percebeu Valencia, desanimada. Assim como ela também não era nada para o marido. Apenas a dor dele importava, e a duquesa se perguntou se, por outro lado, também teriam sido apenas a alegria e o prazer dele que haviam importado nos primeiros anos dos dois juntos. Será que ela não havia reparado naquilo? Será que simplesmente não havia reconhecido o verdadeiro Dedham sob a máscara daquele outro homem? Sempre havia sido sobre os desejos dele. O amor dele. A felicidade dele.

Valencia não teve muito tempo para pensar sobre aquilo porque os dedos do marido estavam causando uma dor muito intensa em sua pele delicada.

— Ai! — protestou ela, tentando soltar o braço.

— Você não sabe nada sobre dor de verdade, esposa — acusou Dedham, e seus olhos cintilaram novamente com aquele humor perigoso. Valencia soube, então, o que a aguardava. — Vou ter que lhe ensinar uma lição sobre isso.

Ela soube, antes mesmo de sentir a mão dele atingir seu rosto, que aquilo estava por vir. O marido garantiria que sentisse dor. Dedham era muito bom naquilo. Muito bom em lhe ensinar lições.

Capítulo 9

Nunca se deve subestimar a organização envolvida
no preparo para a temporada social.
O planejamento estratégico da Batalha de Waterloo foi menos complexo.
— Valencia, a duquesa viúva de Dedham

A semana seguinte foi um turbilhão de atividades na Casa Dedham, como nunca tinha sido visto durante o tempo de Valencia como duquesa.

O súbito vaivém de pessoas, tanto residentes como criados, só aumentou o caos. O barulho, a agitação e a atividade constante eram avassaladores. Ela nunca havia imaginado que a enorme Casa Dedham pudesse realmente parecer pequena, mas com todas aquelas pessoas o lugar parecia lotado, apertado e sufocante... não mais vazio.

Valencia imaginou que devia ser assim que as famílias se sentiam. Famílias *grandes*. Barulhentas e apinhadas. As brigas não escondiam o fato de que se amavam. As implicâncias não escondiam a intimidade.

Houve um tempo em que ela tivera aquilo, em que sentira aquele tipo de intimidade. Quando a mãe era viva, Valencia experimentara aquela sensação de proximidade e pertencimento.

Talvez não tivesse tido uma família animada e abundante ao seu redor, mas tivera a segurança, a convicção absoluta de que era amada e valorizada.

Então a mãe morrera, levando consigo aquela sensação de segurança e deixando-a com o pai perdulário, que nunca havia se importado com ela ou mesmo com sua querida mãe tanto quanto se importava consigo mesmo e com a busca de seus próprios prazeres: ou seja, mulheres.

E tinha havido muitas, *muitas* mulheres.

Já fazia muitos anos que o pai de Valencia deixara de ser uma figura de saúde e vigor, mas ele sempre se cercara de mulheres jovens. Amantes fixas ou passageiras, outras esposas depois da mãe dela. De alguma forma, o pai sobrevivera a duas delas. Era estranho. Ambas eram mais jovens, mas tiveram o azar de morrer antes dele. A mãe dela, vítima de uma febre que se estendera por dias antes de levá-la. A outra, por causa de uma overdose do láudano que ela gostava até demais.

O casamento do pai com Hazel, que era sua amante na época, tinha sido uma jogada ousada, desavergonhada. Ultrajante até para ele. Mas o marquês de Sutton sempre fazia o que queria. Pelo menos Valencia já estava fora de casa na época, casada com Dedham e vivendo seu próprio inferno. Ela não precisara sofrer vendo Hazel ocupando a cadeira da mãe, do outro lado da mesa de jantar, todos os dias, ou sentada à escrivaninha ou usando as joias da mãe.

A Casa Dedham era um lugar diferente agora, com a chegada do clã Lloyd. Durante anos aquele fora um lugar quieto, ameaçadoramente silencioso, tenso e pulsando como um batimento cardíaco sob a pele.

Agora estava cheio de vida e energia. Tudo estava à vista, nada escondido ou reprimido. O lugar parecia… mais leve.

Valencia estava gostando da mudança, da agitação, do frenesi.

Era verdade que as meninas eram extravagantes e pouco convencionais, mas havia risadas pela casa, e uma ausência de rigidez, de… ameaça.

Tildie também estava encantada com tudo aquilo.

— Estou tão feliz que vamos ficar. Eu sabia que o novo duque seria um verdadeiro cavalheiro.

Valencia conteve a vontade de questionar aquela declaração.

O acordo que haviam firmado talvez tivesse sido uma decisão fácil de tomar, mas Valencia ainda não se convencera de que Rhain era um homem decente. Assim como ela, o novo duque tinha motivações egoístas, pois precisava dos serviços de Valencia, que precisava do dinheiro dele. Uma troca justa e certamente *nada* altruísta.

Nos dias que se seguiram, ela se pegou atormentada por dúvidas sobre o acordo deles. Pensando com mais clareza, a decisão que tomara a fez hesitar. Não seria uma tarefa fácil. Valencia não tinha certeza nem se as irmãs Lloyd queriam seus conselhos sobre a sociedade ou sobre qualquer assunto. A taciturna Del, em particular, não gostou da interferência de Valencia em suas vidas.

Ela tinha a sensação de estar cuidando de criancinhas rebeldes, e não orientando um grupo de jovens damas. Houve momentos em meio à confusão em que se viu parada no topo da escada, olhando ao redor espantada, girando em um pequeno círculo enquanto as seis jovens corriam de um lado para o outro. Elas também não caminhavam de forma elegante nem falavam em tons suaves. Às vezes, chegavam até a arremessar objetos umas nas outras. Ah, nada que pudesse causar maiores danos. Travesseiros e almofadas principalmente. Ainda assim era tudo muito deselegante.

Claramente, o cantinho do País de Gales que as moças chamavam de lar não era a alta sociedade de Londres. Pelo que Valencia havia percebido, o vilarejo em que moravam era humilde e o modo de vida da família também. Provinciano. Tudo girava em torno da mina. A mina *deles*. Ou melhor, dele. A mina do duque. *Dele*.

O vilarejo de Bryn Bychan aparentemente era um lugar seguro, onde as moças Lloyd podiam *ser* qualquer coisa, *fazer* qualquer coisa e jogar quantos travesseiros e almofadas quisessem umas nas outras.

As irmãs do duque eram livres para agir como quisessem, sem repressão, sem julgamento. Valencia se viu obrigada a se perguntar por que elas não tinham ficado lá, desfrutando daquela liberdade e do prazer em uma vida na qual poderiam ser quem quisessem sem censura.

Ela teria se deleitado com aquela liberdade quando jovem. Valencia estremeceu. Iria se deleitar com aquilo *agora*. Supunha que os motivos de as moças Lloyd irem para Londres talvez fossem os mesmos por que a duquesa viúva não desejava se recolher a Yorkshire. Não havia muito o que fazer lá. Uma absoluta falta de eventos sociais. Uma vida de tédio. Dia após dia de mesmice.

Valencia começou aos poucos com as suas pupilas, determinada a não as assustar e sem querer parecer autoritária. Nos primeiros dias, avaliou as jovens, cada uma delas. Afinal, não se envia um soldado para a guerra sem o treinamento adequado, e o mercado de casamentos era uma guerra, de certa forma. Um campo de batalha a ser enfrentado, com certeza.

As seis jovens tinham fraquezas e forças diferentes. Valencia fez anotações em um diário. No topo de sua lista estava Isolde e, ao lado de seu nome: *Deixar Boneca para trás*. Ela sublinhou aquilo duas vezes. Talvez fosse seu objetivo mais importante.

Valencia tamborilou com os dedos no queixo, pensativa, diante daquilo. Teria que arrumar uma forma de separar o cachorro empalhado da moça.

Ela também fez outras listas — como a de todos os comerciantes de que precisariam.

Então, mandou chamá-los.

Todas as suas costureiras, *corsetieres*, chapeleiras, sapateiros, luveiros e joalheiros favoritos entravam e saíam da casa a toda hora. E aquela era apenas uma categoria. Também havia os instrutores necessários. Foi um esforço coordenado com muitas frentes de ataque.

Algumas irmãs reclamavam, principalmente Del e Glynnis, mas no geral todas se perfilavam como soldados obedientes. No fim, queriam uma apresentação bem-sucedida à aristocracia de Londres. Afinal, estavam ali exatamente por aquele motivo, e isso fazia com que se unissem entre si e até a Valencia.

E quem não amava coisas bonitas? As jovens estavam maravilhadas com a qualidade das roupas e acessórios que desfilavam diante delas. Acariciavam os veludos, os brocados e as sedas com suspiros arrebatados. Faziam cada prova com olhos arregalados.

Valencia mandou chamar a sra. Cohen, sua cabeleireira favorita. A cabeleireira favorita de todos. A mulher era uma artista. Fazia maravilhas no cabelo. As moças, no entanto, ainda não tinham se dado conta — nem apreciado — a proeza que era conseguir marcar uma tarde com a renomada sra. Cohen de Londres. Gritos ecoavam pela casa, e Valencia seguiu o som, entrando em um dos quartos do andar de cima para investigar. Então se deparou com Isolde sentada diante de uma penteadeira, deixando escapar sons estridentes enquanto olhava para dezoito centímetros do seu cabelo flamejante espalhados pelo chão.

As outras irmãs assistiam com olhos arregalados de horror, cercando-a, esperando sua vez com ansiedade. A não ser por Elin. Ela era a única que parecia pronta e disposta a cortar o cabelo.

— Pelo amor de Deus, Isolde, você está sendo dramática. Ninguém precisa de cabelo descendo abaixo da cintura. Se eu pudesse cortar o meu bem curtinho e usá-lo como o de um homem, eu o faria. — Elin tocou em uma mecha do próprio cabelo com uma expressão aborrecida. — Nada de fios embaraçados. A leveza disso seria celestial.

A sra. Cohen apontou a tesoura para Elin com uma expressão de aprovação no rosto.

— Você — falou com um sotaque pesado. — Faremos algo ousado e deslumbrante como deseja.

Elin sorriu, encantada.

Isolde continuou a choramingar, com o rosto enterrado nas mãos. A sra. Cohen parecia exasperada. Ela fez uma pausa e esperou que Isolde recuperasse a compostura para poder continuar seu trabalho.

Valencia deu uma palmadinha no ombro da jovem.

— Confie em mim, Isolde. A sra. Cohen é muito boa no que faz. Você vai ficar encantada com o resultado.

Isolde fungou e olhou para a frente com um aceno de cabeça.

— Vou ser corajosa.

— Boa menina.

Dando outra palmadinha encorajadora no ombro da moça, Valencia saiu do quarto com um sorriso cansado. Elas estavam em boas mãos. Valencia balançou a cabeça e deixou a tagarelice constante das irmãs para trás. Mas depois de apenas alguns dias, já estava bastante familiarizada com o barulho.

Ainda estava sorrindo quando virou em um canto do corredor, mas parou subitamente, e a expressão sumiu de seus lábios quando se viu cara a cara com o duque. Valencia diminuiu o passo no momento em que o olhar dele pousou nela. Estava belo como sempre, com o cabelo um pouco despenteado pelo vento, como se tivesse acabado de chegar da rua.

Ele também andara ocupado. Sua mãe lhe mantinha informada das atividades do filho. Ela o adorava, como costuma ser praxe entre as mães. Segundo a sra. Lloyd, ele era muito parecido com o pai. O orgulho cintilava em seus olhos quando falava de Rhain — o que era uma ocorrência frequente. Valencia não precisava arrancar nenhuma informação dela. A mulher compartilhava tudo de bom grado. De pequenos detalhes a grandes informações. Tudo era revelado, jorrava, enquanto contava os feitos do novo duque.

Não que Valencia precisasse dos relatórios abrangentes. Poderia recorrer aos próprios olhos e ouvidos, e o que ela mesma não conseguia descobrir, seus criados tinham grande prazer em compartilhar. Tildie naturalmente a mantinha informada.

O DUQUE PASSAVA a maior parte dos dias trancado em seu escritório, reunindo-se com diversas pessoas, inclusive os agentes do espólio — os mesmos cavalheiros que haviam explicado a Valencia sua situação depois da morte de Dedham, especificamente os detalhes relativos a sua pensão e a casa destinada às duquesas viúvas. Várias vezes tinham estado na companhia do duque.

Na hora do jantar, ela passava mais tempo com o novo Dedham do que aqueles meros vislumbres ao longo do dia.

Toda a família Lloyd se reunia ao redor da grande mesa de jantar, as jovens querendo falar uma por cima das outras e ser ouvidas.

Não o duque. Ele mantinha sempre a compostura. Uma figura taciturna na cabeceira da mesa. Sempre muito adequado, muito cordial, embora de uma forma um pouco artificial. Não deixava entrever nada do homem que havia entrado no quarto dela como se tivesse esse direito. Ele se comportava como um estranho distante e educado. Valencia quase se perguntava se havia inventado aquele encontro.

À noite, via-se parada diante da porta contígua, ouvindo os sons sutis dele do outro lado, tentando imaginá-lo ali. Ela conhecia bem o quarto. Podia vê-lo naquele espaço, visualizá-lo entre a madeira escura da mobília e diante das pesadas cortinas de tecido adamascado, despindo-se e preparando-se para a noite, subindo a bordo daquela cama tão grande que parecia uma fragata.

Ali, no corredor, Valencia voltou a colocar o sorriso no rosto e cumprimentou-o de forma circunspecta.

— Vossa graça.

Ouviu-se um grito vindo de dentro do quarto onde a sra. Cohen estava cuidando das irmãs dele.

O olhar do duque se elevou acima dos ombros dela.

— Há alguma coisa... errada?

— Está tudo em ordem, Vossa Graça. Trata-se só de alguns... cuidados com os cabelos.

— Ah. — Ele voltou novamente a atenção para ela. — Na verdade, eu estava procurando pela senhora.

Valencia o encarou espantada.

— Estava?

— Sim. Eu disse a Wilkes que viria buscá-la. Seu pai está lá embaixo, esperando na sala.

O bom humor de Valencia desapareceu na mesma hora e ela sentiu um peso no peito.

— Ah.

Se o pai estava ali, Valencia presumia que a madrasta também estivesse. Ele já não conseguia mais se movimentar com facilidade nos últimos tempos, e a esposa o acompanhava em todas as saídas. O marquês preferia Hazel a seu lado do que um criado. Achava mais digno. Valencia supunha que qualquer homem preferiria uma esposa jovem e bonita em seu braço em vez de um criado ou um enfermeiro ajudando-o a se levantar da cadeira, a entrar e a sair da carruagem, segurando seu braço enquanto ele caminhava de um cômodo para o outro. Como se lesse sua mente, o duque confirmou:

— Sua madrasta também. Ela parece muito gentil.

Gentil?

Ela mudou o peso do corpo de um pé para o outro, pouco à vontade com aquela visão de Hazel.

O duque a observava atentamente e Valencia se esforçou para não deixar que sua expressão revelasse alguma coisa. O homem não precisava saber de todos os detalhes sórdidos do passado dela. Cerrou os punhos ao lado do corpo, abriu-os e voltou a cerrá-los. Abriu e voltou a cerrá-los.

— Obrigada. Eu… ah, vou me juntar a eles.

Valencia passou pelo duque andando a passos rápidos.

Com sorte, ele não a seguiria.

Com sorte, ninguém se intrometeria em sua visita.

Com sorte, seria uma visita breve e o pai e Hazel partiriam em breve, e ela poderia esquecê-los novamente e retomar suas novas funções de orientar as irmãs do duque de Dedham nos meandros do mercado de casamentos, aproximando-se mais um passo de conseguir criar a vida que desejava para si mesma.

Capítulo 10

Seja uma prisão ou uma salvação, um casamento pode vir em diversas formas. O difícil é prever qual das duas opções antes de atravessar a nave da igreja.

— Hazel, a marquesa de Sutton

Hazel, a marquesa de Sutton, não acreditava que a visita daquele dia fosse uma boa ideia, mas depois que o marido se decidia sobre alguma coisa, não havia como dissuadi-lo.

Supôs que deveria ser grata por aquele traço de caráter dele. Afinal, fora exatamente aquilo que o levara a tomá-la como esposa. Casar-se com ela tinha ido contra as opiniões de todos ao redor, mas mesmo assim o marquês seguira em frente.

Ela ainda estaria vivendo de expedientes e do uso do próprio corpo se não fosse pela teimosia do homem que no momento era seu marido e pela incapacidade que tinha de se desviar de um objetivo depois da decisão tomada. Só aquilo teria feito com que ela se tornasse uma marquesa, deixando para trás o quarto que dividia com três outras jovens trabalhadoras no cortiço de três andares decadentes na área de Seven Dials.

No entanto, naquele caso, quando foram conduzidos ao salão de visitas da enteada dela, a teimosia do marido era decididamente um erro e não funcionaria a seu favor.

— Essa é uma péssima ideia — repetiu ela, por mais que não fosse adiantar nada. Afinal, já estavam ali.

Hazel ficou de pé diante da janela e de frente para o pátio. Mais além estava a rua movimentada. Como desejava se ver livre daquela casa e ir lá para fora, para qualquer outro lugar. Valencia não gostava dela. Não iria querer que estivesse ali.

Sutton sentou-se empertigado em uma poltrona enorme, as mãos frágeis e de veias azuis segurando o castão da bengala.

— O novo duque de Dedham chegou e fixou residência, minha cara. Há muitos boatos a respeito, e tive que saber da notícia por Tobias enquanto ele me ajudava a sair do banho — reclamou mais uma vez. — Consegue imaginar isso? Eu ficar sabendo de uma notícia dessas pelo meu valete, e não pela minha própria filha? Consegue imaginar?

Ele tinha uma forte tendência a se repetir ultimamente, e Hazel não sabia se o marido só não se lembrava de já ter dito certas coisas ou se estava tão magoado que se sentia compelido a repeti-las.

— Eu deveria ter sido a primeira pessoa a ser informada — acrescentou ele, bufando, fazendo-a pensar em uma criança petulante.

Hazel ficava impressionada com a estupidez do marido. Já fazia muito tempo que ele não ocupava o *primeiro* lugar na vida de Valencia — se é que alguma vez já havia ocupado.

Ele bateu com a bengala no chão com um baque surdo e continuou:

— Não consigo entender como Valencia não mandou me chamar. Eu deveria ter sido avisado imediatamente.

Hazel se conteve para não revirar os olhos. Mal sabia ele que ocupava um lugar no fim da lista de pessoas que a duquesa viúva considerava dignas de sua confiança. A única abaixo dele era a própria Hazel. Pai ou não, ele não era alguém a quem Valencia recorria quando tinha alguma novidade a contar — fosse boa ou má.

Sutton havia se colocado como alguém que não era digno da confiança da filha muito antes de se casar com Hazel, sua amante, uma mulher de moral duvidosa que por acaso era mais jovem que Valencia, mas aquilo também não tinha ajudado em nada. Valencia apenas tolerava o pai, e de Hazel ela nem fingia gostar.

A marquesa tinha sido astuta o bastante para perceber aquilo muito tempo antes. O marido estava alheio aos sentimentos da filha ou indiferente. Talvez um pouco dos dois.

Hazel reconhecia o tratamento frio de Valencia pelo que realmente era. Desprezo. Ressentimento. Antipatia. Pura e simples. Animosidade que muitas vezes se manifestava em público, para grande prazer da alta sociedade.

A mesma alta sociedade que tinha uma fome lasciva pelo feio. A dita Boa Sociedade na verdade não era nada *boa*. Exigia ser constantemente alimentada. Gostava de drama, de fofocas, dos espetáculos mais suculentos. Os membros da alta sociedade eram como tubarões. Quando havia sangue na água, eles corriam para se regozijar, e em mais de uma ocasião, Valencia e Hazel haviam lhes garantido um verdadeiro banquete.

A marquesa estremeceu. Aquele dia no barco, a caminho de Vauxhall, tinha sido um exemplo perfeito. Ela não tivera a menor intenção de jogar a enteada no rio, mas fora exatamente o que fizera. Lançara Valencia nas águas sujas do Tâmisa. Não era de admirar que as duas não tivessem chegado a fazer as pazes. Hazel não via Valencia desde aquela humilhação em particular.

Olhando para as portas duplas ainda fechadas, suspeitava que Valencia os estivesse fazendo esperar de propósito. Talvez ela mandasse alguém dizer que lamentava, mas que não apareceria. Talvez alegasse estar doente.

Sutton se ocupava com a generosa variedade de comida disposta no serviço de chá diante dele. O homem estava pele e osso, mas ainda tinha um apetite saudável. Hazel continuou a olhar para o pátio.

Ela imaginou que aquilo aconteceria um ano antes. Com Dedham morto, era normal que o novo herdeiro chegasse para desalojar a viúva do antigo duque. Aquele era o costume. Era o que se fazia, por mais terrível que fosse. Não havia sido criada na alta sociedade, mas sabia muito sobre herdeiros e primogenitura.

E então as portas foram abertas. Daquela vez não foi Wilkes nem mesmo o belo novo duque quem se apresentou diante deles. Foi Valencia. Finalmente.

Hazel sentiu o peito apertado, como sempre acontecia, quando os olhos escuros da enteada pousaram nela, frios como a noite.

— Filha. — Sutton cumprimentou Valencia, estendendo um braço para ela. — Venha nos dar um beijo.

Ela se adiantou obedientemente para dar um beijo no pai. Para Hazel, destinou apenas um aceno de cabeça como cumprimento. Era o máximo que se poderia esperar.

Valencia se acomodou no sofá diante deles e indicou o serviço de chá com um gesto.

— Vejo que já foram servidos.

— Sim, o seu Wilkes está sempre atento — comentou Hazel.

Os lábios de Valencia se curvaram em um sorriso sem humor.

— Ele não é mais meu Wilkes. É?

O pai dela bateu com a bengala no chão.

— Falando nisso. Por que você não me chamou quando o novo duque chegou?

Valencia deu de ombros e passou a mão pelas saias.

— Teria feito alguma diferença, papai? Ele é o duque. Está aqui. Eu sou a viúva. Simples assim. Todos nós sabíamos que isso aconteceria desde o dia em que meu marido faleceu.

Hazel examinou a enteada, sempre tão fria e controlada. Nada parecia perturbá-la. Valencia era muito boa em usar máscaras.

— Ele mandou você fazer as malas? — perguntou Sutton em tom ardente, com um forte rubor colorindo seu rosto pálido.

— Ainda não.

— Ainda? — Hazel não conseguiu evitar repetir.

Valencia a encarou friamente antes de voltar a atenção para o pai.

— Eu concordei em ajudar a orientar as irmãs dele durante a temporada social.

Houve um momento de silêncio antes de Sutton explodir, inclinando-se sobre sua bengala.

— Está dizendo que ele vai *usar* você e depois mandá-la embora quando terminar? Inaceitável!

— Por que isso lhe parece tão questionável? Não é isso que tem feito com as damas ao longo dos anos, papai? — Valencia inclinou a cabeça e examinou-o por um momento. — Usá-las, então descartá-las?

Um sorriso surgiu nos lábios de Hazel. A mulher estava certa. Sutton havia se casado com a segunda esposa meses após a morte da primeira, abstendo-se das regras do luto, e mesmo naquela época, durante todo o tempo, ele mantivera uma amante enquanto se divertia com outras mulheres por toda a cidade.

O marquês deu uma risada zombeteira, desprezando a declaração com um gesto de mão.

— Isso é diferente, filha.

— Por quê? Como? Porque *eu* não sou *elas*?

— Na verdade, você não é nada parecida com elas. Você é melhor. É *minha* filha. Uma duquesa, viúva ou não. E é jovem e encantadora demais para ser colocada de lado e deixada para apodrecer no campo.

Valencia cerrou os lábios, e Hazel soube que a indignação de Sutton não servira em nada para torná-lo mais querido pela filha.

— Então você recebeu *permissão* para permanecer aqui... como uma criada contratada? — zombou ele. — Basicamente, uma empregada.

— Eu não me importo, papai. — Valencia cruzou as mãos no colo e voltou os olhos para Hazel com desdém. — É uma troca justa. Minha experiência em troca de casa e comida. Não concorda, Hazel? Você sabe alguma coisa sobre a arte da permuta.

Hazel cruzou os braços, sabendo que era uma crítica dirigida a ela. Sua vida pregressa como cortesã e a vida atual como esposa de Sutton — embora desconfiasse que a enteada se ressentisse mais dela por causa de sua vida atual, porque a madrasta ousara ocupar o lugar da mãe de Valencia.

— Ah! — Sutton parecia estar sufocando. — Não diga essas coisas. Não consigo suportar ver vocês duas brigando.

— O senhor não consegue? O *senhor* não suporta? Engraçado, não? O senhor pareceu suportar sem problemas que eu fosse infeliz casada com Dedham por todos aqueles anos. Ele era horrível comigo, papai, e o senhor sem dúvida sabia disso.

Ele sabia. E Hazel também. E ela havia comentado a respeito com o marido em mais de uma ocasião. Os dois casais tinham passado muitos fins de semana e jantares juntos, e Hazel percebia o comportamento sutil e às vezes não tão sutil de Dedham. O modo como Valencia estremecia quando o marido chegava perto demais, quando fazia algum movimento brusco. Hazel havia reconhecido aquele comportamento exatamente como o que era e não fizera nada. Nada além de falar com Sutton a respeito, esperando que ele interviesse como pai.

Valencia estava certa. Hazel deveria ter se esforçado mais para ajudá-la.

Sutton bateu novamente com a bengala no chão.

— Você estava no ápice da sociedade como esposa de Dedham. Qualquer desconforto que possa ter sentido como esposa dele certamente valeu a pena.

— Ele era um homem cruel — rebateu Valencia. — E o senhor não fez nada.

Hazel fez menção de se aproximar para confortá-la — afinal, ela sabia uma coisa ou outra sobre homens cruéis e sobre o que Valencia havia suportado —, mas a enteada lançou um olhar fulminante em sua direção, fazendo-a parar.

— Não — ordenou Valencia. — *Não*.

Hazel assentiu.

Um pesado silêncio se instalou.

Sutton suspirou e pegou outro *scone*. Ele deu uma mordida no pãozinho e ficou encarando a filha enquanto mastigava, enquanto migalhas escapavam de seus lábios muito finos.

— Muito bem. Você pode morar conosco.

Valencia se encolheu.

Hazel piscou várias vezes, surpresa.

Sutton agitou os dedos.

— Chame sua camareira. Avise-a para começar a arrumar as suas coisas.

Valencia riu e balançou a cabeça.

— Ah, não. Essa não é uma opção. Por mais atraente que seja a oferta, ficarei aqui. — Ela se levantou lentamente. — Agora, se me dão licença, tenho muito o que fazer. Como podem imaginar, não é uma tarefa simples preparar seis jovens damas para a temporada social.

Sutton deixou escapar um som de desprezo e se esforçou para ficar de pé. Seus movimentos eram mais lentos nos últimos tempos. Hazel deu um passo à frente para pegar o cotovelo do marido e oferecer ajuda.

— Nossa, me parece uma desgraça — murmurou ele com uma careta.

Valencia respondeu com um sorriso tenso:

— Ora, vamos encarar as coisas como são. Esse nunca foi seu forte. O senhor não supervisionou nem minha primeira temporada. Deixou tudo a cargo da tia-avó Helena. A não ser por assinar o contrato nupcial, o senhor fez muito pouco.

Valencia se virou, então, e os acompanhou muito educadamente até o saguão de entrada.

— Adeus, minha cara. — Sutton deu um beijo no rosto da filha.

— Adeus, papai — respondeu ela, em tom afetado.

Hazel fez uma pausa e encarou a enteada com uma expressão encorajadora.

— Boa sorte, Valencia.

Valencia a encarou de volta sem dizer nada. Por um momento, Hazel pensou que a expressão dela havia se suavizado, mas não. Não havia nada lá. Apenas a impassibilidade, mais uma vez.

Eles deixaram a casa.

Já no conforto da carruagem, Sutton desabafou, apontando um dedo nodoso para o próprio peito.

— É uma tragédia que uma filha minha seja reduzida a uma governanta de luxo.

Hazel assentiu com comiseração, mesmo achando que talvez fosse uma avaliação errada da situação. Ela estava um pouco surpresa com o fato de o marido mostrar alguma empatia por Valencia. Afinal, tratava-se de uma mulher, e o marquês nunca fora particularmente sensível às injustiças cometidas contra as mulheres. É claro, Valencia era filha dele. Sangue do seu sangue. Aquilo a tornava diferente, especial. O ego de Sutton estava afetado. Sua vaidade, ferida. Ele via aquilo como um ataque pessoal à sua dignidade.

— Minha filha... Uma duquesa colocada para fora com o lixo porque nunca deu um herdeiro a Dedham. Vergonhoso. Eu esperava que aquele homem garantisse um futuro melhor para ela.

Hazel o encarou confusa. Realmente? Esperara mais de Dedham?

O falecido duque frequentava casas de má reputação desde muito jovem. Hazel sabia muito bem. O casamento com Valencia não o impedira de ceder a suas inclinações. Sutton certamente não estivera alheio a tudo aquilo. Os dois provavelmente haviam se encontrado naqueles estabelecimentos repugnantes.

Ainda assim, em vez de discutir com o marido, Hazel apenas assentiu. Afinal, concordava com ele. Em última análise, era injusto que, depois de sofrer durante tantos anos na mão do marido, Valencia se encontrasse no momento à mercê de mais um duque de Dedham.

— Se ela tivesse lhe dado um filho, aí sim, estaria muito bem situada.

Aquele era o problema, e, infelizmente, não havia nada a fazer a respeito. Era como as coisas funcionavam.

— Temo que isso aconteça com você, minha cara. O que vai acontecer quando eu me for?

Hazel ficou surpresa ao ouvir aquilo e deu de ombros. Estava muito acostumada a viver sem dinheiro. Tinha a barriga cheia todos os dias, no momento, e dormia em lençóis de seda, mas não esquecera como era não ter nada.

— Não vamos pensar nisso.

Ela não precisava pensar naquilo, porque sabia muito bem qual seria seu destino quando o marido se fosse. A aristocracia iria evitá-la como há muito desejava fazer. Só era poupada de tal tratamento no momento, só era tolerada pela alta sociedade e recebida em seus salões de visita porque Sutton ainda respirava, porque estava vivo e não se podia negar certas coisas a um marquês.

Valencia era a única pessoa que demonstrava *abertamente* não gostar dela. O que não significava que os outros gostassem. Não mesmo. Os demais apenas escondiam seu desprezo por trás de máscaras de educação. Mentiam com olhos, palavras e ações quando a cumprimentavam nas ruas e nos salões de baile. Naquele aspecto, Hazel quase admirava Valencia. Pelo menos havia honestidade entre elas. Não havia nenhum artifício no que se referia ao que a enteada sentia por ela.

— Terei minha pensão de viúva, como Valencia.

Seria o suficiente, mais do que ela havia tido quando criança e depois, quando era uma jovem abrindo o próprio caminho no mundo. Não passaria fome. Não seria uma sem-teto.

— Uma ninharia quando você poderia permanecer na casa aqui na cidade e manter a base da família no país.

Hazel balançou a cabeça, confusa.

— Mas eu não posso... Somente seu herdeiro pode reivindicar isso...

— Martin, o filho perdulário de meu primo. — Sutton grunhiu e balançou a cabeça. — Aquele rapaz idiota não merece isso.

Hazel não tinha certeza se alguém *merecia* um marquesado. Não era algo a ser conquistado, era recebido por um capricho do destino.

— Três jovens esposas e nenhuma conseguiu me dar um filho homem — resmungou ele com um suspiro magoado.

Hazel se conteve para não argumentar que ele também poderia ter algo a ver com aquilo. O marquês certamente desempenhara um papel na geração de filhos.

Ele continuou:

— Não é justo. *Você*. Você deveria ter tido o meu herdeiro.

Ela deu de ombros.

— Não era pra ser.

— Não! Deveria ser. Não deveria ser Martin. — Ele bateu com a bengala no chão da carruagem para dar ênfase a suas palavras. — Você terá o meu herdeiro.

Hazel o encarou e abriu e fechou a boca algumas vezes, tentando encontrar a própria voz, enquanto se perguntava se o marido havia enlouquecido. Aquilo finalmente estava acontecendo? Ele começava a decair em direção à senilidade? Qualquer possibilidade de engravidá-la já havia passado para o marquês. O tempo havia chegado e passado. Hazel sabia daquilo com certeza.

O marido era impotente.

Ela ocupava uma cama fria no momento. Havia anos, na verdade. Aquele era o seu conforto depois de ganhar a vida como cortesã. Hazel não lamentava a ausência de um companheiro de cama. Nem um pouco. Tinha conquistado aquele mínimo de paz para si mesma, e se deleitava com o fato — que seu quarto e sua cama fossem só dela. *Meu corpo é só meu*. A maldição de Sutton se tornara a bênção dela, um verdadeiro presente.

— Milorde — murmurou Hazel. Eram marido e mulher, mas ela ainda se apegava àquela formalidade. Sabia que Sutton gostava da deferência e da distância que o termo colocava entre os dois. — O senhor não pode... Nós não podemos...

Ele deu uma palmadinha na mão enluvada da esposa, que estava apoiada no assento entre eles.

— Preciso cuidar de seu futuro. Devo fazer o melhor por você, mais do que Dedham fez por minha filha.

— Isso é louvável, milorde, mas... como o senhor poderia... — Ela fez um gesto de mão vago na direção dele, procurando ser cuidadosa, já que não tinha nenhum desejo de insultar a virilidade do marido; ou melhor, a falta de virilidade.

Ele assentiu, parecendo seguro de si.

— Existem maneiras, minha cara.

Hazel franziu a testa e se voltou para ele, curiosa em relação àquele ar de confiança, se perguntado se o marquês conhecia alguma poção mágica para curá-lo da impotência.

Um pequeno arrepio a percorreu ao imaginar a estrutura pálida e esquelética do corpo do marido pressionada contra o dela. Hazel engoliu com dificuldade, sentindo a garganta apertada, enquanto um arrepio frio roçava a sua pele. Um tremor de apreensão a percorreu.

— Sempre há um jeito — repetiu Sutton com um sorriso enigmático.

Capítulo 11

O mais astucioso dos pretendentes sabe que o caminho mais rápido para o coração de uma debutante é através do pai dela.

— Valencia, a duquesa viúva de Dedham

Rhain estava sentado em seu escritório quando avistou a viúva. Ela passou direto pela porta aberta e seguiu pelo corredor.

Naquele vislumbre, viu que a mulher estava com a cabeça inclinada, as feições pensativas, a linha elegante do pescoço tensionada de uma forma que ele não deveria ter achado tão atraente. Mesmo naquele breve olhar roubado, as mechas castanho-escuras do cabelo dela, que se enrolavam suavemente na nuca à mostra, chamaram a atenção de Rhain e fizeram seu coração bater um pouco mais rápido.

Aquela visão inocente lhe pareceu tudo, menos inocente. Ele se ajeitou na cadeira, sentindo o corpo subitamente vivo, tenso, embora compreendesse plenamente que aquilo não deveria parecer tão erótico. Rhain se sentia como um rapaz inexperiente arrebatado pelo fervor da primeira paixão.

A viúva nem sequer olhou na direção do escritório ao passar, e ele sentiu uma pontada inexplicável de decepção. Então, franziu a testa, confuso.

Não era seu costume deixar aberta a porta de qualquer cômodo em que estivesse. Com uma casa cheia de mulheres, uma porta aberta era um convite à companhia. Ele aprendera aquilo muito cedo. Mesmo uma porta fechada garantia pouca proteção. A maioria de suas irmãs era do tipo que batia uma vez e entrava, quer autorizadas ou não.

Ainda assim, Rhain havia deixado a porta aberta. Sem dúvida, um convite. Claramente não para as irmãs ou para a mãe. Aquilo o fez pensar se talvez não estivesse esperando que Valencia fosse um pouco parecida com as irmãs dele e curiosa o bastante para lhe fazer uma visita.

Só que a viúva não era nada parecida com elas.

Valencia não se parecia com ninguém que já tivesse conhecido. Em casa, as mulheres disputavam a atenção de Rhain. A mulher era totalmente diferente. Nada curiosa, não se deixava impressionar por ele nem se mostrava interessada. Rhain supunha que aquilo era natural, levando em consideração quem ela era. Por que um homem como Rhain a impressionaria? O pai da mulher era um marquês. Valencia havia sido casada com um duque. Rhain tinha as mãos de um trabalhador comum.

Ele franziu mais o cenho até se ver forçado a reconhecer que desejava que ela levantasse a cabeça e olhasse para dentro do escritório, para ele. Queria que Valencia cruzasse a distância que os separava e invadisse sua privacidade.

Invada-me.

Rhain respirou fundo diante daquele pensamento repentino e indesejado, diante da súbita agitação de seu pênis, irritado consigo mesmo.

Quando havia cumprimentado o pai altivo da viúva e percebido quem ela era, o que ela era, de onde havia vindo na vida, tivera certeza de que Valencia arrumaria suas coisas e partiria com o pai e a madrasta naquele mesmo dia.

E por que não faria aquilo?

A filha de um marquês e viúva de um duque legítimo — um homem que, ao contrário do próprio Rhain, havia sido criado para assumir aquele papel — não gostaria de viver sob o mesmo teto que ele.

Com certeza Sutton havia aparecido ali para ajudar Valencia, para resgatá-la. A oferta de Rhain de ajudá-la em troca de orientação às irmãs dele parecia bastante vergonhosa no momento. Ofensiva, até.

Ela não precisava dele. O pai poderia instalá-la em grande estilo em Londres, em uma casa própria. Certamente tinha os recursos necessários. Valencia era a filha querida do homem. Ou então ela poderia só voltar para casa com Sutton. A casa destinada à duquesa viúva, em Yorkshire, não era a sua única opção, como Rhain ingenuamente presumira. O marquês sem dúvida tinha uma casa impressionante em alguma área nobre da cidade.

Os administradores do espólio nunca haviam mencionado o pai nobre de Valencia, mas aquilo não significava nada. Tinham sido bastante negligentes em relação às informações que consideravam relevantes transmitir — e tudo o que dizia respeito à viúva parecia indiferente para eles. O que era realmente espantoso. Como alguém poderia olhar para a duquesa viúva de Dedham, como alguém poderia *falar* com ela e considerá-la irrelevante?

Rhain se encolheu, então, constrangido, quando pensou no acordo deles. Por que ela havia concordado?

Não era nenhum especialista na hierarquia da nobreza, mas até ele sabia que um marquês estava apenas um degrau abaixo de um duque. Era apenas um ligeiro exagero chamá-la de princesa. O sangue mais azul fluía em suas veias.

Enquanto Rhain havia passado a infância como parte de uma família de quinze pessoas amontoadas em uma casa modesta com poucos cômodos, Valencia tinha sido mimada desde o nascimento. Enquanto ele dormia em uma cama na cozinha, perto do fogão, para se manter aquecido à noite, a mulher certamente tinha seu próprio quarto e criados para atendê-la. Valencia sempre conhecera riqueza e privilégios, enquanto Rhain só chegara àquilo mais tarde na vida.

Praguejou baixinho e soltou o relatório mais recente sobre as minas enviado por seu capataz. As palavras estavam flutuando diante de seus olhos desde que se sentara à escrivaninha.

Ele se levantou e saiu para o corredor, seguindo-a, extremamente agitado.

Precisava saber se a mulher estava indo embora.

Precisava saber por que Valencia havia aceitado o *acordo*, quando isso obviamente não a beneficiava.

Rhain a alcançou antes que entrasse no quarto que ocupava.

— Vossa graça — chamou. A duquesa viúva se virou e Rhain reparou o rubor acentuado em seu rosto. Aquilo o fez hesitar. — Está tudo bem?

— Está — Valencia apressou-se a dizer, mas de forma pouco convincente. — Estou bem.

— Como... foi sua reunião? Com o marquês e a esposa?

— Bem — repetiu ela, também rapidamente.

— A senhora vai... — *Como perguntar aquilo?* — Vai permanecer aqui?

Valencia franziu a testa.

— Por que eu não permaneceria, Vossa Graça? — respondeu, erguendo o queixo, e uma luz combativa cintilou em seus olhos. — Por acaso mudou de ideia e está me expulsando?

— De jeito nenhum. É só que seu pai e sua madrasta... Bem, pensei que a senhora tivesse decidido partir com eles.

— Porque eu faria isso? Temos um acordo, nós dois. — Seus lindos olhos escuros estreitaram-se em um olhar firme sobre ele. — A menos que *o senhor* tenha mudado de ideia.

— Não, não — garantiu Rhain. — Achei que *a senhora* poderia ter feito isso. Quer dizer... — Ele deixou escapar um suspiro e passou a mão pela nuca. — Seu pai é o marquês de Sutton.

Valencia assentiu bruscamente.

— Sei quem é meu pai. O que isso tem a ver com nosso... — Seus olhos se iluminaram quando ela finalmente pareceu compreender. — Ahhh. — A duquesa deu uma risadinha e balançou a cabeça quase com tristeza. — Isso foi engraçado... E meigo da sua parte.

Meigo?

Rhain poderia afirmar categoricamente que ninguém jamais o acusara de ser meigo.

Valencia continuou.

— Acha que ele pode me ajudar? Que pode me apoiar da maneira como o senhor se ofereceu para fazer, me prometendo minha própria casa e dinheiro para viver de forma independente e com relativo conforto?

O duque estremeceu.

— Bem, ele é seu *pai*.

Ela soltou uma risada sem humor, jogando a cabeça para trás e expondo a linha delicada do pescoço. O movimento capturou o olhar de Rhain na mesma hora, fazendo seus dedos vibrarem de vontade de tocá-la, de acariciá-la — fazendo-o ansiar por saboreá-la com os lábios e a língua. Ele afastou aquele pensamento. Quando a visão do pescoço de uma dama o deixara tão excitado?

Valencia abaixou o rosto e voltou a fixar os olhos brilhantes nele.

— Ah, entendo que isso possa tê-lo confundido, Vossa Graça. Deixe-me adivinhar. O senhor teve um daqueles pais incrivelmente amorosos e altruístas que colocavam o bem-estar dos filhos à frente do próprio bem-estar?

— Hum… — Rhain não sabia bem como responder. — Meu pai era um bom homem — admitiu.

A mulher assentiu bruscamente, parecendo uma viúva arrogante em cada fibra do seu ser.

— É claro que era. Sorte sua e de suas irmãs.

— Eu… Sim.

Estivera mesmo, poucos momentos antes, impressionado com o que deveria ter sido a criação de alta classe de Valencia? E agora ela estava dizendo que *ele* havia tido uma criação invejável? Aquilo era um pouco chocante e algo em que precisaria pensar melhor depois.

— Deixe-me aliviá-lo de suas suposições. Meu pai não é o tipo de homem que apareceria aqui para me resgatar. Ele não é como seu pai. — Valencia fez uma pausa e fitou-o com atenção. — Não é como o senhor. Se quisesse se dar ao trabalho de me salvar, teria me salvado de meu marido anos atrás.

Aquelas últimas palavras caíram como pedras, afundando no estômago, e Rhain estremeceu. Ele deixou aquilo assentar, digerindo a implicação das palavras dela.

Se Valencia precisara ser salva do marido, aquilo significava…

Um silêncio aterrador se estendeu entre os dois. Rhain cerrou os punhos ao lado do corpo e voltou a abri-los. A cada momento que passava, ela parecia mais desconfortável.

Todo tipo de ideia terrível encheu a mente dele, todas as formas como uma mulher poderia ser machucada — as formas como *Valencia* poderia ter sido machucada, os *anos*, e aquilo o encheu de fúria. Infelizmente, a represália não tinha como ser infligida. O desgraçado já estava morto.

— O que ele fez com a senhora? — perguntou Rhain em um grunhido, examinando-a de cima a baixo como se pudesse encontrar evidências de antigos ferimentos.

Valencia ficou subitamente muito pálida. Balançou a cabeça, obviamente arrependida de ter deixado a confissão escapar.

— Eu... Nada...

— Diga-me. Ele machucou a senhora? — interrompeu Rhain, já sabendo a resposta pela palidez repentina dela.

Não havia nada de nobre em seu antecessor — seu maldito parente. Tudo em Rhain ficou tenso, e ele ansiou desesperadamente por desenterrar o antigo duque havia muito perdido para a sepultura e matá-lo novamente como merecia.

Valencia finalmente encontrou a própria voz e respondeu:

— Ele está morto agora. Isso já não importa mais.

O Dedham anterior estava morto. Valencia estava certa em relação àquilo. A questão era que importava, sim. Importava para Rhain. Importava que alguém a tivesse machucado. Naquela época ou no presente, importava para ele.

Ela importava.

Aquele era o resumo de tudo, e Rhain se deu mais uma forte sacudidela interna por causa da súbita intensidade de seus sentimentos. Disse a si mesmo que sentiria a necessidade de proteger qualquer mulher que conhecesse, mas especialmente qualquer mulher que morasse sob seu teto.

— Peço desculpa — falou Rhain, determinado a não ser a causa de mais desconforto para ela, que já parecia muito desconfortável com o interrogatório. — Não tive a intenção de bisbilhotar.

Os lábios da duquesa se curvaram em algo semelhante a um sorriso.

— Ainda assim, parece que nos tornamos bastante hábeis em bisbilhotar a vida um do outro desde que nos conhecemos.

Rhain deu de ombros.

— Suponho que seja esperado, já que moramos na mesma casa.

Ela assentiu.

— De fato. É melhor nos acostumarmos com isso. — Os olhos de Valencia cintilaram. — Porque não mudei de ideia. Vou lhe cobrar que cumpra nosso acordo, Vossa Graça.

Ele inclinou a cabeça, sentindo-se mais leve do que momentos antes, agora que sabia que a duquesa viúva permaneceria ali.

— É claro. Nosso acordo permanece então.

Rhain não aceitaria que fosse de outra maneira.

Capítulo 12

Viúvas gostam de muitas coisas, mas nenhuma lhes é mais cara do que a liberdade. Melhor ainda se houver dinheiro para acompanhar.

— Valencia, a duquesa viúva de Dedham

Algumas tardes depois da visita indesejável do pai e da madrasta, Valencia estava caminhando apressada pelo corredor do andar de cima, indo se trocar para dar um passeio no parque com as meninas. Estava determinada a avaliar o talento de suas jovens pupilas na equitação. Todas haviam insistido que eram amazonas talentosas, por isso Valencia não estava muito preocupada com tal aspecto. Como não havia lugar melhor para verem e serem vistas do que o Hyde Park, ansiava por observá-las ali, enquanto exibiam seu talento a todos os bons partidos presentes e, talvez ainda mais importante, às mães casamenteiras.

Logo à frente, a porta do escritório do duque se abriu, dando passagem a um pequeno grupo de cavalheiros de aparência formal. Os homens pararam ao vê-la e fizeram reverências leves.

— Vossa graça — disse o cavalheiro mais velho do grupo, os olhos piscando como os de uma coruja por trás dos óculos que usava. Valencia se lembrava bem dele, dos encontros que haviam tido anteriormente. Ele lançou um olhar penetrante para os companheiros, então voltou-se novamente para ela, com as narinas dilatadas. — Vejo que a senhora permanece aqui, então.

Era evidente que aquilo deixava o homem perplexo.

— Sim. Seus olhos não estão lhe pregando peças — reiterou Valencia, apreciando os olhares confusos que o homem trocava com Rhain.

Para ela, qualquer contrariedade que pudessem sofrer era uma coisa boa. Ela gostou particularmente de não se encaixar na forma em que desejavam mantê-la para sempre.

Os cavalheiros podiam até se curvar em uma reverência e chamá-la de "Vossa Graça", mas aquilo não significava nada. Sempre tinha sido daquele jeito. Eles não a respeitavam. Os administradores do espólio a consideravam inútil, o grande fracasso do falecido marido — uma esposa que não lhe dera um filho, que não cumprira sua parte no acordo tácito, mas subentendido, de um casamento.

— Mas o novo duque já fixou residência — acrescentou o cavalheiro mais velho, como se Valencia não se desse conta daquilo.

— Sim. É verdade — concordou ela mais uma vez, o tom admiravelmente sereno, apesar de sua crescente irritação.

— Mas a senhora deveria estar na casa destinada à duquesa viúva — insistiu um dos companheiros dele, como se precisasse ser ensinada em relação àquele ponto.

Homens. O que as mulheres fariam se não fossem comandadas por eles?

Valencia se irritara.

— Ainda assim, de alguma forma, estou aqui.

Não devia qualquer explicação àqueles cavalheiros e eles certamente não estavam em posição de interrogá-la.

Os homens bufaram, como se aquilo fosse uma resposta inaceitável, como se exercessem alguma autoridade sobre ela. Nenhum deles era seu pai, seu guardião ou seu marido.

São apenas os homens que determinam quanto dinheiro você pode ter.

Valencia franziu o cenho. De fato... apenas isso.

O cavalheiro mais velho, de óculos, olhou-a de cima a baixo com óbvia exasperação.

— Vossa graça, isso é simplesmente inaceitável. — Ele empurrou os óculos mais para cima e indicou o espaço ao redor com um gesto de mão. — Seu tempo aqui chegou ao fim e a senhora deve se retirar para a casa destinada à duquesa viúva. Tenha alguma dignidade. Não torne isso mais desconfortável do que o necessário.

Desconfortável? Para quem? Valencia piscou, confusa, sentindo o rosto muito quente. Ela respirou fundo, já cansada de receber ordens. Nenhum marido ou pai a controlava. Não mais. Muito menos aqueles malditos homens.

Valencia achara que nunca mais teria que suportar tal comportamento. Achara que as viúvas desfrutavam de um tipo único de liberdade. Aquela tinha sido a mentira que lhe contaram quando era uma dama casada e infeliz, como uma luz no fim do túnel que ela via por muitos anos.

Mas Valencia supunha que aquilo era simplesmente um sonho além de seu alcance. Afinal, até mesmo uma viúva era uma mulher, e que mulher gozava de verdadeiro poder em uma vida governada por homens? Até mesmo o futuro brilhante que se avizinhava agora poderia ser arrebatado em um instante se o novo duque mudasse de ideia.

— Entende o que estou lhe dizendo, Vossa Graça?

Valencia abriu a boca, sem saber como responder, já que nada do que dizia parecia ter importância para o grupo. Eles esperavam apenas uma coisa dela: submissão.

A porta do escritório se abriu de novo e o próprio duque saiu, alto e imponente como sempre. A luz do sol que entrava pela janela no fim do corredor caiu sobre Rhain, refletindo em seu cabelo, deixando-o de um tom castanho brilhante.

Seu olhar passou por todos os homens ali.

— Cavalheiros, ainda estão aqui.

Era uma afirmação, mas havia uma interrogação em sua voz, misturada com uma indolência entediada. A pergunta *por quê?* pairou no ar. Ele não entendia *por que* aqueles cavalheiros ainda estavam ali.

— Ah sim. Perdão, Vossa Graça. Acabamos de encontrar a viúva e estávamos lhe explicando que ela não precisava mais permanecer aqui, que deveria se retirar para a casa da duquesa viúva o mais rápido possível…

A expressão do duque se tornou fria.

— Por que as idas e vindas dela seriam de sua conta?

Os cavalheiros ficaram claramente surpresos com a pergunta contundente, então se entreolharam, inseguros. O mais velho pigarreou e empurrou os óculos para cima mais uma vez.

— Como administradores do espólio…

— Vocês administram o espólio — interrompeu o duque. — Não administram a *ela*. — Ele indicou Valencia com um aceno de cabeça. — A viúva não é da alçada de vocês.

O rosto do velho ficou vermelho. Ele resmungou furioso, mas nenhuma palavra inteligível foi ouvida.

O duque continuou a falar naquele ambiente subitamente carregado:

— Não precisa se preocupar com a dama, Hollinger. Presumo que a pensão dela já tenha sido liberada. A menos que tenha alguma coisa a informar sobre a casa destinada à duquesa viúva, que permanece disponível para Vossa Graça da forma que a duquesa achar adequada, como residência permanente ou casa de campo, você não tem motivo para se referir a ela.

— É claro, Vossa Graça. — Ele assentiu com altivez. — E quanto à pensão da duquesa viúva, cuidaremos para que os fundos sejam liberados em tempo hábil.

O duque franziu o cenho.

— Não entendi. Ela tem ou não tem plena posse de toda a pensão que lhe cabe?

— Bem. A cada quinze dias, pagamos a ela uma parte da pensão como auxílio…

— Não — declarou o duque categoricamente.

Não?

Como Valencia poderia atestar, tinha sido aquilo que haviam feito ao longo do ano anterior. Quinzenalmente, todas as segundas-feiras pela manhã, ela recebia um envelope com os recursos que os administradores do espólio consideravam suficientes para suas necessidades. Não houve negociação. Nenhum requerimento além do que aqueles homens consideravam aceitável.

— Peço perdão, Vossa Graça, mas é a verdade. — O homem mais velho bufou. — Nós certamente pagamos. O senhor pode conferir nossos livros contábeis se não acreditar em mim.

— Ah. Acredito que vocês têm feito os pagamentos dessa forma, mas isso cessará agora. — Ele se voltou para Valencia e a encarou, com os olhos fixos nos dela. — A pensão da duquesa será liberada em sua totalidade para ela, de imediato.

Valencia repetiu as palavras dele mentalmente, certa de que havia entendido mal. Ele tinha mesmo usado a palavra *totalidade*?

Depois de um momento de silêncio atordoado, os três administradores bradaram em franco protesto.

— Vossa graça!

— Absurdo! Isso é um absurdo!

— Uma mulher não é capaz de administrar fundos! Não é assim que as coisas funcionam!

— As mulheres não têm cabeça para isso!

— Basta. — A voz do duque ecoou acima dos comentários ofensivos. Sua expressão era dura como pedra quando ele se dirigiu aos cavalheiros, e naquele momento parecia mais um rei do que um duque. — Não há nada que estipule que a pensão dela seja paga aos poucos. Foram vocês que decidiram fazer assim, certo?

Depois de um longo momento, Hollinger assentiu.

— Sim. Mas é para o bem da duquesa viúva, Vossa Graça. Nós só queríamos protegê-la. As questões financeiras são demais para a sensibilidade de uma dama.

Para o meu próprio bem...

As palavras deles a deixaram indignada, mas não foram nenhuma surpresa. Não, a surpresa veio do duque, que discordava daquela filosofia.

— Essa decisão não cabe a vocês — continuou Rhain. — Liberem os fundos para ela. Cuidem para que isso seja feito.

A surpresa de Valencia só aumentava. Ela o encarou boquiaberta. O que ele estava fazendo? O que estava dizendo?

— Vossa Graça — começou a dizer um dos homens mais jovens do grupo, com um sorriso conciliador que era o cúmulo do insulto —, o senhor é novo aqui, novo no título. Ainda não entende...

— Entendo que você não deve me questionar — grunhiu o duque. — *Isso* eu entendo.

O sorriso conciliador tinha desaparecido. O administrador lançou um olhar preocupado para os colegas, percebendo que havia ultrapassado os limites.

— É claro, Vossa Graça. — Hollinger pousou a mão no braço do homem mais jovem para impedi-lo de dizer mais bobagens. — Isso será feito. — Ele se voltou para Valencia com um olhar frio. — Vou resolver o assunto imediatamente para a senhora, Vossa Graça.

Depois de um último olhar severo na direção do colega mais jovem, ele assentiu com deferência para o duque.

O duque assentiu de volta, aprovando, e fez um gesto que claramente os dispensava.

— Podem ir agora, cavalheiros. Mandarei chamá-los se eu precisar.

Se eu precisar.

Valencia se esforçou para conter um sorriso. Assim que o trio desapareceu de vista, ela se dirigiu ao duque:

— Parece bastante hábil em seu novo papel, Vossa Graça.

— Pareço?

— Sim. Gostei bastante de vê-los partir com o rabo entre as pernas. Acredito que Vossa Graça já tenha aprendido as qualidades dominadoras exigidas de um duque.

Ele deu de ombros.

— Acho que surge naturalmente. Confesso que não recebi nenhum treinamento formal.

Valencia o examinou, atenta, e percebeu o brilho provocador em seus olhos castanhos. Rhain estava brincando com ela.

— Que conveniente — retrucou Valencia.

Eles ficaram parados ali, ambos sorrindo, o ar vibrando com algo que parecia *bom*.

Perigosamente bom.

Valencia umedeceu os lábios e o duque abaixou os olhos, acompanhando o movimento. Ela sentiu o que pareciam inúmeras borboletas em seu estômago.

Depois de alguns momentos, a mulher ficou séria de novo e respirou fundo, lutando contra o pensamento repentino, contra a onda repentina de sentimentos perturbadores que a invadia. Não era certo que uma mera palavra dele pudesse salvá-la. Não era justo. Uma decisão simples que não custara nada ao duque não deveria afetá-la tanto.

Valencia tinha consciência de que parecia uma criança petulante, mas não era *nada* justo.

O ressentimento crescia dentro dela por ver uma única palavra daquele homem resultar em uma mudança tão positiva em sua vida — por ele ser capaz de fazer por ela o que a própria não poderia fazer. Aquilo era revoltante. Valencia reconhecia que seu ressentimento vinha também de outro lugar. Outro poço profundo de emoções.

O duque *sabia*.

O homem sabia mais sobre ela do que suas próprias amigas, sobre o que havia vivido, sobre seu passado. Ele sabia que tipo de homem e marido Dedham tinha sido.

Estava ciente das coisas sombrias que escondia. Mesmo que não soubesse os detalhes, o duque sabia o suficiente. Que ela havia sido machucada. Que seu maldito antecessor não a provera devidamente depois de sua morte, garantindo à esposa apenas o que o ducado solicitava como direito básico da duquesa viúva.

Era o bastante para que se sentisse exposta até os ossos. Vulnerável. Era uma sensação profundamente desconfortável, e Valencia não sabia bem o que aquilo o tornava para ela, mas o tornava alguma coisa.

Aquilo o tornava alguém subitamente importante em sua vida.

— Suponho que deveria lhe agradecer.

Não que quisesse, mas sabia que deveria dizer as palavras. Devia aquilo a Rhain — e aquele era o ponto crucial. Apesar das palavras de gratidão que expressara, seu tom não era de agradecimento.

O duque a encarou com certa perplexidade.

— Pelo quê?

— Por fazer o que eles nunca teriam feito sozinhos. — Ela indicou com a mão o lugar onde os administradores do espólio haviam estado pouco antes, em um gesto que deixava claro todo o seu desprezo. — Eu teria continuado a receber minha pensão em pequenas quantias a cada quinze dias até a velhice.

— A senhora não me deve nenhuma gratidão. O dinheiro é seu, não deles. Nem meu. Não deveria ter sido retido.

Ainda assim havia sido. E, por causa dele, Valencia agora teria acesso ao valor total.

Talvez pudesse investir parte do dinheiro. Teria que ser perspicaz em relação àquilo. Um empreendimento modesto, mas uma forma de aumentar seus rendimentos, mesmo que apenas de maneira moderada.

Seu peito se aqueceu um pouco diante da perspectiva, ao se dar conta de que passara a ter algum controle. Enfim. Poderia ser verdadeiramente dona de si, e uma mulher empreendedora.

— Mesmo assim, não teria acontecido sem sua intervenção.

Valencia o encarou, começando a vê-lo de verdade — e começando a perceber que também não estava sendo muito justa. Seu ressentimento era equivocado.

Não era justo culpá-lo por *ajudá-la* e por ser um homem honrado. O duque não havia criado aquelas regras, mas, ao ajudá-la, se posicionara contra elas.

Também não era certo culpá-lo por saber quem ela era, por conhecer seus segredos. Ela não deveria puni-lo com uma atitude rabugenta. O duque não era como os homens a quem ela se vira exposta durante toda a vida. Não era como o pai dela ou como Dedham. Ou mesmo como aqueles três homens que tinham acabado de partir e que a consideravam incapaz, tola e frágil demais para administrar o próprio dinheiro.

— Tenho certeza de que não lhe parece muito dinheiro...

— Porque não é.

Valencia se encolheu, envergonhada de uma maneira que não deveria se sentir. Não era culpa dela que o marido tivesse lhe deixado tão pouco, que tivesse deixado apenas o suficiente para que ela vivesse seus dias como uma nobre humilde.

Antes que Valencia pudesse acrescentar mais alguma coisa, o duque continuou:

— Vou aumentar sua pensão para algo mais respeitável.

Ela o encarou, confusa.

— Vossa graça não pode estar querendo dizer...

— Eu já havia decidido isso antes mesmo de nos conhecermos, quando descobri a quantia que lhe havia sido determinada.

Um rubor de vergonha coloriu o pescoço e o rosto de Valencia. *A quantia irrisória*. As palavras não foram ditas, mas foram ouvidas mesmo assim.

— Ah, não. Vossa graça não precisa fazer...

— Aceite. Não é um presente. Era o dinheiro de seu marido, que foi deixado para mim, um estranho. Deveria ser seu, por direito. É justo e devido.

Então Valencia ouviu de novo na voz dele. A censura. O desdém por um homem morto. *Mais* do que desdém. O duque achava que seu antecessor havia falhado com ela.

Ele o considerava um canalha, e Valencia sentiu o coração inflar no peito. Aquele homem estava do seu lado — era um aliado, queria ajudá-la, embora o marido dela estivesse morto e não pudesse mais machucá-la.

A verdade era gritante. O duque que ocupava o lugar do marido dela era um homem decente. Bom e decente de uma forma que o Dedham dela não tinha sido. Era decente de uma forma que Valencia nunca havia imaginado que os homens pudessem ser.

Ela ficou parada no corredor se debatendo com aquela ideia, contra os sentimentos abrandados pelo duque. Valencia não teria conseguido prever aquilo quando o conhecera na barcaça ou mesmo na tarde seguinte, quando ele chegara à casa e ordenara que fosse embora.

No entanto, era uma realidade que estava se tornando irrefutável naquele momento.

— Quando terminar de orientar minhas irmãs na apresentação à alta sociedade, a senhora poderá escolher para onde ir. Terá renda suficiente para permanecer na casa destinada à duquesa viúva, se for esse seu desejo, ou para permanecer em Londres em uma casa própria.

A senhora poderá escolher. Escolhas. Graças ao duque, ela passara a ter escolhas.

Valencia o encarou com a garganta apertada enquanto se perdia nas profundezas de seu olhar, e não conteve os sentimentos que a invadiam.

Sem pensar no que fazia, ela estendeu a mão para tocá-lo, ansiando por fazer aquilo. Conseguia ouvir o próprio coração retumbando nos ouvidos enquanto continuavam a se encarar.

No último momento, conteve-se e recolheu a mão, recompondo-se e lembrando a si mesma do que era adequado naquele momento. Então aquela palavra a abalou.

Adequado.

O que lhe importava o que era adequado?

Era uma viúva. Poderia fazer o que quisesse, tocar quem quisesse — até os limites do razoável, obviamente.

Até os limites do razoável.

Aquele era o ponto crítico. Não seria *razoável* flertar com o novo duque de Dedham ou nutrir sentimentos pelo parente de seu falecido marido, o homem com quem dividia uma casa naquele momento.

Aquilo com certeza seria complicado *e* nada razoável. No entanto, talvez pudesse explorar aquele lado de si mesma — aquele lado *ina*dequado de si mesma. Valencia poderia satisfazer suas necessidades, mas não com aquele homem. Ela poderia encontrar algum outro homem, discretamente, para apagar o fogo que a consumia. O novo duque não poderia ser o único a excitá-la.

Com a mão pressionada com firmeza ao lado do corpo de novo, os punhos cerrados, as unhas cravadas na palma macia, Valencia optou por dizer com uma voz apropriadamente neutra:

— É muita gentileza de sua parte... Vossa Graça.

Rhain estava olhando para a mão que ela colara às saias. Claramente havia reparado no movimento que Valencia fizera. Sabia que quase o tocara.

O duque voltou a olhar para o rosto dela. O maxilar se contraiu e um músculo começou a latejar sob a pele tensa, o que só serviu — injustamente — para torná-lo mais atraente. Como aquilo era permitido? Uma expressão carrancuda não a tornava mais bonita. A dele não deveria torná-lo mais belo.

— Eu não sou um homem gentil. Não sou suave, fácil ou *gentil*. Nunca cometa esse erro, Valencia.

Valencia.

O homem havia se dirigido a ela pelo primeiro nome e com uma entonação... com aquele sotaque. Valencia parou de respirar e continuou a sustentar o olhar dele, impressionada com o efeito das palavras duras combinadas com o uso íntimo do nome dela, sentindo o corpo se arrepiar. Era tudo terrivelmente confuso.

Com um único aceno de cabeça, o duque deu as costas e desapareceu outra vez em seu escritório, fechando de modo silencioso a porta atrás de si.

Valencia permaneceu parada ali, olhando para a porta do escritório, perdida em pensamentos.

Por que o duque fizera questão de garantir que ela *não* o considerasse um homem bom e decente? Era quase como se quisesse que não gostasse dele. Valencia teve um vislumbre daquele homem mal-humorado e taciturno na barcaça e do homem rude no salão de visitas. Ela não havia gostado de Rhain em nenhuma das duas ocasiões, mas quanto mais tempo passava perto do novo duque, mais se convencia de que havia mais no homem do que aquilo que ele havia revelado naqueles momentos.

— Vossa graça? — chamou uma voz suave atrás dela, arrancando-a de seus pensamentos e lembrando-a de que não estava em posição de esperar privacidade no meio do dia no corredor de uma casa movimentada (o que só servia para confirmar que colocar as mãos em cima do duque teria sido mesmo uma má ideia).

Valencia se virou e viu uma criada da cozinha, que já conhecia.

— Sim, Jenny?

— A senhora me pediu para avisar quando meu pai chegasse. Ele está lá embaixo na cozinha agora.

Valencia ficou encarando a moça por algum tempo, sem entender, até se lembrar.

— Ah, sim. — Ela quase se esquecera de que havia pedido à jovem para mandar buscá-lo. — Isso é fantástico, Jenny. Obrigada. Não vamos deixar seu pai esperando. Agradeço por ter vindo tão rapidamente. Ele trouxe o que pedi, então?

— Sim. — A criada sorriu. — Uma boa seleção. A senhora vai ficar muito satisfeita.

Valencia assentiu e foi para a cozinha, ansiosa para ver por si mesma.

Capítulo 13

Um duque é ótimo, mas o herdeiro de um ducado? Ainda melhor.

— Sra. Maeve Bernard-Hill

As saias de Valencia se agitavam ao redor dos tornozelos enquanto ela avançava apressada pela casa. Tinha muito o que fazer. Estava acordada desde o amanhecer, preparando-se para aquela noite importante para as irmãs Lloyd. Seria um dia agitado para todos.

Valencia já havia tomado café da manhã com três das irmãs. Isolde, Bronwen e Nesta eram as madrugadoras da família. As outras, incluindo a sra. Lloyd, preferiam dormir até tarde. Às vezes até pediam que as servissem em uma bandeja na cama.

O instrutor de dança chegaria em uma hora com os músicos que Valencia havia chamado para que as moças pudessem treinar devidamente antes de seu primeiro baile. Além disso, à tarde, elas teriam aulas de canto com a sra. Singh. Valencia havia decidido que as meninas não tinham tempo hábil para aprender a tocar piano, mas ao menos poderiam aperfeiçoar suas vozes com a talentosa sra. Singh. E, depois de tudo aquilo, naquela noite elas iriam à ópera. A primeira apresentação pública oficial das moças. Seria importante. Um momento vital no processo de apresentação delas à sociedade.

As jovens não seriam obrigadas a fazer muito mais do que assistir à apresentação e se mostrarem adoráveis para olhos curiosos. Não haveria pressão excessiva. Nada de danças ou, que Deus não permitisse, um jantar. Na verdade, elas pareceriam evasivas e intrigantes. Seria, de fato, um dia bastante agitado.

Valencia deu uma checada rápida no salão de baile para verificar se os criados haviam providenciado algumas cadeiras e um tablado para os músicos. Então, foi se certificar de que as outras moças estavam acordadas e se preparando para o dia.

Ela saiu andando com determinação pelo corredor. Uma risadinha baixa a fez parar e olhar ao redor. Estava sozinha. Todas as portas próximas estavam fechadas. Valencia parou e ficou escutando, até ouvir novamente. Sussurros. Risadinhas.

A duquesa viúva se aproximou lentamente de cada porta e ficou ouvindo até concluir que as vozes vinham de um cômodo específico: o salão de bilhar.

Valencia colou o ouvido àquela porta e confirmou que havia pessoas ali. Ela pousou a mão na maçaneta, pronta para interromper o que presumiu ser um encontro romântico furtivo entre dois criados. Não era tão ingênua a ponto de acreditar que aquilo nunca acontecia, mas havia hora e lugar para aquelas coisas, e não era no meio do dia, no salão de bilhar. De repente, a porta foi aberta e quase acertou o nariz de Valencia, que recuou com um pulo.

— Ah! — Tildie saiu do salão, o rosto adoravelmente enrubescido. Seus olhos se arregalaram quando se deparou com Valencia. — Vossa graça — sussurrou, lançando um olhar alarmado por cima do ombro.

— Tildie — falou Valencia, com a voz fraca, surpresa ao encontrar sua camareira deixando o cômodo.

Tildie sempre tinha sido tão cautelosa... Valencia não teria imaginado que seria o tipo de pessoa a se envolver em um flerte no local de serviço.

Ela seguiu o olhar da moça, esperando ver um dos belos cavalariços surgir atrás dela. Então arregalou os olhos. Não era um cavalariço. Não mesmo. Na verdade, não era *nenhum* membro da equipe de criados da casa.

Valencia sentiu a respiração presa na garganta, e o ar pareceu congelar em seus pulmões ao ver o primo muito elegante e charmoso do duque, o mesmo que ela conhecera na barcaça, o afável Dewey. Ele sorriu calorosamente para ela, como se não tivesse acabado de ser pego sozinho em um salão fechado com a camareira — o que era, sem dúvida, um comportamento inadequado. Que ousadia!

Aquela não era a primeira vez que Valencia o via desde a noite na barcaça, embora não tivesse ficado cara a cara com ele sob aquele teto. Na verdade, ela o evitara, muito envergonhada com a cena que protagonizara a caminho de Vauxhall, mas supunha que era inevitável que voltassem a se encontrar.

Dewey tinha sido uma presença constante na casa nas últimas semanas, em visita ao primo. Valencia estava ciente daquilo, da presença dele, assim como estava ciente de tudo o que acontecia na casa. Era seu papel saber. Aquilo não mudara e nunca mudaria enquanto ela vivesse e respirasse sob aquele teto.

No entanto, aquele *flerte* de alguma forma lhe passara despercebido, e ela não podia dizer que aprovava. Várias perguntas giravam em sua mente. Quando Dewey havia conhecido Tildie? Quanto tempo fazia que aquele *relacionamento* estava acontecendo? Não poderia ser muito... O duque estabelecera residência ali havia apenas duas semanas. Dewey não tivera oportunidade de conhecer e interagir com Tildie antes disso.

Valencia não se sentia confortável com a ideia de nenhum cavalheiro brincando com os sentimentos da jovem, mas aquele cavalheiro em particular sorria demais. O homem estava sempre mostrando aqueles dentes como uma espécie de lobo. Embora tivesse sido Dewey quem havia mergulhado no Tâmisa para resgatá-la, havia algo nele que a deixava um pouco desconfortável. Dewey teria sido exatamente o tipo de homem que a encantaria aos dezoito anos, mas ela era uma pessoa diferente agora — uma mulher que aprendera a discernir melhor no que se referia aos homens.

— Ora, bom dia, Vossa Graça! Muito bom dia!

Ele usava um paletó verde que parecia ligeiramente amarrotado, e Valencia só podia deduzir que aquilo era resultado das mãos errantes de Tildie. Seus olhos castanhos a faziam se lembrar ligeiramente dos do novo duque. Apesar de toda a cordialidade, eram um pouco menores e menos expressivos, mas de um tom semelhante. No entanto, não eram os mesmos poços insondáveis e cintilantes que a deixavam com frio na barriga.

— Hum. Olá, de novo, senhor — respondeu, em tom severo, enquanto seu olhar buscava Tildie, que parecia muito interessada no formato de seus sapatos naquele momento.

Dewey deu um passo à frente e curvou-se com elegância sobre a mão dela.

— É um prazer conhecê-la formalmente. Sou Dewey Pugh, primo de seu Dedham.

Ela se encolheu ao ouvir aquilo, o fato de Dewey usar a palavra *seu* a irritou. O novo duque... Rhain... não era *dela* de forma alguma.

O homem continuou:

— Que mundo pequeno, não? Nos encontrarmos novamente após nosso encontro a caminho de Vauxhall... e descobrir sua ligação com Rhain. Ora, vocês são praticamente parentes! — Ele se inclinou ligeiramente. — Devo chamá-la de prima também?

Valencia enrubesceu e achou generoso da parte dele não entrar em mais detalhes sobre a indignidade daquele primeiro encontro. Ainda assim, eles não eram parentes. Dewey não era mais parente dela do que Rhain.

— Se preferir... — Ela supôs que teria sido rude negar a sugestão dele.

Não havia nada em Dewey que lhe sugerisse uma relação familiar. Nem pelo jeito sedutor dele, nem pelo fato de Valencia ter acabado de pegá-lo em uma situação comprometedora com sua camareira. O homem era atrevido, com certeza.

Ele segurou as pontas dos dedos dela, inclinando-se sobre a sua mão para dar um beijo ardente nas costas dos dedos nus, em uma demonstração bastante enervante de familiaridade. O olhar questionador de Valencia voltou a buscar Tildie.

O rosto da mulher estava salpicado por manchas vermelhas, mas ela não disse nada.

Valencia pigarreou.

— E, pelo que vejo, o senhor já conhece Tildie.

Você mais do que conhece ela. O lado bestial daquele homem estava com a rédea solta com a criada da duquesa. *Inaceitável*.

Por mais que tivesse sido guiada, controlada e ferida por homens ao longo da vida, Valencia sabia que era ainda pior para mulheres sem o privilégio da riqueza ou da posição social. Alguém como Tildie, sem pai, irmão ou fundos, era especialmente vulnerável. Ela sentia uma responsabilidade em relação à camareira, se sentia no dever de garantir que não estivessem se aproveitando dela, mesmo que se tratasse de cavalheiros vistosos e de boas maneiras. *Especialmente* se fossem homens assim.

— Ah, sim. — Ele se virou, então, para olhar para a mulher com quem estivera enclausurado dentro do salão de bilhar. — A adorável Tildie.

Realmente adorável.

— E, por favor — insistiu Dewey, voltando-se mais uma vez para Valencia —, você também deve me chamar de primo.

Ela devia? Valencia assentiu, embora aquela fosse a última coisa que faria. Preferiria enfiar um garfo no olho.

— Dewey — chamou uma voz dura.

Os três se viraram quando o duque se aproximou. Ele atravessou o saguão de entrada e seguiu na direção deles, as botas batendo com força no tapete que forrava o chão.

— Você chegou cedo. Achei que só viria à tarde.

Mesmo enquanto falava com o primo, o olhar do duque permanecia fixo em Valencia com uma intensidade que estava se tornando excessivamente familiar.

— Cheguei cedo — confirmou Dewey Pugh, sem dizer muita coisa. — Acordei com fome, faminto, na verdade. Então me dei conta de que você deveria ter um bufê de café da manhã impressionante aqui diariamente, com a casa cheia de gente e, bem, agora que é um duque de verdade... — A voz dele foi morrendo sugestivamente.

Valencia supunha que ele havia pensado em se servir também da camareira dela, com os ovos e torradas. Ela o encarou com desconfiança.

A pausa se prolongou, e Valencia percebeu que o duque não iria entender a sugestão nada sutil do primo sobre comida.

— Sr. Pugh... — começou a dizer.

— Não, não. — Ele balançou um dedo. — Me chame de primo.

Ah. Não.

A duquesa estremeceu ligeiramente e continuou:

— Gostaria de tomar café da manhã?

— Primo? — O duque franziu o cenho. — Por que ela deveria chamá-lo assim?

— Sugeri que a viúva me chamasse de primo — explicou Dewey, como se fosse perfeitamente lógico. — Como agora somos todos praticamente parentes, só me pareceu...

— Não somos *todos* praticamente parentes aqui — interrompeu o duque, com uma expressão exasperada no rosto. Ele apontou para Valencia com a mão. — Na verdade, não temos qualquer relação de parentesco com a duquesa viúva.

Ela evitou demonstrar a irritação que sentia. Por mais que concordasse, era evidente que o duque achava desagradável a ideia de tê-la como parente. Era uma reação ligeiramente insultante. O homem tinha cerca de quinhentas irmãs. Qual seria o problema de mais uma mulher em sua árvore genealógica?

— Ora, eu discordo. Ela é a esposa do falecido duque. — Dewey Pugh lançou um olhar devidamente solidário na direção de Valencia depois daquela menção bastante insensível. — Fique tranquilo. — Ele voltou a olhar para o primo. — Você é o novo duque e eu sou seu primo. É claro que isso nos conecta de alguma forma.

— Conecta, sim — concordou o duque, olhando para Valencia com uma expressão avaliadora. — Mas nos torna uma família? Não.

Valencia decidiu que já era hora de acabar com aquilo.

— Sr. Pugh, posso acompanhá-lo até o salão de jantar? — Ela não desejava estar na companhia dele, mas não deixaria a tarefa a cargo de Tildie.

Dewey poderia acabar comprometendo de vez a camareira de coração mole ao longo do caminho. Enquanto o acompanhava, Valencia também teria a oportunidade de alertá-lo sobre Tildie. Não faria vista grossa diante do comportamento dele. Se o primo do duque estivesse respeitosa e adequadamente interessado em Tildie, poderia cortejá-la, mas já bastava de fazer o que queria com a jovem atrás de portas fechadas ou em cantos escuros. Valencia o informaria daquilo sem rodeios.

Ela e Dewey Pugh deram as costas para seguir pelo corredor quando uma pequena bola de pelos surgiu de um canto.

— O que é aquilo? — perguntou o duque, surpreso.

— Ora, é um cachorro — respondeu Valencia calmamente, como se fosse a coisa mais óbvia do mundo.

Na verdade, era um filhotinho. O Spaniel marrom e branco alcançou-os e começou a girar em círculos ao redor das pernas deles, arrebatado. O animal era incrivelmente rápido, e seu corpinho rechonchudo se contorcia de alegria.

— Estou vendo que é um cachorro. — O duque franziu o cenho enquanto olhava de um lado para o outro, entre ela e o animal. — O que isso está fazendo *aqui*?

O sr. Pugh se abaixou para acariciar o bicho com uma exclamação de alegria.

— Que cachorrinho lindo!

— Ora. — Valencia fez uma pausa. — *Ele* mora aqui agora.

O duque pareceu ainda mais surpreso e ficou olhando enquanto o cachorro escolhia exatamente aquele momento para se agachar e fazer suas necessidades diante deles, deixando uma poça brilhante no corredor. Tildie arquejou e levou as mãos à boca.

O sr. Pugh riu.

O duque praguejou.

— Por que não fui consultado sobre isso? — perguntou, irritado.

A ferinha decidiu então voltar sua atenção exatamente para ele. Talvez o animal tivesse notado o tom nada satisfeito do dono da casa. O cachorro rosnou e pulou em uma das pernas do duque, deixando marcas de patas molhadas na calça dele enquanto soltava um frenesi de latidos agressivos.

Valencia fechou os olhos, derrotada. Aquela não era a apresentação que havia imaginado.

O duque a encarou com uma expressão acusadora.

— O que a fez pensar que trazer um cachorrinho para nossa casa em meio à confusão de minhas irmãs era uma boa ideia? A senhora já não tem o bastante para fazer tendo que orientar as seis?

Valencia se irritou com o tom e não gostou nada de ser criticada, especialmente na frente do primo do duque e da camareira dela. Um rubor de constrangimento aqueceu seu rosto.

— Tildie — disse Valencia com firmeza. — Por favor, acompanhe o sr. Pugh até o salão de jantar para que ele tome o café da manhã. — Ela lançou um olhar penetrante para Dewey Pugh, ciente de que estava jogando a camareira aos lobos. Ou melhor, ao lobo. — Confio que vocês dois chegarão lá sem desvios, sr. Pugh.

O sorriso no rosto dele se apagou na mesma hora.

— Não deve levar mais do que dois minutos para chegarem lá — insistiu ela, sem se importar em disfarçar seu descontentamento. — Saberei se demorarem mais do que isso.

O primo do duque precisava saber que ela não aprovava que ele brincasse com Tilde. Para garantir, Valencia também lançou um olhar de advertência para a camareira.

A jovem abaixou a cabeça, concordando.

— É claro, Vossa Graça. E vou mandar alguém vir limpar o tapete.

— Obrigada, Tildie.

Eles se afastaram.

Valencia esperou até que desaparecessem de vista, então se abaixou para pegar o cachorrinho no colo. Ela acariciou entre as orelhas do animal, onde seu pelo era mais macio.

— Não se preocupe. Vou orientar suas irmãs conforme combinamos, Vossa Graça. — Ela ergueu o cachorro um pouco mais alto nos braços, como se quisesse demonstrar. — E é exatamente o que estou fazendo com esse querido aqui.

— Querido? — O duque olhou com uma sobrancelha arqueada para a poça molhada no tapete antes tão elegante. — Não vejo como acrescentar um filhote indisciplinado a nossas vidas possa ser útil... — Ele se calou quando Isolde surgiu do mesmo canto de onde viera o cachorrinho, ofegante.

Valencia ignorou deliberadamente o uso da palavra *nossas*. Não se permitiria sentir qualquer ternura pelo erro não intencional do duque.

— Ah, aí está ele! — Isolde correu para abraçar o filhote agitado, tirando seu corpinho rechonchudo dos braços de Valencia com um muxoxo, e então dando um beijo no focinho fofo. — Procurei por toda parte. O danadinho fugiu.

— Isolde — falou Rhain cumprimentando a irmã, com a cara fechada.

A jovem arrulhou para o animal que se debatia.

— Vamos agora, César, está na hora de passear. Talvez você possa fazer amizade com outros cachorrinhos enquanto estivermos fora.

Isolde pegou a pata do filhote e o fez acenar em despedida para Valencia e para o duque.

Os dois ficaram olhando a moça sair apressada, com seu novo animal de estimação.

Depois de um momento, Valencia perguntou:

— Notou algo diferente em sua irmã, Vossa Graça?

O duque inclinou a cabeça, pensativo, antes que seus olhos se iluminassem ao se dar conta do que se tratava.

— Ela não estava segurando Boneca.

Aquele tinha sido exatamente o plano de Valencia quando perguntara a Jenny se o pai dela poderia levar para eles um dos filhotes da cria mais recente que tivera em casa.

— Exatamente. — Ela deixou aquilo pairar por um momento, então continuou: — César era o mais fofinho da ninhada, e sua irmã se esqueceu completamente de Boneca no momento em que pousou os olhos nele. Como eu disse, estou cumprindo minha parte de nosso acordo.

Ainda irritada e satisfeita por ter defendido seu argumento com sucesso, Valencia se virou para ir embora. O duque a deteve pousando a mão em seu braço.

— O que quis dizer quando falou para Dewey não fazer nenhum desvio?

— Ah. Sim. Isso. Encontrei seu primo sozinho com minha camareira no salão de bilhar.

— Entendo, e devo presumir que eles não estavam jogando bilhar.

Valencia deixou escapar uma risadinha debochada.

— Não, não estavam. Receio que ele seja um pouco mulherengo.

Rhain recuou ligeiramente, afrouxando o toque no braço dela.

— É mesmo? Vou falar com ele, fique tranquila. Não vai acontecer de novo. Tenho certeza de que Dewey não...

— O senhor está seguro do caráter dele, então? Daria seu aval pessoal a ele?

O rosto do duque assumiu uma expressão determinada.

— Ele vai ficar longe de sua camareira. Tem minha palavra em relação a isso. Dewey é confiável.

— Ah? — Valencia arqueou uma sobrancelha, cética. — É mesmo?

A vida lhe ensinara que poucos homens eram confiáveis, principalmente no que se referia à forma como tratavam as mulheres em sua órbita.

— Sim, é. Por isso pedi a Dewey para cuidar de meus assuntos aqui quando eu partir.

Ela franziu o cenho.

— Quando partir?

— Sim. Quando eu retornar ao País de Gales.

Valencia balançou a cabeça, sem entender.

— Retornar ao País de Gales? Mas o senhor é o duque de Dedham.

— Dewey é contador profissional. Ele é competente. Um homem inteligente. É um parente em quem posso confiar e pode cuidar dos assuntos em meu lugar.

— Não estou entendendo.

A presença do duque era necessária ali. Um ducado não era algo que se entregasse aos cuidados de outra pessoa, parente ou não. Valencia sabia que os laços de sangue nem sempre se traduziam em lealdade e devoção. Bastava pensar no pai para confirmar sua opinião.

— Ele não é o duque — explicou. — O senhor é.

— Não pedi para ser.

— Ainda assim é. Tudo isso — disse Valencia, indicando o espaço ao redor — é responsabilidade sua.

Ele respirou fundo.

— É só uma casa.

— E os criados? — pressionou ela. — E os arrendatários no campo? Vai deixar que outra pessoa cuide deles? São vidas, pessoas. O senhor as confiaria a outro?

O duque a encarou por um longo momento. Valencia começou a ter esperança de ter conseguido persuadi-lo. Então Rhain balançou a cabeça uma vez, em um movimento firme e decidido, as feições impenetráveis como granito, não se parecendo quase nada com o homem decente que ela havia chegado à conclusão de que talvez fosse.

— A senhora só precisa se preocupar com nosso acordo. Nada além disso é de sua conta.

Valencia recebeu as palavras como se fossem uma bofetada, mas se recusou a ser intimidada e prosseguiu:

— E o que dizer de suas irmãs?

Elas eram responsabilidade dele. Definitivamente. O próprio duque garantira aquilo. Rhain as levara para Londres para que encontrassem maridos, para que encarassem a sociedade londrina, e a recrutara para ajudá-las. Estava mesmo disposto a apenas abandoná-las ali, assim como o ducado?

— Minhas irmãs não são mais crianças. Se quiserem ficar aqui e se casar com ingleses, que assim seja. A escolha é delas.

Valencia ficou espantada ao ouvir aquilo, já que não estava acostumada com a ideia de dar tanta autonomia às jovens. Aquilo era muito progressista da parte dele. Mas ainda estava chocada com a rejeição ao ducado e a todas as obrigações que lhe cabiam. O duque achava que poderia simplesmente transferir suas responsabilidades para algum subordinado, para os cuidados duvidosos de Dewey Pugh?

Valencia balançou a cabeça, lutando contra a frustração que sentia, contra o desapontamento com ele. Não estava em posição de ter quaisquer expectativas em relação ao duque.

Ainda assim…

— E é só isso? — perguntou ela, irritada, com os olhos fixos no rosto dele. — Vai deixá-las aqui, partir e pronto?

— Tenho uma vida me esperando. Responsabilidades. Não sei o que a senhora quer de mim.

Quero que diga que vai ficar.

As palavras brotaram no peito dela, ansiosas por escapar. Palavras estúpidas, tolas, absurdas. Valencia as engoliu com grande esforço e assentiu.

— Nada. Não quero nada de Vossa Graça.

Algo cintilou nos olhos dele. Foi apenas um lampejo de emoção, impossível de decifrar, e logo desapareceu, deixando novamente em seu lugar o castanho profundo e impenetrável.

O duque retirou a mão do braço dela. Ele assentiu brevemente em cumprimento e se virou sem dizer mais nenhuma palavra, deixando-a parada ali, ardendo de frustração e desapontamento, e determinada a se sentir de outra forma — a encontrar algum caminho, alguma coisa, *alguém*... para fazê-la se sentir diferente, mesmo que apenas por uma noite. Alguém que não se escondesse dela.

O pensamento fez Valencia se lembrar de que, antes da chegada do novo duque, tivera a intenção de tomar uma atitude em relação àquilo. Estava prestes a reivindicar sua independência, a buscar o prazer para si, a descobrir a aventura, se jogando nos prazeres da alta sociedade como só uma jovem viúva poderia fazer.

Talvez fosse hora de retomar aquele projeto.

Capítulo 14

A última coisa que uma pessoa deveria querer é ser notada pela aristocracia. A coisa que uma pessoa mais deveria querer? Ser notada pela aristocracia.

— Valencia, a duquesa viúva de Dedham

O camarote do duque de Dedham oferecia uma das melhores vistas do teatro. Valencia conhecia bem o espaço e a vista. Dali de cima, os ocupantes podiam observar e ser observados perfeitamente pelos membros da plateia, e também pelos ocupantes de outros camarotes próximos. Ah, e tinha-se uma ótima vista do palco, mas aquilo era o que menos importava, obviamente.

Por mais agradável que fosse o entretenimento da noite, ninguém ia à ópera para assistir à apresentação. Tal suposição seria ingênua. As pessoas iam ao teatro para verem e serem vistas. O espetáculo mais aguardado não estava no palco, mas na plateia. Estava no drama da vida real que se desenrolava em todos os lugares.

— Isso tudo é tão empolgante.

Isolde espiou através dos seus binóculos de ópera, mirando-o mais no público reunido do que no palco ainda com as cortinas fechadas ou na orquestra que aquecia os instrumentos no fosso. Naturalmente.

— Estão todos tão lindos — murmurou Elin, nervosa, com o rosto um pouco pálido enquanto olhava para baixo. Era possível ver os movimentos do pescoço fino enquanto ela engolia em seco.

Valencia cobriu a mão enluvada da moça com a sua e apertou carinhosamente.

— Assim como você, minha cara. Absolutamente encantadora. Todas vocês estão.

Ela deixou os olhos correrem pelo grupo reunido — todos os nove integrantes —, devidamente satisfeita consigo mesma e com tudo o que havia conseguido realizar em tão pouco tempo. Não que tenha sido difícil melhorar a aparência das jovens.

Não havia nenhuma dúvida em relação àquilo. A família Lloyd estava muito bela e em plena exibição naquela noite. E não eram só as mulheres da família que brilhavam.

O olhar de Valencia se desviou para o único cavalheiro do grupo, o único homem da família, imponente e vigoroso, muito alto e sentado, rígido, em seu assento, os ombros largos destacados pelo paletó do traje de noite. Ele também chamava bastante atenção.

A atenção dela, por exemplo. Valencia volta e meia se pegava olhando para o duque, e não era a única com os olhos fixos nele. Não mesmo. O homem estava formidável. Ele seria formidável mesmo se estivesse de pé em uma esquina, um cavalheiro anônimo sem o título de duque pairando sobre sua cabeça. O título era apenas um incentivo adicional.

Valencia se forçou a desviar os olhos dele e examinou o teatro ao redor, reparando nas debutantes de olhos inocentes esticando os pescoços para olhar para ele no camarote *e* nas cabeças inclinadas das mães cúmplices unidas em conversas sérias e ansiosas. Sobre ele. Sobre as irmãs dele.

Valencia sabia que *ela* não era um ponto de interesse. Era apenas mais uma viúva da alta sociedade. Uma de muitas. Tantas que nem dava para contar. Outra viúva sem nada a oferecer. Ela não tinha dote como tivera aos dezenove anos. Não era mais uma virgem tímida. Não poderia nem tentar um homem com a promessa de descendência. Eles simplesmente considerariam seus muitos anos infrutíferos com Dedham como prova de sua esterilidade. Aos olhos da alta sociedade, Valencia era o equivalente às viúvas empobrecidas de cabelos grisalhos que povoavam a aristocracia.

Talvez fosse mesmo como elas, sem o cabelo grisalho. Aquilo não importava mais. Pelo menos não para ela. Valencia havia deixado de nutrir aspirações de maternidade. Nunca tivera a intenção de se casar de novo e reacender aquele sonho antigo.

Agora, tinha novos sonhos.

O duque e as irmãs dele representavam uma súbita mina de ouro para vários membros ainda desconhecidos da alta sociedade. Nos olhos que se fixavam nele, Valencia conseguia ler as especulações, a voracidade, a esperança matrimonial, e reconheceu o que via. As mulheres desejavam ser as beneficiárias sortudas daquela mina de ouro.

O duque de Dedham desembarcara em Londres, e elas estavam todas prontas para devorá-lo. Era difícil imaginá-lo como uma presa vendo-o sentado a seu lado com aquela presença tão grandiosa. Confiante e relaxado, com uma das mãos descansando tranquilamente no braço da cadeira, ele parecia mais um lobo do que um cordeiro.

O duque estava vestido da cabeça aos pés em um traje de noite escuro, com uma gravata vermelha amarrada de forma impecável no pescoço, e era um banquete para os olhos — sem dúvida inspirava todo tipo de maquinações em mães e pais preocupados em casar as filhas.

Valencia soube de imediato que logo seriam assediados por convites, o que, claro, era o objetivo da incursão daquela noite.

Elin sorriu, trêmula, e lançou um olhar agradecido a Valencia por suas palavras amáveis.

— Obrigada.

Valencia não havia exagerado nos elogios. As jovens estavam realmente adoráveis. Todas as seis. *Sete*. Até a sra. Lloyd brilhava em seu vestido de musselina âmbar, como um topázio cintilando entre as filhas. Não seria surpresa para Valencia se ela também atraísse um pretendente — afinal de contas, era uma mulher bonita *e* mãe de um duque. Aquele era um parentesco que não deveria ser descartado.

Ela sentiu uma onda de orgulho ao examinar as pupilas. Todos os seus esforços haviam dado frutos. Nenhum camarote poderia ostentar seis jovens tão bem-apresentadas. Seus vestidos, os cabelos elegantemente penteados, as joias que adornavam pescoços e orelhas, pulsos e dedos — tudo havia sido perfeitamente orquestrado.

O grupo formava um quadro notável, e Valencia não tinha dúvidas de que todos os cavalheiros e mães presentes já haviam descoberto suas identidades. Na manhã seguinte, elas acordariam com uma enxurrada de convites. Estavam todos ocupados se acomodando em seus assentos, mas aquilo não impediu os cochichos ou os rostos extasiados voltados para cima, apontando para o camarote Dedham.

Valencia voltou a falar e comentou em um tom malicioso:

— E não sou a única a admirar a beleza de vocês.

As irmãs deram risadinhas abafadas e realmente pareceram acanhadas, algo que Valencia não teria pensado ser possível quando conheceu as amazonas conquistadoras.

A sra. Lloyd abanava seu leque de jade ornamentado com uma expressão de suprema satisfação.

O duque, sentado ao lado dela, revirou os olhos.

Valencia se inclinou na direção dele.

— Achei que ficaria satisfeito com o sucesso de suas irmãs. Não é esse o objetivo de tudo isso? — Ela fez um gesto indicando o teatro ao redor. A intenção do acordo entre eles. Não estaria ali se não fosse por aquilo.

Depois de algum tempo, o duque respondeu:

— É o que elas querem, sim.

Valencia pensou a respeito.

— E é isso o que importa.

— Exatamente — concordou ele. — Eu ficaria mais feliz se elas permanecessem no País de Gales como nossas outras irmãs? — Ele deu de ombros, deixando claro que sim. — Mas a escolha é delas.

País de Gales. Para onde Rhain retornaria quando estivesse satisfeito ao ver as irmãs bem-assentadas, deixando o ducado nas mãos de outra pessoa.

Um ressentimento que Valencia não deveria sentir agitou seu coração. Não era da conta dela o que o novo duque fazia — ou deixava de fazer — com seu ducado e onde escolhia residir. Aquilo não deveria afetá-la de forma alguma. Quando ele se fosse, estaria alegremente instalada em sua nova casa em Londres, com uma pensão que a sustentaria confortavelmente. O que lhe importava se o duque estaria em outro lugar? Se estaria longe dela?

— A escolha é delas. Entendo. Ainda assim o senhor vai resmungar e revirar os olhos durante todo o processo. Que paternal de sua parte — brincou Valencia.

Só que muito diferente de qualquer homem com filhas que ela já tivesse conhecido. Seu próprio pai nunca fora tão indulgente. A maioria dos pais da alta sociedade não era nem permitiam às filhas algo tão democrático como uma escolha.

Valencia mal vira o pai durante a juventude, já que ele estava sempre muito ocupado andando atrás de outras mulheres que não a mãe dela. Quando debutou, o marquês só prestara atenção quando Dedham apareceu para pedir a mão de Valencia.

— Não sou o pai delas — falou o duque.

— Mas está ocupando o lugar dele.

— É claro. Sou irmão delas.

Ele disse aquilo como se fosse o bastante para entender. Mais uma vez, Valencia só conhecia aquilo na teoria — pais ou irmãos protetores não eram algo que ela já tivesse experimentado.

— Valencia! Eu não tinha ideia de que você estaria aqui!

A duquesa viúva se levantou ao ver a recém-chegada ao camarote.

— Delia!

Ela cumprimentou a jovem amiga com um abraço caloroso. Delia era uma joia brilhante em um vestido azul cintilante. A moça se parecia muito com a mãe, e aquilo dizia muito. Tru era admirada em toda Londres, e não apenas por sua beleza. Era uma decana da alta sociedade, ditando os caminhos na moda, na aristocracia e em tudo o mais.

Valencia olhou por cima do ombro.

— Sua mãe está aqui?

— Não, ela e Jasper tinham outros planos para esta noite.

Não foi surpresa para ninguém que a condessa viúva de Chatham já estivesse noiva apenas um ano após o falecimento do marido. Assim como Valencia, Tru tinha sido casada com um homem terrível, mas, ao contrário dela, escolhera arriscar tudo de novo, deixar de lado a independência recém-adquirida e se casar pela segunda vez. Por mais que o noivo parecesse ser a completa antítese do falecido marido de Tru, Valencia não conseguia se imaginar correndo tal risco.

Até os maneirismos da jovem e da mãe eram semelhantes. A mão enluvada de Delia afastou um cacho teimoso da testa em um gesto que espelhava o de Tru. A semelhança entre elas era excepcional. Mesmo sem a posição e as ligações sociais que tinha, a jovem chamaria a atenção de qualquer cavalheiro. Sua beleza não se apagaria com o tempo. Bastava olhar para a mãe dela para confirmar aquilo.

Delia estava em sua segunda temporada social e havia sido aclamada como a favorita da temporada no ano anterior. Já teria recebido inúmeros pedidos de casamento e estaria casada se não fosse pela morte repentina do pai. Agora que havia completado o necessário ano de luto, estava mais uma vez frequentando eventos sociais, mergulhando nas águas agitadas do mercado de casamentos.

O duque se levantou da cadeira ao lado de Valencia em uma atitude muito cavalheiresca. Mesmo sem olhar para ele, a duquesa viúva estava ciente de sua proximidade. Podia senti-lo a seu lado.

Valencia apresentou Delia rapidamente a todos no camarote — primeiro à sra. Lloyd e às filhas, que encararam lady Delia com uma boa dose de admiração, então ao duque.

— Ah. — Delia arregalou os olhos enquanto o mirava de cima a baixo. — Vossa graça. — Ela fez uma reverência impecável. — Soube que havia chegado à cidade. Estou encantada em conhecê-lo.

O duque pegou a mão enluvada da jovem e curvou-se sobre ela, em uma demonstração de galanteio que Valencia nunca tinha testemunhado da parte dele antes.

— Milady.

Um rubor encantador coloriu o rosto de Delia.

— Seja bem-vindo a Londres, Vossa Graça. Espero que esteja gostando de sua nova cidade, de seu novo lar.

Lar?

O duque havia sido muito claro. Não considerava Londres seu lar — nem jamais desejara que fosse. Valencia o observou com atenção, esperando que ele se retraísse ou que seus lábios se curvassem, mas suas feições permaneceram friamente educadas quando respondeu:

— Estou, sim. Bastante. Obrigado, milady.

Valencia se forçou a não manifestar qualquer reação, mas não conseguiu conter um som de escárnio, o que o fez se virar em sua direção. Ela arqueou uma sobrancelha em resposta. O homem estaria tão deslumbrado com lady Delia que resolvera fingir entusiasmo por Londres apenas para encantá-la? Uma pontada ardente de ciúme a atingiu, rápida e feroz. Ele nunca se mostrara sedutor com Valencia. Seu primeiro encontro com *ela* não tivera toda aquela alegria. O duque não falara gentilmente nem olhara para ela do jeito que estava olhando para Delia. Mal tinha sido civilizado.

A garota continuou, indicando Valencia com um gesto e dizendo:

— Não há melhor anfitriã para lhe apresentar as delícias da cidade. E *La donna del lago* é maravilhosa. Já assisti duas vezes. Nossa querida amiga está se apresentando, a srta. Fatima Chaves. Ela tem uma voz angelical.

O sorriso do duque era a tentação encarnada, e o coração de Valencia deu um pequeno salto traiçoeiro.

— Mal posso esperar.

Esse sorriso não é para mim.

Delia continuou:

— Talvez o senhor e suas irmãs gostariam de conhecê-la depois da apresentação.

— Ah, sim! — Isolde bateu palmas, animada com a perspectiva de conhecer Fatima.

As outras irmãs assentiram ansiosas, todas deixando escapar murmúrios de concordância.

— É muita gentileza de sua parte, milady.

— Será um prazer — respondeu Delia, parecendo bastante inebriada enquanto encarava o duque.

Valencia examinou o rosto dele com irritação, certa de que via admiração em seu olhar enquanto ele encarava de volta a jovem a sua frente. Ela respirou fundo, sentindo o peito arder. Era verdade que Delia ainda não tinha vinte anos, mas muitas moças da idade dela se casavam com homens muito mais velhos do que o duque. Valencia sabia muito bem, bastava olhar para o próprio pai para verificar as evidências.

Não que o duque pudesse ser visto como um homem velho ou frágil. Ele devia ter aproximadamente a idade de Valencia. Qualquer um julgaria que estava na flor da idade e que era inegavelmente viril.

De repente, Valencia se deu conta de que as irmãs dele talvez não fossem as únicas inclinadas à ideia de um casamento. O fato de não desejar permanecer em Londres não significava que o duque não se casaria com alguém que conhecesse ali e levasse a noiva consigo para casa, no País de Gales. E só porque não gostava do papel de duque não significava que se opusesse ao casamento com uma jovem elegível como Delia. Inúmeras damas certamente estariam dispostas a segui-lo até os confins do mundo. Delia era uma jovem razoável, e provavelmente se disporia a encarar o desafio.

Valencia se agitou um pouco, apertando as dobras das saias de seda com as mãos, lutando contra os sentimentos horríveis que a invadiam. Os músicos se agitaram no fosso, afinando os instrumentos, indicando que logo começariam.

— Ah, é melhor eu voltar para o meu lugar. Estou aqui com os Richardsons.

Delia apontou para um camarote do outro lado, onde um jovem cavalheiro estava sentado, inclinando-se para a frente em sua cadeira e acompanhando-a ansiosamente com os olhos. Ele lançou um olhar bastante preocupado na direção do duque, sem dúvida reconhecendo-o como um rival na conquista do afeto de lady Delia. Até aquele momento, Valencia teria considerado as preocupações do rapaz infundadas, mas já não tinha tanta certeza. No momento, se identificava com o sentimento.

— Prazer em vê-la, minha querida.

Valencia se despediu de Delia com um beijo no rosto.

— Igualmente. Vamos tomar chá em breve.

Delia lançou ao duque um último olhar, que só poderia ser descrito como sedutor e convidativo. Ele não teria dúvidas do interesse dela se desejasse cortejá-la.

Valencia respirou fundo, advertindo a si mesma que era melhor se acostumar com aquele tipo de situação e não permitir que a afetasse. Delia não seria a única bela mulher determinada a conquistá-lo naquela temporada social.

Encerradas as despedidas, com a promessa de se encontrarem novamente após a apresentação para que todos pudessem ir juntos ao encontro de Fatima, Delia se despediu.

Valencia voltou a se sentar e ficou olhando para a frente até o teatro escurecer, quando as luzes todas foram apagadas quase simultaneamente. Só então ela se arriscou a olhar para o duque à sua direita.

O camarote deles estava cheio com os nove ali dentro, e seu ombro estava quase roçando o de Rhain. Valencia achou que estava sendo discreta, mas quando virou de leve a cabeça, descobriu que o duque olhava diretamente para ela.

Quase como se estivesse esperando que a mulher se virasse para encará-lo.

E foi o que ela fez.

Na escuridão do camarote, cercados pela família dele, que foi subitamente esquecida, os olhares de ambos se encontraram e se mantiveram fixos um no outro enquanto os acordes de abertura da ópera enchiam o teatro. Enquanto a sra. Lloyd e as filhas se inclinavam para a frente em seus assentos, arquejando, estáticas, ao verem a fascinante srta. Fatima Chaves emergir no palco, Valencia e o duque se encaravam fixamente, envoltos no ar de um roxo profundo.

Era estranho estar sentada entre tantas pessoas e ainda assim ter a sensação de que estavam a sós, como se fossem apenas os dois presos numa pequena bolha.

O duque se moveu, suave e Valencia sentiu a pressão de sua coxa na lateral da dela — só o que separava suas peles eram os tecidos da calça dele e do vestido dela, e aquilo não ajudava muito a evitar que o calor do corpo do duque parecesse queimar o dela.

Valencia começou:

— Delia é filha de uma amiga muito querida, a condessa viúva de Chatham — sussurrou.

Ela não sabia por que se sentia compelida a falar. A ópera havia começado. Deveria simplesmente ignorar o duque e se deixar envolver pelo espetáculo.

Mas como alguém pode fazer isso quando está perdida nesse olhar ardente?

O duque inclinou ligeiramente a cabeça.

— Ela é uma jovem encantadora. A mãe deve estar orgulhosa.

Valencia o encarou, confusa. *Uma jovem encantadora. A mãe deve estar orgulhosa.*

Aquilo não soava como as palavras de alguém com um interesse real e carnal por Delia. Eram as palavras de um homem elogiando uma moça. Uma jovem, não uma futura esposa.

Ele voltou a se mexer, inclinando-se ainda mais para perto dela no camarote lotado, e de repente Valencia teve a sensação de estar sufocando com o inconfundível cheiro do duque, um perfume inebriante. Para não mencionar o espaço que Rhain ocupava ali tão perto, a pressão da coxa firme e ardente contra a dela... Era tudo muito arrebatador.

Valencia sentiu a boca ressecar e engoliu em seco.

Antes que conseguisse se conter, murmurou:

— O senhor não a considera uma mulher adorável?

Claro que qualquer outro homem com sangue correndo nas veias consideraria Delia uma mulher adulta. Até mesmo — por mais preocupante e perturbador que fosse o pensamento — o próprio pai idoso de Valencia.

Um dos cantos dos lábios dele se curvou em um sorriso.

— Vejo apenas uma menina quando olho para ela.

— Ah — sussurrou Valencia, sentindo o coração bater forte no peito.

Os olhos do duque cintilaram na penumbra, sua cabeça agora ainda mais próxima da dela, enquanto ele dizia com a voz rouca:

— Ao contrário da senhora.

Valencia torceu os lábios e tentou brincar:

— Ao contrário de mim, uma viúva madura.

— Ao contrário da senhora — corrigiu ele —, uma mulher madura e atraente.

— Ah — sussurrou Valencia outra vez, a voz soando diferente agora, até mesmo para os seus próprios ouvidos. Aquela única exclamação escapou dela como um som abafado, estrangulado.

— Ah — repetiu o duque sem qualquer indício de um sorriso. Na verdade, ele parecia quase carrancudo, os olhos escuros e penetrantes na escuridão do teatro.

Depois de um longo momento, o duque voltou a atenção para o palco, afastando os olhos de Valencia, mas mantendo a coxa colada à dela, o calor de sua pele ainda a aquecendo através do vestido durante toda a apresentação. Definitivamente uma distração. Não se poderia esperar que contasse o que tinha visto ou ouvido no palco abaixo. Estivera ocupada demais pensando no homem ao seu lado.

Capítulo 15

Em um mundo em que a fofoca é a principal moeda social, uma amiga discreta vale seu peso em rubis.

— A Muito Honorável Lady Rosalind Shawley

Valencia enviou uma mensagem a Ros assim que voltou do teatro, perguntando se a amiga estaria disponível para acompanhá-la na noite seguinte.

Se já não fosse tão tarde quando voltaram para casa, Valencia teria se aventurado a sair naquele momento, tamanho o ardor correndo em suas veias. Ficar sentada naquele camarote escuro com Rhain pressionando a perna à dela a excitara de uma forma tão avassaladora e desconcertante que reacendera sua determinação. Faria alguma coisa a respeito. Era certo que estava pronta para a paixão. Encontraria um candidato mais adequado para nadar com ela naquelas águas do que o homem que atualmente ocupava o quarto adjacente. Valencia prendeu a respiração quando seu olhar se desviou para a porta fechada. Não importava quanto fosse conveniente, aquele homem era totalmente proibido.

No fim das contas, teria sido melhor se tivesse saído, porque acabou passando uma noite agitada, se revirando na cama e pensando no duque — em Rhain —, na mão dele se aventurando a acariciar a lateral da coxa dela, onde ainda podia sentir seu toque. Valencia levou os dedos aos lábios, que latejavam, enquanto se lembrava dos olhos dele fixos em seu rosto.

Ros era a parceira ideal para acompanhá-la em uma noite de atividades clandestinas. Além de ser uma amiga leal, era solteira e feliz com essa condição, e estava sempre disposta a aventuras. A amiga não tinha um marido para inibir suas ações, ninguém que esperasse que ela estivesse em casa, na cama, em determinado horário. E, como já era tida como uma solteirona, os pais não se davam ao trabalho de controlar suas idas e vindas.

Tru e Maeve não estariam interessadas em ir aonde Valencia planejava ir. Eram senhoras bem-resolvidas e satisfeitas com suas vidas — especificamente no que se referia a suas vidas amorosas —, e não teriam a menor vontade de visitar um lugar que tinha como objetivo a busca e a satisfação de prazeres carnais. Maeve ficaria escandalizada com a mera ideia. Não lhe importaria que fosse incentivado o uso de máscaras para garantir o anonimato. Esconder-se não faria Maeve se sentir melhor por estar em uma casa com tanta depravação e libertinagem.

Não, o Palace era para aquelas de coração livre.

Era para as que ardiam por dentro, para as que sentiam a marca da coxa de um homem chamuscando suas saias mesmo já tendo se passado horas daquele contato.

A aventura de Valencia em Vauxhall não saíra do jeito que desejava, mas ela jurou para si mesma que aquela noite com Ros teria um resultado melhor.

O Palace era conhecido por todos, mesmo que não fosse tema de conversa nos círculos educados. A casa de prazer era um lugar onde se podia envolver em pecadilhos com pessoas que pensavam da mesma forma. Havia entretenimento, jogos, comida, bebida... e encontros secretos. Era um lugar onde ela poderia colocar para fora todas as suas paixões e fantasias mais obscuras, caso desejasse.

Ros estava sempre disposta a experimentar coisas novas. Valencia sabia que poderia contar com ela para acompanhá-la — a amiga podia não ter interesse em flertes, mas tinha uma curiosidade voraz e não resistiria a explorar um lugar onde os mesmos estivessem em plena exibição. Ela talvez não chegasse a participar do drama, mas adorava observar.

E quem poderia saber? Talvez Ros mudasse de ideia quando chegasse lá e se deixasse levar pelo espírito da coisa. Talvez pulasse no colo de algum belo cavalheiro mascarado. Então, quem sabe, acabasse esquecendo suas fortes inibições. Não era impossível.

Naquela manhã, os pretendentes chegaram cedo em busca das jovens damas da casa, exatamente como Valencia previra. Foi um dia longo. Dezenas de enamorados lotaram o salão de visitas, com flores e caixas de doces nas mãos enquanto disputavam a atenção das irmãs do duque de Dedham. Era uma situação impiedosa: tantos jovens cavalheiros — e outros não tão jovens — tentando se superar na busca pela atenção das seis moças.

As irmãs do duque foram se exaurindo à medida que a hora do jantar se aproximava, com dor nos músculos do rosto de tanto sorrir. Nunca haviam sido tão cortejadas. Todos concordaram que uma noite tranquila em casa seria o ideal.

A sra. Lloyd, bastante exausta, anunciou que jantaria em seu quarto.

— Que dia agitado! A ideia de vestir o meu roupão e me aconchegar com um livro parece perfeita — declarou ela.

Valencia aproveitou a oportunidade para ecoar os sentimentos da mulher mais velha.

— De fato — concordou. — Acredito que farei o mesmo. Afinal, amanhã será outro dia agitado.

Ela olhou para cada uma de suas pupilas. As jovens assentiram satisfeitas.

Já em seu quarto, Valencia começou a se preparar para sair à noite. Tildie informou ao pessoal da cozinha que a senhora jantaria no quarto e pediu que enviassem uma bandeja. Valencia sentia uma expectativa vibrante enquanto tomava um banho tranquilo em uma banheira com água de rosas fumegante, onde lavou o cabelo e esfregou a pele até que estivesse com um cheiro doce e rosada, cintilando.

Aquela noite a saciaria por enquanto.

Alimentaria o seu espírito e lhe daria algo que seria só dela, além de fazer com que parasse de ansiar pelo que não podia ter — por *ele*.

Era extremamente injusto que o primeiro homem a virar a sua cabeça em uma década fosse o substituto do marido. Uma ironia amarga.

Valencia terminou o banho e comeu alguma coisa, enquanto examinava seu guarda-roupa. Foi quando Tildie chegou com uma carta de Ros.

A camareira ficou encarando-a em expectativa enquanto ela lia as palavras da amiga. Tildie obviamente sabia de seus planos. Não havia nada na vida de Valencia que a camareira não soubesse. Ela estremeceu ao pensar em Rhain. Então esfregou a palma da mão sobre o calor repentino que pareceu irradiar ao longo da sua coxa. Bem, quase nada. Algumas coisas não precisavam ser ditas jamais.

Valencia sorriu satisfeita.

— Vou buscá-la às 21h30.

Tildie assentiu brevemente.

— Muito bom. Fico feliz que a senhora não vai se aventurar sozinha em um lugar como aquele. — *Um lugar como aquele*. Como se Valencia estivesse se preparando para enfrentar o covil de Hades. — Agora... o que acha daquele vestido ametista com acabamento em veludo? — perguntou a criada.

— Com uma máscara de veludo combinando?

Juntas, elas voltaram a atenção para o guarda-roupa de Valencia, plenamente conscientes de que o vestido seria uma escolha importante, uma decisão essencial no que se referia à noite.

Teria que ser um traje guardado especificamente para a ocasião — afinal, Valencia não queria que a roupa fosse imediatamente reconhecida em algum evento da aristocracia.

Ela visitara a modista alguns meses antes, já se preparando para aquela noite, ciente de que o momento chegaria e que precisaria de vestidos que pudessem ser usados apenas uma vez.

Embora fosse viúva e a sociedade tivesse certa tolerância no que se referia a indiscrições, esperava-se certa cautela. Valencia não poderia ser ostensiva demais e desconsiderar toda noção de decoro. Era necessário bom senso. Ela não poderia usar um vestido ousado uma noite, com a máscara obscurecendo apenas parcialmente seu rosto, e depois ser vista usando o mesmo traje em outra ocasião como duquesa viúva, na alta sociedade. Não seria bem-visto. Nada bem-visto.

Tildie ajudou-a a se vestir. Valencia se virou, então, e se contorceu diante do espelho, avaliando-se de todos os ângulos. O corpete decotado, com acabamento em veludo, era exatamente a declaração dramática que ela desejava fazer.

— Eu sabia que era a escolha perfeita. — Tildie sorriu em aprovação. — Essa cor fica deslumbrante na senhora.

— Obrigada.

Valencia assentiu e se sentou diante da penteadeira para que Tildie pudesse arrumar seu cabelo.

A casa estava escura e silenciosa quando ela saiu do quarto, e apenas algumas arandelas estavam acesas enquanto atravessava depressa os corredores, com a capa flutuando atrás. Ninguém a viu saindo noite adentro, e Valencia se perguntou se todos teriam se retirado para seus aposentos.

Ela pegou Ros no caminho, como planejado. A carruagem mal diminuiu a velocidade diante da casa dos Shawley e a amiga já saiu correndo pela porta e desceu os degraus da frente.

Um cavalariço a ajudou a subir e entrar no veículo.

— Você está linda — declarou Ros enquanto se acomodava no assento, depois de uma olhada em Valencia.

— Você também está encantadora. O vermelho lhe cai muito bem.

— Minha mãe disse que estou escandalosa, por isso sei que estou vestida adequadamente.

— Ah, céus. — Valencia deu uma risadinha. — Você não contou a ela para onde estamos indo, não é?

— Para vê-la sucumbir a um ataque apoplético? — Ros soltou uma de suas gargalhadas. — Com certeza não. Não sou assim tão tola. Ela acha que vou participar de uma leitura de poesia.

Valencia riu.

— Vestindo isso?

Ros assentiu, alegre.

— Ela acha que enlouqueci.

— Imagino que sim.

A amiga continuou a falar animadamente enquanto elas atravessavam a cidade, o que evitou que Valencia tivesse que assumir ela mesma a responsabilidade de manter grande parte da conversa. O que era bom, porque ela sentia a pulsação em seu pescoço latejando, violenta, contra a pele e não conseguia manter as mãos quietas — se alternava entre pousá-las no colo, colocá-las sob as coxas ou cruzá-las diante do peito. Era como uma grande bola de nervos sobrecarregados.

— Chegamos! — anunciou Ros sem necessidade quando a carruagem parou.

Elas bateram à porta e foram admitidas com facilidade. Ros já havia feito os preparativos necessários muito tempo antes, quando comentaram pela primeira vez sobre a possibilidade de visitar o Palace. Ela garantira uma filiação antecipada, para quando finalmente tivessem coragem de se aventurar. O pagamento da taxa não foi problema. Os pais da amiga eram abastados — haviam sustentado o genro perdulário, o conde de Chatham, durante anos — e davam à filha solteira dinheiro mais do que suficiente, a maior parte do qual ela quase nem gastava. Ros era uma mulher de hábitos modestos. Não era uma entusiasta de vestidos, chapéus ou joias, e ficou feliz em investir na filiação a uma casa de prazer.

As duas entraram de mãos dadas, prontas para encarar juntas uma noite de devassidão.

Capítulo 16

Os olhos da aristocracia estão por toda parte.
Seria um grave erro presumir o contrário.

— Valencia, a duquesa viúva de Dedham

Rhain se viu mais uma vez à mercê de Dewey.

Era verdade que a escolha tinha sido sua, mas ele já sabia que as atividades de lazer do primo não se alinhavam exatamente com os próprios interesses.

Mesmo assim, quando lhe foi sugerido sair à noite, ele concordou de pronto e se colocou outra vez nas mãos ansiosas de Dewey. Qualquer coisa para sair de casa e ficar longe do bombardeio de mulheres sob seu teto. Longe, especificamente, de certa mulher.

Desde que se mudara para a Casa Dedham, seus dias tinham sido desafiadores, mas não da forma como ele previra. Rhain imaginara que viver como duque fosse se provar uma tarefa árdua. Indesejável, até. Ele havia esperado que o manto de um ducado fosse ter um peso sufocante. Imaginara que a empolgação da família em relação à alta sociedade de Londres fosse se mostrar desagradável e penosa. Acreditara que viver mais uma vez perto da mãe e das irmãs fosse exigir uma adaptação difícil. Havia imaginado que entregar as irmãs àquela vida dourada e, inevitavelmente, aos ingleses fosse se provar um desafio.

E tudo aquilo acabara sendo verdade.

Rhain acreditou que levar a viúva para o lado deles não só ajudaria suas irmãs, mas também *o* ajudaria. Aquilo o pouparia do pior daquele desdobramento indesejado em sua vida.

No fim das contas, sua hipótese se mostrou parcialmente verdadeira.

As irmãs dele talvez até estivessem recebendo a ajuda de que precisavam, mas parecia que, no fim, ele não fora poupado. Muito pelo contrário.

Estava vivendo um tormento.

— Não achei que você se juntaria a mim — declarou Dewey enquanto se recostava no assento da carruagem a caminho de algum destino que ainda seria revelado.

Rhain não perguntou para onde estavam indo. Aquilo não importava. Ele apenas precisava escapar daquela casa. Aquele dia em particular fora uma provação.

A viúva havia cumprido a palavra que dera e realmente assumira o controle das irmãs dele. Era um processo, ele percebeu, uma estratégia que não se dera ao trabalho de considerar. E nada daquilo estava acontecendo de forma rápida ou silenciosa o bastante. Não mesmo. A casa estava em alvoroço e aquele dia tinha sido o mais terrível até ali. Havia ingleses refinados por todos os cantos. Rhain ainda podia sentir o cheiro da colônia que usavam. Ficaria grudado para sempre em suas narinas.

— Eu precisava de uma noite fora.

Mesmo quando estava trabalhando em seu escritório...

Seu escritório. Rhain estremeceu. Aquilo ainda não parecia correto em sua mente, mas, ainda assim, o escritório era dele. A casa lhe pertencia. Havia herdado tudo.

Mas não a esposa.

Ele não tinha o direito de tê-la, e precisava se esforçar para se lembrar daquilo quando se pegava olhando para a porta contígua a seu quarto.

Mesmo quando estava trabalhando em seu escritório, Rhain conseguia ouvir o tempo todo o caos do lado de fora — as irmãs, os comerciantes, os vários instrutores e agora o exército de pretendentes entrando e saindo da casa o dia todo pareciam incapazes de funcionar em qualquer nível sonoro que não fosse um volume de estilhaçar vidros.

E o cachorro.

O maldito cachorro era uma fera barulhenta e não gostava de Rhain. O filhote parecia gostar de todos na casa, menos dele. Até tinha feito xixi em seus chinelos. Rhain não tinha certeza de como ou quando César tinha invadido seu quarto, mas fora o que acontecera. Ele se sentia particularmente visado pelo animal, o que sabia que parecia absurdo, então guardou aquela opinião para si mesmo.

Ainda assim, compreendia por que a duquesa o adotara. Não havia como contestar sua lógica. Sua irmã havia se esquecido completamente de Boneca, e aquilo era algo que precisava acontecer. Agora era um cachorro de verdade nos braços de Isolde. Um cachorro que rosnava e mordiscava Rhain, mas ele achava que era um avanço.

A mãe e as irmãs estavam empolgadas e elogiavam a inteligência da mulher. A duquesa conquistara até suas irmãs mais difíceis.

— Ela só deu um cachorro a Isolde. Eu não chamaria isso de genialidade — resmungara Rhain em certa ocasião, quando a família estava se derramando em elogios à duquesa.

— Ninguém mais pensou em fazer isso. *Você* não pensou — retrucara Elin, piscando os olhos em falsa inocência.

Mesmo que não estivesse disposto a admitir, ele tinha consciência de que a mulher era inteligente. Valencia era inteligente, engenhosa e tão bonita que Rhain sentia os dentes rangerem de vontade de saboreá-la, de beijá-la.

Não ajudara nada saber que a viúva dormia a um cômodo de distância dele. Uma simples porta os separava. Era uma agonia.

Ele *gostava* dela, maldição.

A duquesa viúva não era como imaginara que fosse uma dama de sangue azul. Ela o atormentava de desejo. Aquilo não era um bom presságio. Rhain não precisava que Valencia também gostasse dele e ficara bastante preocupado ao ver que havia conquistado sua admiração ao arrancar o controle de sua pensão de viúva daqueles administradores arbitrários, forçando-os a ceder os fundos a ela.

É muita gentileza de sua parte, Vossa Graça. Para o inferno com aquilo.

Rhain não era um homem gentil. Um homem gentil não desejaria transar com ela. Não poderia permitir que Valencia o encarasse com aqueles seus enormes olhos de corça, achando que ele era gentil, enquanto a mente dele se enchia com todo tipo de pensamentos impróprios.

— O novo ducado está sendo um pouco demais para você, não é mesmo? — comentou Dewey com um sorriso.

— Estou até me acostumando com certa facilidade. São as mulheres da casa que me deixam nervoso.

— Mas nem *todas* as mulheres da casa. — O primo piscou sugestivamente para ele.

E *aquilo* deixou o maxilar de Rhain ainda mais tenso. Seria assim tão transparente? Dewey percebera que o primo desejava a viúva? Será que havia adivinhado que Rhain ficava acordado à noite, fantasiando sobre todas as coisas impróprias que gostaria de fazer com a tão decente duquesa?

Para mudar de assunto, ele resmungou:

— Você precisa manter as mãos longe da camareira da viúva.

Dewey o encarou sem entender por um momento, então disse:

— Ah, está falando Tildie? Não aconteceu nada.

— Deixe-a em paz, Dewey. E isso vale para qualquer outra mulher sob o meu teto.

Dewey ergueu as duas mãos em um gesto contrito.

— Não tinha a intenção de ofender, primo. A moça se apresentou. É uma mulher bonita. Não vi mal algum, mas garanto que não voltará a acontecer.

Rhain grunhiu alguma coisa em resposta ao pedido de desculpas. Disse a si mesmo que Dewey havia percebido seu erro e não o repetiria. Estava convencido de que o primo era apenas jovem, alegre e despreocupado, mas era um homem decente. Também a pessoa certa para atuar como administrador do ducado em seu lugar.

O rapaz continuou:

— Mas devo dizer que se há uma mulher sob seu teto que me tenta, é aquela sua deliciosa duquesa... — Ele parou de falar, soltou um suspiro e fez um gesto com as mãos no ar que imitava uma forma feminina voluptuosa.

Era impossível não entender o que Dewey estava tentando dizer, e Rhain não gostou.

O primo o observava atentamente e, por algum motivo, Rhain teve a sensação de que o outro homem sabia que aquelas palavras o haviam incomodado. Tinha a sensação de estar sendo testado, provocado, incitado a reagir. Como se Dewey quisesse se certificar da intensidade dos sentimentos do primo pela viúva.

Determinado a não revelar nenhum de seus pensamentos íntimos, Rhain respondeu como deveria, dizendo:

— Ela não é minha, como você diz, e me incomoda tanto quanto minhas irmãs.

— Aquela dama poderia me incomodar a qualquer hora.

— É melhor você se comportar. A duquesa está sob minha proteção enquanto permanecer sob meu teto. Isso significa que você deve manter as mãos longe dela.

Dewey se inclinou para a frente.

— Ah, por favor. Pode me contar, primo. Nunca pensou em dormir com ela? Isso seria muito conveniente... um pedaço de musselina daqueles ao alcance das mãos.

Rhain grunhiu e cerrou os punhos ao lado do corpo, já que não estava nada disposto a deixar transparecer que as palavras grosseiras do primo estavam despertando algo primitivo dentro dele, uma emoção sombria e possessiva. Não seria o momento de revelar que uma porta interna separava seu quarto do quarto da viúva. Ao que parecia, Dewey não tinha conhecimento daquele detalhe. A menos que Tildie tivesse falado o que não devia no flerte já mencionado. Rhain conseguia imaginar muito bem o que o primo diria sobre *aquilo*.

— Dewey, preciso lembrá-lo novamente de tomar cuidado com a língua? A dama é uma convidada em minha casa.

De certa forma. Ela certamente era... algo para ele.

Alguém que Rhain precisava manter longe de seus pensamentos... e certamente longe de suas mãos.

— Ah. Então quando a viúva deixar o abrigo da sua casa, posso parar de tratá-la com tantos melindres? Afinal, ela é viúva. É uma mulher madura. — Os dedos de Dewey tremularam levemente no ar. — Interessante. Deixe eu lhe fazer uma pergunta... O que será dela quando você partir?

Dewey estava querendo saber se a duquesa permaneceria na casa quando ele assumisse o comando?

Rhain fez uma careta ao pensar em deixar o primo mulherengo perto dela. Deixar a duquesa dele — que não era a duquesa *dele* — à mercê de Dewey lhe parecia uma ideia profundamente desagradável.

A ideia de deixar o primo no comando enquanto retornava ao País de Gales, na verdade, estava começando a lhe provocar um aperto no estômago. Rhain cerrou com força o punho apoiado no joelho para evitar enfiá-lo no rosto de Dewey.

O primo ergueu as duas mãos.

— Estou brincando! Tire essa carranca horrível do rosto, primo. Estou só brincando.

Rhain se forçou a respirar fundo, repreendendo-se por ter externado qualquer reação. Ele olhou pela janela, para a noite, em vez de dizer mais alguma coisa.

O homem estava brincando. Ainda assim... Os comentários de Dewey o fizeram cerrar o maxilar até doer. Ele não gostava nada da ideia de o primo se insinuar em relação a Valencia.

Valencia.

Por alguma razão, o nome dela surgiu em sua mente. De repente, era a única maneira em que conseguia enxergá-la. Disse a si mesmo que era porque não costumava frequentar a aristocracia e não pensava nas pessoas em termos tão solenes. O que era irônico, considerando que ele próprio era agora um daqueles personagens solenes. Irônico e desagradável.

A carruagem começou a desacelerar.

— Você ficará muito satisfeito esta noite. Posso garantir que lá em Bryn Bychan não há nada parecido com... o lugar para onde estamos indo — comentou Dewey, felizmente mudando de assunto.

O primo sem dúvida havia dito o mesmo sobre tudo o que mostrara a Rhain até ali, e o refrão estava se tornando um pouco tedioso.

— Isso não é tão difícil de imaginar. — Bryn Bychan não era exatamente uma metrópole movimentada.

Quando a carruagem parou, os dois desceram, e Rhain se viu olhando para uma casa de aparência comum no que parecia ser um bairro modesto.

— É esse o lugar?

Ele havia imaginando que iriam para algum lugar mais público, como Vauxhall ou um teatro, onde não seria obrigado a conversar com estranhos. Não gostava nada da ideia de uma reunião íntima na qual teria que conversar longamente.

— Delícias incalculáveis nos aguardam lá dentro. — Dewey sorriu e esfregou as mãos em uma demonstração exagerada de expectativa.

Rhain digeriu aquilo lentamente, torcendo para não estar prestes a entrar em um bordel. Já havia avisado ao primo que não gostava daquele tipo de lugar. Aqueles estabelecimentos nunca foram de seu agrado. Sempre cheiravam levemente a homens desesperados e mulheres tristes.

Na porta, foram recebidos por um cavalheiro que mais parecia um pugilista veterano do que um porteiro. Ele usava uma libré, mas suas mãos pareciam presuntos e seus ombros esticavam as costuras do paletó. O nariz do homem tinha uma curva acentuada no centro, uma prova clara de que já havia sido quebrado diversas vezes. Encarou Dewey de cima a baixo com um rosto sem expressão e não emitiu qualquer som.

— Olá, meu bom camarada — disse o primo em um tom alegre, sem se deixar abalar pela frieza do outro, espalmando a mão no peito. — Sou Dewey Pugh.

A apresentação foi recebida com outro olhar vazio e mais silêncio. Era evidente que o porteiro não tinha ficado impressionado. Do fundo da casa, ecoou uma súbita explosão de risadas femininas.

— Ah. Parece que a festa está bastante animada lá dentro. — Dewey ficou na ponta dos pés e se esforçou para espiar o interior, claramente ansioso para ser admitido.

O homem na porta não se mexeu. Vários instantes se passaram. Ainda nenhum movimento do gigante. Ao que parecia, o nome de Dewey não era importante o bastante para colocá-los lá dentro, e Rhain sentiu um suspiro de impaciência crescendo em seu peito.

Dewey apontou para Rhain.

— Esse é meu primo, o duque de Dedham.

Aquilo finalmente despertou o interesse do porteiro. Ele chegou a se mexer, transferindo seu peso substancial de um pé para o outro, e deu uma rápida olhada em Rhain.

— O duque de Dedham? — repetiu.

Rhain encarou o homem de volta com frieza, nada disposto a discutir a própria identidade ou a implorar para entrar em qualquer lugar. Aquelas coisas não tinham a menor importância para ele. Se sua presença não era desejada ali, que assim fosse. Ele poderia encontrar outro lugar para ir.

Ao que parecia, a ausência de resposta de Rhain o validara aos olhos do porteiro. Aparentemente satisfeito, o homem assentiu uma vez e se virou para murmurar algo para outro criado de libré que estava logo atrás dele. Então, o homem recuou e abriu a porta para que entrassem.

— Vocês terão que falar primeiro com a sra. Winkler. Ela precisa aprovar todos os clientes.

Os olhos de Dewey se arregalaram de alegria.

— A famosa sra. Winkler. Isso seria incrível. — Dewey sorriu presunçosamente para Rhain quando eles já estavam no pequeno saguão. — Faz muito tempo que desejo entrar nesta casa — murmurou ele com ar conspiratório.

— Você nunca esteve aqui? — perguntou Rhain com certa surpresa. Por tudo o que o primo havia dito, ele fez parecer que era um cliente regular.

— Bem, não, eu... Não exatamente... — O primo se atrapalhou um pouco. — Eu apresentei uma solicitação de filiação... hum, duas vezes... mas ainda não me responderam, e a taxa é bastante alta.

Filiação? Dewey o levara a um lugar que exigia adesão e pagamento subsequente de uma taxa? Uma adesão que o primo não tinha concluído, mas ainda assim decidira ir até a porta do lugar. Ele imaginara que, com Rhain ao seu lado, teria uma boa chance de conseguir entrar. Bastante manipulador da parte do primo, mas Rhain supunha que não poderia culpar Dewey por usar todos os meios à sua disposição para conseguir algumas vantagens para si mesmo. Era apenas humano.

De repente, uma mulher entrou no saguão com um vestido azul extravagante, enfeitado com penas que esvoaçavam e oscilavam conforme ela se mexia. A mulher devia ter quase a idade da mãe dele. Os anos e a gravidade haviam sido extremamente gentis com ela — nenhuma ruga marcava seu rosto redondo. Era adorável.

— Vossa Graça — disse a mulher com uma voz suave, os lábios pintados se curvando em um sorriso. — É um grande prazer. — Ela ofereceu a mão a Rhain.

Ele ficou encantado por ela saber qual dos dois era o duque. Era como se estivesse usando uma placa de identificação.

Rhain pegou a mão dela e se inclinou em uma cortesia.

— Sou a sra. Winkler — apresentou-se a mulher —, e esse é meu estabelecimento.

Rhain lançou um olhar ao primo, torcendo para deixar bem claro que não estava nada satisfeito.

Dewey apenas sorriu de volta e assentiu de forma encorajadora.

— Eu não sabia que já havia chegado à cidade — disse a sra. Winkler. — Fiquei bastante triste, é claro, por saber do falecimento do antigo duque. Eu o conheci há muito tempo. Anos atrás, antes do acidente, quando ele era mais... hum, vigoroso. O antigo duque era membro do Palace, é claro.

Rhain ficou encarando-a, encantado. A dama certamente era bem versada em tudo que dizia respeito à aristocracia. Ela conhecera Dedham. Antes do acidente.

Rhain tinha ouvido falar do acidente que quase matara o homem. Os administradores do espólio não haviam poupado informações quando o colocaram a par de sua nova função. Bem, na maior parte. Haviam falado muito superficialmente sobre Valencia.

Ele endireitou o corpo.

— Lamento não ter conhecido pessoalmente o falecido duque.

Aquilo era mentira, obviamente. Não passavam de palavras vazias. Tão vazias quanto Rhain se sentia quando pensava no homem que fora marido de Valencia.

— Era um belo homem. — Ela piscou ousadamente. — Mas devo dizer que o senhor o supera nesse aspecto.

Rhain contraiu os lábios. A mulher era bastante hábil em seu papel de anfitriã.

— É muito lisonjeiro de sua parte, madame.

O olhar dela pousou em Dewey.

— E quem é esse?

— Meu primo, Dewey Pugh. Foi ele que insistiu que visitássemos... — Rhain olhou ao redor do pequeno saguão de entrada, ainda sem saber que lugar era aquele — este lugar.

— Ora, fico muito feliz que ele tenha feito isso. A visita desta noite é cortesia da casa, senhores. Esperamos que vocês dois considerem a possibilidade de se tornarem membros depois de verem todo o entretenimento que temos a oferecer.

Rhain piscou algumas vezes, desconfiado de que aquele lugar fosse de fato um bordel. No que o primo o metera?

— Sigam-me, cavalheiros. — A sra. Winkler fez um gesto amplo com o braço emplumado antes de passar por um conjunto de portas duplas. — Sejam bem-vindos, sejam bem-vindos. Esperamos que esse lugar seja sua casa longe de casa. O Palace ocupa esse lugar na vida de muitos de nossos clientes.

— Palace? — murmurou para o primo pelas costas da mulher.

Dewey sorriu e assentiu como o mais feliz dos idiotas.

— Você vai me agradecer quando sairmos daqui pela manhã, primo.

Rhain se inclinou mais para perto para sussurrar:

— Só me diga que não me arrastou para um bordel depois de eu ter lhe dito expressamente que não gosto desse tipo de lugar.

Dewey pareceu ofendido.

— É claro que não. Isto aqui é muito melhor do que um bordel.

— O que é este lugar? — sibilou. Ainda estava esperando por aquela explicação.

— É um antro de prazer.

Antro de prazer?

Rhain ainda estava perdido, sem saber ao certo o que era aquele lugar, mas, momentos depois, assim que entraram no andar principal do Palace, ele entendeu.

O lugar era o epicentro do hedonismo.

O andar principal consistia em um grande espaço cheio de mesas, cadeiras e *chaises*. Havia uma orquestra sobre um tablado. Cavalheiros e damas, muitas delas usando máscaras, se misturavam entre criados, acrobatas e artistas de pirotecnia. Alguns cavalheiros também usavam máscaras, mas elas pareciam ser reservadas principalmente às mulheres. Eram faixas de brocado e cetim que obscureciam parcialmente os rostos femininos, e Rhain teve que admitir que aquilo aumentava o poder de sedução das mulheres, conferindo-lhes um ar de mistério.

Casais que claramente já haviam bebido bastante dançavam despreocupados.

Um artista em um dos lados da sala pintava usando como tela uma mulher nua, passando tinta no mamilo escuro de um seio grande, então girando o pincel de forma despudorada em suas curvas fartas.

Ah, e havia alcovas semiprivadas, com cortinas fechando-as apenas em parte para que todos pudessem ver diretamente lá dentro, onde casais nus trocavam carícias nas camas. Os sons obscenos das alcovas chegavam ao salão principal, os gemidos vigorosos e os sons de corpos se unindo se misturando à música. Várias dispunham de cadeiras em que as pessoas podiam se sentar e observar as atividades licenciosas enquanto bebiam e beliscavam canapés.

Tudo e qualquer coisa acontecia sob o mesmo teto, em um salão. Se era chocante ou escandaloso, acontecia ali. Uma escada em caracol levava ao andar de cima, e Rhain não conseguia nem imaginar o que acontecia nos outros cômodos da casa.

O primo o cutucou com o cotovelo.

— Viu? Não é um bordel.

Rhain assentiu enquanto tentava decidir se era igualmente desagradável.

Dewey acrescentou:

— Não há nada parecido com isso em Bryn Bychan, não é mesmo?

— Realmente não — concordou Rhain com ironia.

Um garçom de libré passou por eles carregando uma bandeja, e Rhain pegou uma bebida e a tomou de um só gole. Ele abaixou o copo e passou os olhos pelo salão, absorvendo tudo e ainda assim não vendo tudo. Havia coisa demais para assimilar.

— Venha. Preciso investigar uma daquelas alcovas — disse Dewey, apontando ansiosamente para a mais próxima.

Rhain o seguiu e entrou no espaço pequeno e mal-iluminado atrás do primo. Chamas tremeluziam dentro dos vitrais vermelhos de duas arandelas, lançando um brilho ardente no espaço.

Seis cadeiras forradas com veludo tinham sido posicionadas diante de uma cama estreita na qual um homem estava amarrado, com os braços e pernas abertos, os tornozelos e os pulsos presos por faixas de seda. Uma mulher cavalgava seu membro enquanto a boca do homem se deleitava com outra mulher posicionada sobre o seu rosto. Os três corpos nus cintilavam como se estivessem em chamas, como se fossem entidades nascidas de uma forja. A mulher que ele devorava se agarrou à cabeceira da cama, mexendo os quadris enquanto ele murmurava em seu sexo.

— Só isso já vale o preço da filiação — murmurou Dewey.

Rhain não se preocupou em lembrar ao primo de que não havia gastado um centavo de seu dinheiro na filiação.

Ele deixou os olhos deslizarem pelo espaço pequeno. Os espectadores pareciam arrebatados. Uma mulher estendeu a mão para o colo do cavalheiro ao lado dela para acariciar seu membro através da calça enquanto assistiam avidamente ao espetáculo na cama. Era como se toda a modéstia, todas as inibições deixassem de existir dentro das paredes daquela casa.

A análise distraída de Rhain dos espectadores foi interrompida abruptamente. Sua atenção se concentrou em um rosto. Uma mulher sozinha. Uma mulher usando uma máscara de contas prateadas. O acessório não ajudou muito a evitar que reconhecesse seu rosto. Nem as sombras bruxuleantes da alcova.

Rhain a reconheceu imediatamente.

Ele a reconheceria em qualquer lugar.

Acima dos gemidos e gritos do trio na cama, o olhar de Rhain capturou e sustentou o dela. Os olhos castanhos por trás da máscara se arregalaram, mostrando claramente que a mulher o reconhecera. Boquiaberta, ela arquejou, ou talvez tenha suspirado.

Valencia.

Capítulo 17

Uma debutante busca um casamento satisfatório.
Uma viúva... busca satisfação.

— Valencia, a duquesa viúva de Dedham

Deus, o destino ou o próprio diabo estavam conspirando contra ela.

Valencia tinha saído de casa naquela noite em busca de aventura, para conseguir um alívio muito necessário da família Lloyd, para escapar *dele*. Do duque. De *Rhain*.

Era a mais amarga das ironias, obviamente, encontrá-lo ali, no epicentro de tudo o que era libertino, degenerado e desinibido. Sim, havia liberdade naquilo. Uma liberdade que era assustadora em seu caráter absoluto. Ali, nada era proibido.

Ele a conhecia.

O duque a reconheceu, e Valencia sentiu todo o ardor de seu olhar percorrê-la dos pés à cabeça — passando por tudo mais no caminho. Seus seios pareciam mais pesados, doloridos e inchados no corpete repentinamente apertado demais.

Ela puxou aflita a manga de Ros.

— Temos que ir. Agora.

Ros nem se virou para encará-la. A cena na cama a deixara petrificada. Boquiaberta.

— Já? Tão cedo? — Ela balançou a cabeça como se partir não fosse uma opção.

— Sim. Agora. Ele está aqui.

— Ele? — perguntou a amiga, distraidamente.

— Sim. Ele. — Valencia puxou a manga da amiga com mais força. — *Ele*.

Ros franziu o cenho e finalmente desviou a atenção da brincadeira entusiasmada na cama.

— Quem?

— O duque...

Ros demorou um instante para entender. Então, piscou algumas vezes e virou a cabeça para encarar Valencia, espantada.

— Está se referindo a... Dedham?

Valencia se encolheu e assentiu.

Ros olhou ao redor da pequena alcova tingida de vermelho, procurando, até seu olhar encontrar o único homem que *não* olhava para a cena na cama, mas para Valencia, como se ela fosse a coisa mais fascinante no quarto. Ou talvez estivesse apenas surpreso com a presença dela ali. Aquilo seria compreensível. Afinal, o homem tinha acabado de surpreender no ambiente mais sórdido a nobre dama que havia encarregado de orientar a entrada de suas irmãs na sociedade.

— Nossa... — sussurrou Ros. — Isso é... constrangedor.

— Temos que ir embora — insistiu Valencia.

Ros ficou olhando para a amiga, pensativa. Então olhou para ele e voltou a examinar a alcova.

— Temos mesmo? O duque já viu você aqui... e ele não é seu guardião. Não é seu pai ou seu marido. — Ela deu de ombros. — Você é uma mulher adulta. Pode fazer o que quiser.

E o que eu gostaria de fazer seria ir embora.

A lógica contundente de Ros não lhe importava. Valencia fixou os olhos nele em meio àquela cena selvagem, o cheiro de desejo espesso como vapor no ar... Aquilo era demais. Sua própria pele formigava e parecia muito tensa. Valencia respirou fundo uma vez. Depois outra. Não havia oxigênio suficiente naquele espaço.

Os sons que emanavam da cama se intensificaram. Arquejos. Gemidos. A cabeceira batendo insistentemente na parede. Valencia não estava olhando para a ação. Olhava apenas para ele... para Rhain.

E ele só olhava para ela.

O rosto de Valencia parecia arder sob a máscara estreita. Adiantara muito aquele pedaço de pano estúpido... O duque a reconhecera, e ela se deu conta de que qualquer um que fosse mais do que um conhecido passageiro também a reconheceria.

Valencia sentia o corpo vivo, latejando em lugares havia muito negligenciados por qualquer coisa que não fosse a atenção das próprias mãos. Ela se acomodou melhor no assento, como se aquilo pudesse amenizar o tormento, mas por algum motivo o movimento só piorou as coisas — como os olhos do duque sobre ela... só pioravam as coisas.

— Ros — sussurrou ela com a voz rouca —, eu vou embora. Com ou sem você.

A amiga olhou ao redor e soltou um suspiro de lamento. Estava claro que desejaria explorar um pouco mais o estabelecimento.

— Ah, está bem. Claro. — Ela assentiu. — Vamos.

Valencia sustentou o olhar do duque por mais um momento, então se virou e voltou ao salão principal. Ela sentiu o olhar dele em suas costas enquanto passava por entre os corpos aglomerados ali. Valencia presumiu que Ros também a estava seguindo, mas sentia o duque ali, sua imponência irradiando calor em suas costas, seguindo-a.

Então, Valencia sentiu a mão dele envolver seu pulso como uma algema.

Ela se virou, alarmada, e olhou de relance para aqueles dedos que envolviam a sua pele antes de erguer os olhos para as feições implacáveis do duque.

— Valencia — grunhiu Rhain, usando o primeiro nome dela como se fosse seu direito fazê-lo. — O que estava pensando ao vir a um lugar como esse?

— Eu? — perguntou em uma voz engasgada. — E o senhor?

Se ela era uma degenerada, então ele também era.

De repente, Ros estava ao lado dela, entrando na conversa, de queixo erguido em uma postura beligerante.

— E o que Vossa Graça tem a ver com isso?

Rhain olhou para a amiga de Valencia como se ela fosse um mosquito irritante que ele desejasse enxotar.

— Rosalind — disse Valencia muito composta, em uma voz admiravelmente calma. — Não se preocupe. Nos dê um momento, por favor.

Ros pensou por um momento, parecendo estar prestes a discordar, antes de ceder e assentir.

— Muito bem.

Ela olhou ao redor, curiosa. Um pintor trabalhava nas proximidades, criando uma paisagem campestre detalhada no peito de uma mulher. Ros avançou naquela direção, e Valencia percebeu que a amiga não estava se importando com o atraso.

— Vou esperar por você aqui — falou Ros sem olhar para trás.

Ainda segurando-a pelo pulso, Rhain puxou Valencia, atravessando a aglomeração de corpos até outra câmara. O espaço estava na penumbra e era cheio de sofás ocupados por casais se acariciando — ou trios. Entrava luz suficiente do salão principal atrás deles para permitir que ela visse formas gerais. Rhain a conduziu quarto adentro e saiu para uma varanda aberta. Valencia respirou o ar fresco, feliz por saboreá-lo.

Rhain soltou o pulso dela, que se virou, esfregando a pele, ainda sentindo a marca da mão dele ali. Ela recuou até o corrimão de pedra se cravar em seus quadris, sentindo o frio penetrar o tecido do vestido.

— Muito bem — disse Valencia, erguendo o queixo. — Diga logo o que tem a dizer.

— O que está fazendo aqui?

— A minha amiga deu a melhor resposta para isso: o que Vossa Graça tem a ver com isso? Por que se importa tanto?

— Eu me importo porque você mora sob o meu teto. — Ele atirou as palavras em cima dela como uma acusação, e Valencia estremeceu.

Duas semanas antes, o teto a que o duque se referia era *dela*. Pelo menos parecia ser dela. Mas supunha que nunca havia sido. Supunha que nenhum teto jamais lhe pertencera.

— Eu me importo porque você está a cargo da orientação de minhas irmãs e você...

— E agora me considera inadequada? — retrucou Valencia, perdendo de vez a paciência.

Era exatamente o que ela imaginara. Rhain agora a considerava inadequada para orientar suas irmãs. Bastara um vislumbre dela naquele lugar e a opinião a seu respeito se deteriorara.

Ele balançou a cabeça.

— Isso não é...

— Estou suja de alguma forma agora? — perguntou Valencia, furiosa.

Rhain se aproximou.

— Não...

— Sou uma má influência? É isso?

Mais um passo.

— Eu não...

— Está preocupado que eu possa corrompê-las com meus modos *depravados*?

Outro passo. Os olhos dele cintilaram na noite.

— Não é...

— Vamos! Diga logo. Nosso acordo está anulado? — Ela agitou a mão no ar em um movimento irritado. — Devo fazer as malas e partir pela manhã?

Rhain parou diante dela, arfando como se estivesse sem fôlego depois de uma corrida.

— Meu Deus, mulher. Você nunca cala a boca?

Valencia abriu a boca outra vez, pronta para criticá-lo por ousar falar com ela daquela maneira, por ousar julgá-la, por ousar criticá-la por finalmente ter escolhido viver depois de anos de existência nas sombras.

Então Rhain segurou o rosto dela e a beijou.

Valencia demorou apenas um momento para se dar conta de que aquilo estava mesmo acontecendo. Que as mãos dele estavam no rosto dela. Que a boca dele estava na dela.

E se deixou desmoronar contra o duque. O corpo de Rhain a impediu de cair, assim como as mãos largas que seguravam seu rosto e os longos dedos enfiados em seu cabelo, afrouxando os grampos.

O beijo durou uma eternidade. Os lábios dele se moveram, se abriram, a língua agora buscando a dela. Rhain fez amor com a boca de Valencia. Ela não se lembrava de jamais ter experimentado um beijo tão intenso, tão devorador. Nem o primeiro beijo dela. Nem nenhum dos que vieram depois.

Só aquele.

Ela se lembrava de gostar de sexo. No início. Ou pelo menos de não odiar. Mesmo assim, o Dedham de Antes nunca havia dedicado tanta atenção a um beijo, à boca da esposa. Aquilo a fez se perguntar quanta atenção Rhain dedicaria... a outras coisas, a outras partes do corpo dela. Valencia se agarrou aos pulsos dele, apoiando-se nele, dando tanto quanto recebia.

Afastaram-se, respirando com dificuldade. Os dois se encararam.

Era aquilo que estava procurando, o que ela queria.

Deus.

Mas não com aquele homem. Não com o substituto do marido.

— Sinto muito — disse Rhain, com a voz rouca, pressionando a testa na dela, as mãos quentes ainda segurando seu rosto, os dedos enfiados em seu cabelo, acariciando os fios sedosos. Seu toque era tão gostoso. Delicioso, reconfortante e tentador.

Valencia deixou escapar um arquejo, se libertou das mãos dele e fugiu da varanda, disparando ao longo da câmara escura e saindo para o salão principal. Ela puxou Ros para longe do artista, que lhe explicava seu trabalho com muita animação.

— Está tudo bem? — Ros franziu o cenho, esforçando-se para acompanhar o passo da amiga. — Ele não a insultou, não é mesmo? — Ela olhou por cima do ombro de Valencia, como se fosse acabar com Rhain caso tivesse ousado fazer aquilo.

— Não. Estou bem. Vamos embora.

Quando já estavam no saguão de entrada, Ros a deixou para falar com um dos cavalariços e pedir que ele trouxesse a carruagem para a frente da casa.

Valencia viu, então, seu reflexo em um espelho dourado pendurado por correntes de ouro na parede rosa do saguão. Seus olhos cintilavam como pedras preciosas através das fendas da máscara estreita. Seu rosto estava ruborizado. O cabelo despenteado e selvagem. Ela parecia febril.

Foi ali que lorde Burton a encontrou.

Ele entrou com um grupo turbulento de cavalheiros, mas se afastou deles assim que a avistou. Burton a reconheceu na mesma hora — o que não era de surpreender. Seus lábios se curvaram em um largo sorriso. Aquelas belas feições pareciam bastante inchadas. Provavelmente toda a bebida que consumia e os excessos do seu estilo de vida o estavam afetando.

Já fazia muitos anos que ele integrara seu círculo social. Lorde Burton e Dedham já haviam sido inseparáveis, e frequentavam os mesmos ambientes, pelo menos até o acidente. Depois, o marido de Valencia não estava mais à altura daquele tipo de atividade. Ela não conseguiria contar quantas vezes o homem já havia se sentado à sua frente diante de uma mesa de jantar. É claro que veria a mulher por trás da máscara.

Burton se aproximou e deu um beijo demorado nas costas da mão enluvada de Valencia.

— Vossa graça, eu a reconheceria em qualquer lugar. Esse cabelo exuberante, a pele viçosa... — O olhar do homem passou pelo cabelo escuro dela, pelo rosto... e percorreu todo o seu corpo. — A senhora é uma mudança tão revigorante em relação a todas as damas tolas da alta sociedade. Elas parecem sempre prestes a se quebrar se espirrarem com muita força.

Os modos libertinos de Burton não eram novidade. Ele havia feito algumas propostas a Valencia ao longo dos anos. Depois do acidente de Dedham, fora um dos mais persistentes. As lembranças do encontro com Burton na festa em Chatham, um ano antes, ainda assombravam Valencia, ainda a perturbavam na escuridão da noite, na solidão de seu quarto, na privacidade de seus sonhos.

O modo como a encurralara, sua recusa em aceitar o não que ela deixara claro... e aquele momento em que ela achou que o matara.

Valencia estremeceu com a lembrança daquela noite terrível e puxou a mão para trás, pressionando-a contra a lateral do corpo.

— Lorde Burton. Eu gostaria de poder dizer que é um prazer vê-lo de novo.

Eles estavam além de qualquer fingimento. Valencia deixara de tratá-lo com educação depois daquela noite.

Burton sorriu.

— Sua constância é um conforto, Vossa Graça. — Ele indicou o espaço ao redor deles com um gesto de mão. — Devo considerar a sua presença aqui como um sinal de que encerrou o luto e está pronta para se divertir?

— Garanto que minha presença aqui não tem nada a ver com o senhor. Por favor, não tome isso como um sinal de nada.

— Talvez não, mas pode dar esperança a um homem. Pode *me*... dar esperança. A senhora é uma viúva agora. Livre e pronta para explorar o mundo, não é mesmo? — Lorde Burton assentiu como se Valencia tivesse concordado com ele. — Já levou tempo demais. Achei que nunca mudaria de ideia.

— Não alimente nenhuma esperança em relação ao senhor e a mim — afirmou ela, em tom áspero. — Não existe um *nós*.

Burton abriu outro sorriso largo.

— Ainda penso naquela noite no fim de semana festivo. — Os olhos dele cintilaram com um brilho estranho.

Um brilho frio, cruel e aterrorizante.

Valencia ficou gelada.

Tudo dentro dela pareceu parar. Seus pulmões pararam de movimentar o ar e foi como se uma mão apertasse seu coração.

— Valencia. — Ros tocou de leve o braço da amiga, enquanto lançava um olhar frio para Burton. Ela também conhecia muito bem o terrível homem.

Valencia pegou a mão de Ros e apertou-a com força, grata pela presença da amiga. Ros devolveu o gesto com um aperto reconfortante em seus dedos.

Burton assentiu em despedida.

— Estou ansioso para vê-la mais vezes aqui, Vossa Graça.

Ela balançou a cabeça, sentindo uma frustração sombria dominá-la. Não voltaria àquele lugar. A perspectiva de ver aquele homem, de se misturar com ele de que forma fosse, acabou com qualquer vontade que pudesse ter de voltar ali.

Ros lançou um olhar fulminante a Burton e puxou a amiga consigo.

Valencia lançou um último olhar para trás, mas daquela vez não foi Burton que atraiu a sua atenção. Foi Rhain.

Ele havia saído da alcova. O duque a seguira e avançava com uma lentidão enganosa, como um predador se aproximando, espreitando por entre a grama alta. Seus olhos estavam fixos nela, ali no saguão de entrada, sem piscar, inabaláveis.

Valencia hesitou ao vê-lo. Seus pés estacaram.

Rhain não olhava para mais ninguém. Nem para Ros. Nem para lorde Burton. Só para ela.

Ros a puxou.

— Venha. Vamos.

Valencia se colocou subitamente em movimento, apressando-se, dando as costas a ele — e, sim, ela sabia que nunca se deve dar as costas a um predador, mas não tinha muita escolha.

Precisava fugir.

Capítulo 18

Novos duques são como novos sapatos.
Devem ser amaciados até se tornarem confortáveis.
— A Muito Honorável Lady Rosalind Shawley

A casa estava silenciosa e adormecida quando Valencia voltou. Até o cavalariço sentado no vestíbulo da frente roncava baixinho em sua cadeira. Ela deslizou a mão silenciosamente pelo corrimão enquanto subia os degraus.

— Vossa Graça — cumprimentou Tildie um tanto grogue quando Valencia entrou no quarto. Ela também estivera cochilando no sofá do quarto, esperando pela patroa. Tildie se espreguiçou, bocejando, e começou a ajudar Valencia com os pequenos botões nas costas do vestido. — Como foi a noite com sua amiga?

— Eu me diverti muito. Obrigada, Tildie. — Não era exatamente uma mentira. Nem uma verdade.

— Fico feliz em saber. — Tildie deu uma palmadinha demorada no ombro de Valencia. — A senhora merece apenas coisas boas, Vossa Graça.

— Obrigada, Tildie. Posso cuidar do resto sozinha. Boa noite.

— Se tem certeza... Boa noite, Vossa Graça.

A camareira fechou a porta ao sair.

Valencia se sentou diante da penteadeira e removeu um por um os grampos do cabelo já solto. Rhain tinha arruinado o lindo penteado que Tildie havia feito.

Ela escovou a massa pesada até os fios brilharem. Então, ao examinar seu reflexo no espelho, reparou que não parecia mais uma donzela de olhos inexperientes. Parecia mais velha. Pequenas linhas que não existiam antes se espalhavam ao redor de seus olhos. Quando aquilo aparecera?

Grande parte de sua vida já fora perdida, anos desperdiçados em um casamento infeliz. Ela esperara durante um ano, presa no luto, e continuava a esperar, agora presa naquele estranho estado de ociosidade, orientando um bando de jovens damas em sua entrada na alta sociedade. Não passava de uma governanta de luxo. Aquela noite deveria ter sido para o prazer dela, mas não correspondera a suas expectativas.

Bem. Não exatamente. Tinha havido aquele momento. O momento em que Rhain a beijara. Tinha sido como um sonho.

Valencia ouviu um som vindo do outro lado da porta contígua. Ela se virou e olhou para a porta de madeira, tentando não imaginar Rhain do outro lado, se despindo, se deitando na cama enorme. O que ele usava para dormir? Valencia franziu o cenho, tentando adivinhar se seria um camisolão ou se ele dormia nu.

Não conseguiu. Só conseguia pensar em uma coisa. Só via uma coisa na mente. *Ele*. Nu.

Valencia concluiu que o duque não se daria ao trabalho de usar qualquer roupa para dormir. Não parecia ser o tipo de homem que se preocuparia com uma coisa daquelas. Rhain deslizaria aquele corpo grande sob os lençóis impecáveis...

Ela afastou aqueles pensamentos da mente e respirou fundo. Então, subiu na cama com movimentos bruscos e se cobriu.

Ele a beijara, e não fora um beijo qualquer. Ao menos não fora como qualquer beijo que Valencia já tivesse experimentado. Talvez todos os beijos fossem assim para ele. Indecentes. Intensos. Devastadores. Talvez ele fosse habilidoso, exímio daquele jeito. Ela engoliu em seco.

Um homem capaz de beijar daquele jeito...

Valencia virou de lado e puxou os joelhos junto ao peito com um suspiro angustiado. Ele estava no quarto ao lado.

Tão perto.

Ele iria embora em breve. Valencia não sabia exatamente quando. Com certeza não até que suas irmãs estivessem devidamente estabelecidas, e aquilo não significava que todas as seis precisavam se casar — bastava que estivessem tranquilamente integradas à vida na sociedade. Levando em consideração o número de pretendentes que haviam batido na porta da casa naquele dia, já se podia dizer que as jovens estavam bem encaminhadas no propósito de serem absorvidas pela Boa Sociedade.

Valencia virou de costas e cruzou os dedos em cima da barriga, batendo com as pontas deles em um movimento ansioso.

Rhain a beijara. Ela assimilou aquilo. Rhain. A. Beijara. O que significava que ele não era imune a ela, que a desejava. Pelo menos por um breve momento naquela noite, o duque a desejara.

Valencia franziu o cenho, tentando lembrar se fora ele que interrompera o beijo... Ou teria sido ela? Rhain teria continuado a beijá-la? Será que eles ainda estariam naquela varanda, saboreando aquele beijo sem fim?

Valencia se levantou abruptamente da cama e olhou para a porta através da escuridão do quarto, com os punhos cerrados ao lado do corpo. Ela deu um passo à frente, então parou e se virou novamente na direção da cama com um lamento. A cama em que vinha dormindo havia mais de dez anos. Sozinha na maior parte do tempo. Sozinha por tanto tempo que o beijo daquela noite parecera seu primeiro beijo.

Valencia soltou um grunhido determinado, deu meia-volta de novo e seguiu pisando firme na direção da porta dele.

Estava decidida a encerrar seu longo período de abstinência antes mesmo de Rhain chegar. Se o homem não tivesse chegado, ela provavelmente já estaria feliz com algum amante naquele momento. Mas Rhain havia chegado, e desde sua chegada ele era o único homem em quem conseguia pensar.

O único homem que Valencia desejava em sua cama.

Nada mais justo que ele se tornasse seu amante. Era justo ao menos que ela lhe fizesse o convite. A lógica parecia apropriada. Valencia o desejava e não queria perder a chance de estar com ele.

Ela pousou a mão na maçaneta.

Então, respirou fundo e abriu a porta.

RHAIN DEIXOU O Palace logo depois de Valencia.

Ele procurou Dewey para avisá-lo de que estava indo embora. O primo se livrou dos braços de uma parceira ávida que encontrara na primeira alcova em que entraram. O mesmo espaço onde Rhain avistara Valencia.

— Você já está indo embora? Tão cedo? — perguntou Dewey, levantando-se do banco que dividia com uma dama mascarada que até ali estava ocupada mordiscando seu pescoço.

Rhain assentiu.

— Sim. Tenho um dia cheio amanhã.

Dewey franziu o cenho.

— Você costumava ser muito mais divertido...

— Quando eu era um garoto de catorze anos? — retrucou Rhain.

Aquela tinha sido a última vez que ele e Dewey haviam estado juntos antes de o primo se mudar para Londres.

Dewey ignorou a pergunta e disse:

— É porque você a viu, não é? A viúva.

Não era surpresa que o primo também a tivesse reconhecido. O cabelo, o corpo dela. Só aquela boca já era memorável. Ficaria permanentemente gravada na mente de Rhain. Os lábios largos e cheios, com as bordas inchadas, como se ela tivesse acabado de comer algo condimentado...

Era o tipo de boca que alimentava fantasias, o tipo de boca que se queria colada à pele.

Rhain não fez qualquer comentário sobre a afirmação de Dewey, e tinha sido uma afirmação, uma observação, não uma pergunta.

O primo continuou:

— Você a deseja.

Outra afirmação.

— Besteira — negou Rhain.

Os lábios de Dewey se curvaram em um sorriso sem humor.

— Deseja, sim — insistiu ele. — Ela foi embora e agora você quer ir também.

Rhain balançou a cabeça.

— Não é nada disso.

— É, sim. Você vai atrás dela, babando pela mulher como um estudante cheio de desejo.

Continuar a negar serviria apenas para provar o argumento do primo.

— Este lugar... — Rhain indicou o espaço ao redor com as mãos em um gesto amplo. — Não é do meu agrado.

— Certo — disse Dewey, e aquela única palavra saiu carregada de ceticismo. — A gente se vê.

Eles tinham uma viagem planejada para o fim da semana, para visitar a residência da família Dedham no campo e se encontrar com o administrador de terras e vários arrendatários.

Dewey assentiu.

— É claro.

O primo deu-lhe uma palmadinha no ombro, exibindo outra vez seu jeito frívolo.

Rhain apontou um dedo de alerta para ele enquanto saía da alcova.

— Não se meta em encrencas esta noite, primo.

Dewey se recostou no banco. Sua companheira se aproximou dele de novo.

— Eu nunca faço isso.

Rhain saiu. Ele não era um pedante. Sua sensibilidade não tinha sido ofendida. Quando avistara a viúva naquela alcova, um arrepio de excitação percorrera seu corpo. Ao se deparar com ela em um ambiente tão elétrico, com o ar vibrando como acontecia logo antes de uma tempestade, a excitação espessa como um vapor, ele sentiu a ereção na mesma hora, enquanto seus olhos encontravam os de Valencia naquele espaço dedicado aos prazeres da carne.

Ele não deu a menor importância às mulheres nuas espalhadas pela casa. Não acompanhou-as com olhos desejosos como todos os outros. Queria apenas Valencia. Para *desejá-la. Para tê-la*.

E Rhain a tinha beijado na primeira oportunidade que tivera, como o jovem dominado pelos hormônios que o primo acabara de acusá-lo de ser.

Mas a empolgação o abandonara quando Valencia se fora. Depois que ela deixara a casa, Rhain também desejou ir embora. Disse a si mesmo que não era porque pretendia segui-la. Simplesmente não havia mais nada que o intrigasse no estabelecimento da sra. Winkler.

Agora, ele estava em casa novamente. Ela também. Dormindo do outro lado daquela porta. Era uma situação insustentável. Ele não era homem de refrear seus desejos. Tinha amantes no lugar de onde vinha, mas não houvera ninguém desde que chegara a Londres. Nem nas semanas anteriores a sua partida do País de Gales. O anseio era real.

Ela não é uma pudica. Uma mulher pudica não teria se aventurado no Palace. Valencia estava no mínimo curiosa, talvez até mais do que isso, e os curiosos eram sempre do tipo aventureiro.

Pensamentos sussurravam em sua mente, tentando-o, incitando-o a atravessar o quarto e bater naquela porta para ver se Valencia estava tão interessada quanto ele em explorar o ardor que havia entre os dois. Rhain cerrou os lábios enquanto imaginava o que poderia dizer.

Olá. Você está interessada em me usar para o seu prazer?

Rhain pressionou um travesseiro sobre o rosto para abafar o gemido. Ele nunca deveria tê-la beijado. Agora não conseguia parar de pensar naquilo, e em fazer mais. Mais beijos.

Mais *do que* beijar...

Mas não seria o tipo de homem que se aproveita de uma mulher, de uma dama sob a sua proteção. Não era do seu feitio. Tinha sido criado com uma mãe e muitas irmãs e não desrespeitaria uma mulher daquela forma.

Rhain estava determinado a se manter firme, a manter distância, a manter as coisas adequadas e prudentes entre os dois. Não a beijaria de novo. Não atravessaria o quarto para abrir aquela porta. Jamais.

Aquele foi o seu último pensamento antes de finalmente adormecer.

Capítulo 19

O que acontece em um fim de semana festivo no campo permanece em um fim de semana festivo no campo. Bem... ao menos deveria permanecer.

— Valencia, a duquesa viúva de Dedham

A porta se abriu sem nenhum rangido. O quarto dele estava escuro. O luar se infiltrava por uma fresta entre as cortinas de tecido adamascado, mas era o bastante. Não, era perfeito. Se houvesse mais luz, Valencia teria perdido a coragem.

Ela caminhou silenciosamente até a cama e o fitou. Rhain estava com os olhos fechados, os cílios lançando sombras absurdamente escuras nas maçãs do rosto.

Ele parecia mais jovem durante o sono. Vulnerável de uma forma que nunca se mostrava quando acordado, e aquilo só aumentava a sensação de poder que experimentava naquele momento.

Valencia se sentira impotente durante grande parte de sua vida. Porque era impotente.

Mas não naquele momento.

Ali, de pé ao lado da cama em que Rhain estava deitado, o tecido fino do robe formando uma camada transparente sobre as suas curvas nuas, ela se sentia viva, vibrante e poderosa.

Rhain deve ter sentido alguma coisa. Ou ela deixou escapar algum som.

Os olhos dele se abriram e se arregalaram um pouco ao vê-la, mas nem uma palavra escapou de seus lábios, e Valencia gostou daquilo. Gostou de deixá-lo sem palavras, para variar. Gostou que não houvesse palavras entre eles porque aquilo era o bastante. Não precisavam de palavras.

Ela estendeu a mão surpreendentemente firme até o alto da colcha e deslizou-a pelo peito dele, revelando-o.

Então teve certeza. Teve uma resposta para as suas divagações anteriores. Rhain realmente dormia nu.

Valencia o expôs centímetro por centímetro, deitado de costas na cama. O homem era todo contornos firmes e sombras. Carne rígida e músculos destacados — uma prova de que não passara a vida valsando por salões de baile. Aquele homem não era um duque frívolo, e ela exalou com força, aliviada. Ele não era Dedham. Não. Não tinha nada a ver com o falecido marido dela. Valencia teve a sensação de que seu coração inchava no peito, expandia-se como se tivesse sido libertado de um torno.

Ela baixou a mão até o peito dele, encantada com a força que encontrou ali. Aquele era um homem que conhecia o trabalho. Trabalho duro. Valencia sentia a boca seca e salivando alternadamente. Seu pulso acelerou e ela sentiu um latejar entre as pernas, enquanto o ponto mais íntimo do seu corpo se contraía e começava a pulsar, como se houvesse um coração batendo também no meio de suas coxas — um coração faminto e exigente.

Desejo e ansiedade disparavam em partes iguais por suas veias, enquanto a masculinidade dele se erguia diante de seus olhos. Os encontros sexuais dela com o marido, tanto tempo atrás, haviam sido no escuro. Não daquele jeito, em um quarto encharcado de luar.

E não tinham sido com ele.

Tudo era diferente naquele momento. O corpo de Rhain era diferente. Maior, mais firme. Aquele membro que ficava cada vez mais rígido era definitivamente maior.

E ela queria aquilo. Valencia umedeceu os lábios. Precisava daquilo com um desejo tão profundo que parecia alcançar seus ossos. Precisava daquilo para apagar o passado, para começar de novo. Oficialmente. Finalmente. A visão do corpo de Rhain, de sua masculinidade, causou um impacto profundo e retumbante dentro dela.

Valencia levou as mãos ao robe que usava e o abriu, deixando o tecido macio deslizar por seus ombros e cair no chão em um sussurro. Ficou parada ali, sem uma única peça de roupa no corpo, o robe formando uma poça ao redor de seus pés descalços. O queixo empinado. Os ombros erguidos. Ela sentiu o ar fresco que entrava no quarto deslizar por sua pele, deixando-a arrepiada, enrijecendo seus mamilos, mas não se encolheu.

Rhain continuou em silêncio. Permaneceu apenas encarando-a, sem piscar, os olhos muito abertos e atentos, percorrendo-a de cima a baixo com um olhar devorador que deixou o rosto de Valencia em brasas.

Ela se colocou em ação então, com medo de que, caso hesitasse mais um instante, pudesse acabar perdendo a coragem e recuando.

Valencia subiu na cama e montou em Rhain, sentindo o leve roçar dos pelos das pernas dele arranhando o interior macio das suas coxas do jeito mais delicioso.

Rhain não se moveu, nem um dedo, nem um músculo. Nem mesmo quando Valencia abaixou as mãos e se apoiou nele, cravando os dedos com força no peito firme.

Rhain continuou a observá-la com um fascínio voraz, o encantamento e o espanto refletidos nas profundezas daqueles olhos castanhos.

Valencia se deleitou com aquilo. Sentindo-se encorajada, ela pairou acima dos quadris dele, ainda sem abaixar o corpo, as coxas tremendo, mais pela emoção, pela excitação e pela expectativa do que pelo esforço real de manter o corpo elevado.

Ela o envolveu com os dedos. O pau de Rhain pulsou, saltou, ficou mais grosso sob seu toque, seda sobre aço. Valencia o guiou na direção de seu corpo, colocando a extremidade grossa diretamente em sua abertura mais íntima, então se abaixou, fundo... sentando nele, e jogou a cabeça para trás, arfando.

Seus dedos se flexionaram no peito dele, enquanto seus músculos internos, havia muito negligenciados, envolviam todo o comprimento do membro de Rhain, desvendando sua forma, moldando-o, abraçando-o.

Já fazia tanto tempo.

Valencia sentiu lágrimas ardendo em seus olhos enquanto se acomodava acima dele, oscilando levemente, ajustando a distribuição de seu peso, cada movimento fazendo uma série de sensações dispararem por seu corpo. Ela arquejou, engolindo um soluço.

Rhain ergueu os olhos castanhos para encará-la. A tensão deixava o maxilar dele rígido, os tendões do pescoço esticados, mas o homem permaneceu imóvel. Sem tocar nela. O duque estava nu embaixo dela, deixando Valencia fazer o que quisesse com ele.

E ela estava fazendo. Tomando-o para si. Obtendo o próprio prazer. Reivindicando seu poder.

O passado era passado. Agora havia apenas aquilo. Aquele momento.

Valencia girou levemente os quadris e ele sibilou. Uma onda renovada de excitação a percorreu, centrada no pau latejante enterrado profundamente em seu corpo.

Ela pegou as mãos dele, então, e levou-as até seus seios. Rhain envolveu avidamente a carne voluptuosa, e o movimento causou uma nova onda de desejo. Valencia balançou mais uma vez o corpo sobre o dele, e o movimento provocou calor e fricção na junção de suas coxas. Ela se inclinou para a frente, pressionando aquele ponto mais sensível com mais intensidade.

— Ah, Deus — disse Valencia com um grito engasgado, e seu corpo se contraiu com mais força ao redor do membro dele.

Rhain praguejou e arqueou o pescoço, enquanto a penetrava mais profundamente, penetrando-a uma vez, e outra, erguendo o corpo dela com o impulso de seus quadris.

Valencia não pensou. Apenas reagiu, erguendo a pélvis e descendo o corpo novamente sobre o pau dele com determinação. Dali em diante, ela não conseguiu mais parar. Continuou a se movimentar acima dele até seus arquejos se transformarem em soluços exaustos.

As mãos de Rhain seguraram os seios dela com mais firmeza, os polegares roçando os mamilos entumecidos, excitando-os e disparando fagulhas de prazer através do corpo trêmulo de Valencia, até ela implorar:

— Deus, sim. Por favor, sim. Mais. Não pare.

Não pare nunca.

Rhain obedeceu, os dedos mais firmes nos seios dela agora, beliscando os bicos rígidos, e Valencia mordeu o lábio para conter um grito. A umidade escorreu pelo meio das suas coxas trêmulas, encharcando-o também, e ela se sentiu explodir, o grito agora incontido, e passou a se mover descontroladamente sobre ele, desajeitadamente, perdendo o ritmo enquanto movia os quadris acima dele em movimentos débeis.

Rhain sufocou um gemido quando atingiu o próprio clímax, se aliviando dentro dela, então não conseguiu mais se conter. O duque se sentou e puxou Valencia mais para perto, colando-a ao seu corpo, passando os braços ao redor das costas dela, abraçando-a, os seios molhados de suor pressionados ao seu peito enquanto ele mergulhava os dedos por entre seu cabelo.

Tudo aquilo aconteceu em um borrão febril. Provavelmente haviam se passado apenas alguns minutos, mas Valencia se sentia exausta.

Ela apoiou as palmas das mãos sobre os ombros dele e se permitiu se perder naquele abraço por alguns momentos, até sua respiração se normalizar, até ela se sentir composta o bastante para se mexer. Então se afastou. Os braços de Rhain se afrouxaram ao redor dela e ele a soltou. Valencia passou uma perna por cima dele e saiu da cama.

Então ela se abaixou, pegou o robe do chão, voltou a vesti-lo e apertou o cinto ao redor da cintura. Suas coxas estavam escorregadias e molhadas do prazer compartilhado e aquilo deveria tê-la envergonhado ou horrorizado. Não foi o que aconteceu, e Valencia não sabia o que aquilo dizia a seu respeito. Que era uma desavergonhada, supôs.

Ela se moveu, saboreando a sensação, a lembrança, a prova do que tinha feito. Era perversamente excitante, e prolongou ainda mais o seu prazer, que ainda estremecia com os últimos abalos do clímax.

Valencia segurou com força as lapelas fechadas do robe e o encarou sem emitir nenhum som. Sem dizer uma palavra.

Rhain devolveu o olhar com os olhos castanhos vidrados, quase como se tivesse exagerado na bebida, mas Valencia sabia que não era aquele o caso. Ele estava sóbrio. Apenas se entregara a ela, se deleitara com ela, e ela com ele. O cheiro do que haviam acabado de fazer impregnava o ar como o perfume mais inebriante, a fragrância invadindo suas narinas e fazendo-a desejar repetir o espetáculo. Ela não era apenas desavergonhada. Era também insaciável.

O peito de Rhain subia e descia como se estivesse tentando recuperar o fôlego. Parecia... alterado. Não parecia ele mesmo. Não era o cavalheiro sereno que assumiria o manto de duque. Seu cabelo estava despenteado, selvagem, desgrenhado. As feições relaxadas, não mais a máscara impassível, agora desnudas, vulneráveis, revelando que estava igualmente abalado. Valencia sentiu o peito apertado diante daquela visão.

Sem trocarem uma palavra, ela se virou e atravessou o quarto descalça, passando novamente pela porta que conectava os cômodos. Valencia fechou a porta com cuidado, quase com reverência, com ambas as mãos, então desabou contra ela, segurando com força a frente do robe fechado no pescoço.

Com a barreira da porta entre os dois, ela exalou profundamente, respirando com dificuldade, com esforço. O ar que chegava a seus pulmões não parecia o bastante. Ela não conseguia puxar ar suficiente pelos lábios.

Aquilo aconteceu. Eu fiz aquilo.

A experiência parecia surreal. Já era como um sonho. Como se outra pessoa tivesse entrado no quarto do duque de Dedham, despido o roupão, montado nele e obtido seu prazer do corpo dele.

Ao longo do último ano, Valencia tinha pensado muitas vezes em arranjar um amante. Ainda assim uma parte dela duvidava de si mesma. Havia coisas em que uma pessoa pensava, coisas ousadas e proibidas que desejava. Coisas que a pessoa diz a si mesma que deseja. Coisas que diz às amigas que quer fazer, mas nunca faz. Havia sempre um limite. Permanente. Uma linha invisível jamais cruzada. Convenções e uma vida inteira de decoro e comportamento recatado eram coisas difíceis de esquecer.

Naquela noite, porém, Valencia havia cruzado aquela linha. Havia ultrapassado os limites e não se arrependia.

QUANDO RHAIN ACORDOU, achou que estava sonhando.

Ele abriu os olhos e viu Valencia de pé acima dele, ao lado da cama, de robe, com o cabelo escuro solto. E ela logo se livrou da proteção do robe. A mulher se despiu e ficou nua sobre Rhain, com os seios e quadris arredondados, o abdômen flexível e a boceta à mostra. A massa de cabelo castanho-vibrante caía por seus ombros, e uma mecha se enrolou em um mamilo escuro. Quase perdera o controle naquele momento. Rhain fechou os olhos, recordando o peso delicioso do corpo dela se abaixando sobre o dele, seu sexo recebendo o dele como o encaixe de uma luva de seda.

Dewey estava errado. Rhain não *desejava* Valencia. Aquela era uma descrição muito fraca. Se fosse só *aquilo*, sua vida seria decididamente menos complicada. Ele ansiava por aquela mulher com cada fibra de seu ser. Desejava que ela não tivesse ido, que tivesse ficado, por mais um pouco, pelo menos.

Por toda a noite.

Não era aquilo que ele esperava quando resolvera ir para Londres. Aquele ducado era uma tarefa árdua. Um vasto negócio. Algo que tinha que fazer pela família. Pela mãe e pelas irmãs. Pelos arrendatários e seus infinitos dependentes.

Não deveria haver nada para mim.

Olhou para aquela porta fechada. Valencia estava do outro lado, mas não era lá que Rhain queria que ela estivesse. Rhain a queria com ele. No quarto dele. Naquela cama. Ele a queria com ele todas as noites enquanto estivesse ali.

E, de repente, não conseguia pensar em uma única razão pela qual ela não deveria estar.

Capítulo 20

Nunca subestime as ações de um homem desesperado, faminto por uma posição social.

— Valencia, a duquesa viúva de Dedham

Valencia acordou na manhã seguinte sentindo-se deliciosamente dolorida. Ela se espreguiçou e permaneceu na cama por um momento, flexionando as coxas e sentindo sutis espasmos de desejo enquanto a lembrança da noite passada a inundava. Ela sorriu discretamente para si mesma, ainda incapaz de invocar qualquer arrependimento ou vergonha.

Depois de alguns momentos, no entanto, seu sorriso desapareceu. A luz suave do amanhecer penetrou pelas bordas das cortinas do quarto. A luz do dia trouxe consigo a realidade. Consequências.

Sempre havia consequências.

Valencia sabia daquilo melhor do que ninguém. Toda ação gerava uma reação. Havia um efeito para cada decisão tomada. Mesmo que ela não sentisse vergonha ou arrependimento, a luz cruel do dia estava chegando.

Por mais que não se arrependesse de ter ido para o quarto de Rhain, para a cama dele, aquilo não voltaria a acontecer. Seria um erro transformar o que acontecera em algo mais do que uma indiscrição de uma única noite.

Valencia se vestiu para o dia, tentando não olhar para aquela porta contígua, um portal para a tentação… tentando *não* pensar em como seria fácil entrar lá novamente naquela noite e se enfiar ao lado de Rhain na cama. Talvez daquela vez ela até falasse. Talvez em uma próxima vez conseguisse usar as palavras e fizesse mais do que obter seu prazer do corpo dele e fugir.

Valencia deixou aqueles pensamentos de lado e saiu para tomar café da manhã com a família. Rhain estava ausente — o que foi ao mesmo tempo um alívio e uma decepção. Ela realmente teria que decidir o que queria.

Depois do café da manhã, Valencia e as irmãs Lloyd foram para o salão de baile para se encontrar com o instrutor de dança.

Felizmente, seis alunas significavam um número igual de parceiros de dança, mas a aula foi longa. A dança era um desafio e tanto para iniciantes, já que envolvia muitos passos intrincados, especialmente para Glynnis e Del, que não tinham muita coordenação. Eram as irmãs Lloyd menos graciosas.

Vincenzo, o professor de dança, era paciente. O cavalheiro de cabelos grisalhos era o mesmo homem que a mãe de Valencia havia contratado para dar aulas à filha anos antes. Ele era espanhol, como a mãe dela, o que significara um vínculo imediato. Vincenzo e a mãe de Valencia falavam em seu idioma nativo e trocavam histórias de seu país de origem.

— Ah, aquela dama nasceu para dançar — disse ele, lembrando da mulher. — Tão graciosa. Ela amava tudo isso e ficava linda dançando.

Valencia sorriu com a lembrança e assentiu.

— Sim. Era verdade.

A mãe dela dançava, pintava e compunha. Havia levado beleza ao mundo. Era hábil em muitas coisas e se dedicara a todas elas antes de adoecer.

Depois que a aula terminou, Vincenzo partiu e foram todas almoçar. As meninas conversaram animadamente sobre seus próximos compromissos. A ópera apenas lhes aguçara o apetite e elas estavam entusiasmadas com o próximo evento social. Valencia decidira que seria uma apresentação musical na casa de Maeve. Um bom ponto de entrada para as moças abrirem as asas e interagirem com pessoas além dos pretendentes que as procuravam. Na verdade, a apresentação musical seria uma ótima saída na sequência da ópera, um evento em que as irmãs tinham sido vistas — como o súbito afluxo de convites e a enxurrada de pretendentes podiam claramente atestar.

Os Bernard-Hills eram muito bem relacionados e, talvez o mais importante, a apresentação musical aconteceria em um ambiente amistoso. Maeve seria uma anfitriã gentil e se esforçaria para apresentar as irmãs Lloyd da melhor maneira possível, se não fosse por mais nada, ao menos pelo bem de Valencia.

— Ah, Vossa Graça. — Wilkes parou diante dela carregando uma bandeja com um único envelope no centro. — Isso acabou de chegar para a senhora.

Ela pegou a carta da bandeja e ficou para trás, deixando as outras damas seguirem na sua frente em direção ao salão de jantar. Valencia entrou no escritório e pegou o abridor de cartas para não rasgar bruscamente a correspondência.

Esperava que fosse de uma das amigas convidando-a para um chá ou para tomar um sorvete, mas enquanto lia as palavras no papel, sentiu o coração parar. Seu estômago se revirou, rebelando-se, e ela conteve uma súbita onda de bile que ameaçava subir por sua garganta.

Bom Deus. Ia passar mal.

As palavras pareciam nadar diante de seus olhos. Ela as releu para garantir que não havia lido errado.

Seu coração aos poucos voltou a bater — só que em vez de sangue, o que corria em suas veias era terror.

Eu sei que não foi um acidente.

A carta voou de suas mãos e caiu no tapete, onde ficou por um momento como um passarinho com a asa quebrada, antes que se abaixasse e pegasse novamente o papel, com um olhar furtivo ao redor, como se estivesse sendo observada.

É claro que não havia ninguém no escritório com ela, mas tinha a sensação de que não estava sozinha, de que havia olhos sobre si. Valencia se sentia... violada, invadida.

O desespero apertou seu peito, tornando difícil respirar. Valencia enfiou a carta no bolso e subiu correndo, esquecendo-se do almoço. Ela não podia se sentar à mesa com outras pessoas e se mostrar relaxada como se não houvesse nada de errado.

Já em seu quarto, Valencia trancou a porta, como se aquilo fosse surtir algum efeito. Quem quer que estivesse lá fora, escrevendo cartas como aquela, não precisava arrombar a porta para chegar até ela.

A pessoa já estava ali.

Já sabia como alcançá-la, como chegar até ela e afetá-la.

Valencia afastou as cortinas e olhou pela janela que dava para o pátio e, além dele, para a movimentada rua Mayfair.

Será que ele estava lá fora, entre os transeuntes, observando a casa, olhando para a janela de seu quarto naquele exato momento?

Quem era e o que *achava* que sabia?

Em um impulso, Valencia puxou a corda da campainha que chamava os criados. Em poucos instantes, Tildie chegou, batendo na porta trancada, então tentando a maçaneta, sem sucesso.

Valencia abriu a porta e pediu que a camareira chamasse quem quer que tivesse recebido a carta aquela manhã. Tildie lançou um olhar curioso para a patroa e obedeceu. Em instantes, uma das criadas estava diante dela — uma das que chegara com Rhain e a família dele. E, para azar de Valencia, a moça só falava galês.

Ela acenou com a carta diante da criada nervosa, falando devagar e alto demais, como se aquilo pudesse de alguma forma ajudar na compreensão.

— Quem deu isso a você?

Uma sombra surgiu de repente na soleira da porta.

— Algum problema?

Valencia ergueu a cabeça ao ouvir o som da voz profunda do duque. Rhain entrou em seu quarto, olhando dela para a criada.

— Megha? — Ele olhou para a criada e disse algo que Valencia não entendeu.

A jovem respondeu, e as palavras saíram em um fluxo febril. O duque se voltou para Valencia:

— Ela acha que está em apuros. Não sabe o que fez para ofender você.

Valencia balançou a cabeça, exasperada.

— Não. Por favor, diga a Megha que ela não fez nada de errado. Só quero saber quem entregou essa carta. — A duquesa viúva acenou com a temida missiva. — Ela recebeu o envelope hoje mais cedo. Quero uma descrição da pessoa. — Valencia sorriu como se não houvesse nada de perturbador acontecendo e seu interrogatório fosse totalmente normal.

Rhain a examinou por um longo momento antes de voltar a atenção para Megha e, ao que parecia, repetir as perguntas de Valencia.

A criada respondeu, parecendo só um pouco mais à vontade. Então, Rhain se virou mais uma vez para Valencia:

— Ela disse que foi um menino. Não devia ter mais de dez anos.

— Um menino? — repetiu ela, franzindo o cenho. — Ele estava usando algum tipo de libré? — Valencia apontou vagamente para o próprio corpo.

Talvez ele trabalhasse para uma família eminente e sua libré desse alguma pista a ela. Rhain repetiu a pergunta e Megha respondeu, balançando a cabeça.

Valencia assentiu, sentindo o desespero retornar, comprimindo sua garganta, sufocando-a. É claro que aquilo não teria uma solução tão simples. Rhain dispensou a moça e ficou a sós com Valencia. Ele se aproximou, com os olhos fixos nela.

— Por que tudo isso?

Valencia balançou a cabeça.

— Por nada.

Ela cerrou os lábios em uma linha rebelde. Não poderia contar.

Rhain apontou para a carta na mão dela.

— O que há na carta?

Valencia se irritou e cruzou os dedos com mais força em torno do pergaminho, amassando-o.

— Nada — insistiu ela.

Ele franziu o cenho.

— Você parece bastante perturbada por causa de uma grande quantidade de... nada.

— É um... problema pessoal.

Ele roçou a mão no braço dela e a gentileza do gesto quase fez Valencia perder a compostura. O que mais desejava era se apoiar nele, sentir os braços de Rhain ao seu redor e aceitar o conforto que o duque tinha a oferecer.

— É evidente que a aborreceu...

— Não é da sua conta — retrucou Valencia, irritada, e se afastou.

A expressão de Rhain endureceu levemente.

Ele abaixou a mão e se afastou, assentindo brevemente.

— Eu entendo. É claro.

Rhain não entendia nada, mas Valencia não podia discutir o assunto. Ela não podia compartilhar aquilo com ele. Não podia fazê-lo entender. Não sem lhe explicar o teor da carta — não sem explicar tudo, todas as coisas sobre as quais jamais poderia falar.

Valencia engoliu em seco e assentiu.

— Realmente não é. — Ela apontou para a porta e pediu: — Se não se importa de me dar licença, de repente me sinto muito cansada. Gostaria de descansar antes da apresentação musical desta noite.

Os olhos de Rhain cintilaram de irritação, mas suas palavras foram absolutamente educadas.

— É claro. Eu não tive a intenção de me impor... Vossa Graça.

Valencia inclinou a cabeça, tentando não se sentir a maior das fraudes, tentando fingir que eles nunca tinham sido íntimos — amantes. Que ela não havia subido na cama dele pouco tempo antes. Valencia se encolheu por dentro. Uma vez não fazia de um homem um amante. Uma vez era... uma vez. Não mais do que isso.

— Tenha um bom descanso.

Em vez de sair para o corredor, Rhain atravessou o quarto dela e saiu pela porta que unia os quartos, fazendo Valencia se lembrar naquele momento de que eles não eram estranhos, por mais que ela fingisse que sim. O rosto dela ficou quente só de lembrar como se conheciam *intimamente*.

Depois que ele se foi, Valencia procurou uma bolsa dentro do guarda-roupa. Estava enfiando a carta dentro da bolsinha e apertando bem o cordão quando Tildie entrou no quarto.

— Vossa graça? — disse a camareira. — Posso ajudá-la?

— Peça para trazerem uma carruagem, por favor.

— Ah. A senhora vai a algum lugar?

Ela havia pensado muitas vezes naquilo durante o ano anterior, desde a última vez que se aventurara ali, mas não tivera coragem de voltar.

Eu sei que não foi um acidente.

Até aquele momento.

Capítulo 21

Quando se precisa de respostas, é sinal de bom senso consultar alguém que sabe tudo.

— Valencia, a duquesa viúva de Dedham

Depois de receber a carta anônima, Valencia sentiu o pânico ceder o bastante para que chegasse à conclusão de que só lhe restava um lugar aonde ir. Só uma coisa a fazer. Só um destino... óbvio, mesmo que temido.

Depois de tomar a decisão, ela não perdeu tempo em embarcar na carruagem e atravessar a cidade antes que mudasse de ideia. Logo foi conduzida ao salão bem-decorado. O perfume de incenso, limão e outras ervas que pairava no ar encheu seu nariz.

— Vossa graça voltou.

Não era uma pergunta, mas sim a declaração de um fato, expressa com um sotaque de origem ambígua. Havia muitos rumores sobre madame Klara que abarcavam toda uma gama de possibilidades. Alguns diziam que ela era uma princesa empobrecida vinda de uma terra distante. Outros, que era uma camponesa da Grécia. De qualquer forma, madame Klara era um ponto de interesse na alta sociedade pela natureza muito valorizada de seus serviços.

Valencia tirou as luvas e entregou à criada antes de se sentar do outro lado da mesa em que a mulher estava.

Madame Klara acomodava-se em uma cadeira que mais parecia um trono, e Valencia tinha quase certeza de que era a mesma cadeira ornamentada em que ela se sentara um ano antes, naquela noite fatídica da sessão espírita.

A popularidade da clarividente só crescera no ano anterior. Ela recebia convidados dos mais altos escalões da sociedade — uma de suas clientes mais frequentes, talvez ironicamente, era a esposa do bispo de Winchester. A dama em questão preferia buscar o conselho de uma adivinha ao do próprio marido. Aquele era um dos rumores que corriam pela alta sociedade para diversão dos aristocratas.

— Voltei — concordou Valencia. — Suponho que sabia que eu faria isso. — Ela a desafiou com um erguer de sobrancelha.

Madame Klara sorriu de forma um tanto enigmática, fixando os olhos escuros em Valencia com intensidade.

— Nem sempre funciona assim, Vossa Graça. Não se trata de uma habilidade a ser invocada ou controlada conforme meu capricho.

— Ora, isso deve ser muito inconveniente para seu negócio.

A outra mulher contraiu os lábios.

— Sem dúvida pode ser, Vossa Graça, mas tive a sorte de ter encontrado uma clientela leal em várias pessoas na cidade que passaram a confiar em meus serviços.

Como a esposa do bispo.

Valencia assentiu. Ao menos a mulher era sincera. Ela apreciava aquilo.

Sem dúvida, havia muitas mulheres — e homens — que partilhavam da profissão de madame Klara e eram muito menos honrados, se aproveitando das vulnerabilidades dos desesperados que acreditavam nas capacidades de um clarividente.

Valencia sempre acreditara que havia coisas que desafiavam qualquer explicação e estivera muito ansiosa para visitar madame Klara no ano anterior. Tru nem tanto. A amiga achava a arte do ocultismo bastante suspeita. Quando visitaram madame Klara, um ano antes, Tru estava cheia de dúvidas e de reprovação. Ela nem quisera participar da sessão espírita. Valencia se sentira menos cética. Muito mais inclinada a acreditar na existência do extraordinário, de... espíritos.

Lembrava-se da mãe contando histórias de fantasmas, de atos milagrosos de santos e da Virgem Santíssima. Acreditava que fenômenos sobrenaturais eram possíveis.

Valencia talvez tivesse ido por impulso. Ela não achava que madame Klara pudesse necessariamente resolver seus problemas, mas estava desesperada o bastante para tentar de novo.

Com aquele otimismo e esperança a alimentando, ela colocou a mão sobre a de madame Klara, deixando os dedos frios da mulher a envolverem.

— A última vez que Vossa Graça esteve aqui...

— Há um ano — completou Valencia. — Aproximadamente.

Mais uma vez aquele sorriso enigmático. Madame Klara era uma bela mulher e surpreendentemente jovem para sua reputação consumada e sólida.

— Sim. Eu me lembro bem.

Valencia cerrou os lábios e assentiu, dizendo a si mesma que talvez fosse melhor ficar em silêncio e não fornecer qualquer informação desnecessária, para que a opinião da mulher à sua frente fosse, de fato, genuína e não influenciada.

— A última vez que Vossa Graça esteve aqui — continuou a vidente —, eu lhe disse para... tomar cuidado perto de escadas.

— A senhora se lembra. — Valencia assentiu, muito séria.

— Sim. Aquela... mensagem chegou de uma forma muito intensa.

A duquesa viúva talvez não tivesse se lembrado... se o alerta não tivesse se concretizado.

Se as palavras tivessem permanecido vazias.

No fim das contas, o alerta fora justificado.

E a cautela aconselhada teria sido útil por duas vezes se Valencia tivesse levado o aviso a sério. No entanto, o que ela poderia ter feito senão fugir da vida que levava?

Sem dúvida as escadas haviam desempenhado um papel significativo em sua vida ao longo do ano anterior. A primeira vez tinha sido uma queda feia — ou melhor, um empurrão feio. Dedham estava de mau humor quando ela voltou tarde para casa depois de uma saída animada com as amigos. Na verdade, aquela tinha sido a noite da sessão espírita. A noite em que Valencia conhecera madame Klara. Uma noite prodigiosa para todos. O marido reagira mal e deixara todas as suas suspeitas vis, todo o seu veneno, subirem à tona e se derramarem sobre a esposa.

— Pelo que me lembro, a senhora disse...

Madame Klara a interrompeu, citando aquela noite do passado:

— É muito fácil alguém dar um passo em falso e sofrer consequências terríveis.

— Sim. — Valencia piscou ao ouvir as palavras novamente. Ela as havia decorado, mas mesmo assim sentiu um arrepio ao ouvi-las, ciente do que havia acontecido. — Foi exatamente o que a senhora disse. — Valencia assentiu, sentindo a garganta apertada, lembrando-se daquelas *terríveis consequências* e do mal que haviam causado.

Apesar do aviso, Valencia não conseguira fazer nada a respeito e sofrera por isso.

No entanto, talvez agora pudesse fazer o que não fizera na noite em que Dedham a empurrara escada abaixo, ou mesmo mais tarde... na outra vez.

A outra vez. Aquilo poderia ter sido evitado? Ela já havia se perguntado inúmeras vezes ao longo do ano anterior.

A mulher à sua frente bateu na têmpora com um dedo elegante coberto pela renda preta da luva.

— Nunca esqueço uma premonição como aquela.

Valencia deslizou um pedaço de papel sobre a mesa entre as duas, entregando-o à mulher, com o peito apertado, sem ar.

— Diga-me, por favor. Estou em perigo? — Sua respiração ficou ainda mais tensa. — Estou em perigo... de novo?

A mulher examinou o bilhete, inexpressiva. Então, depois de vários momentos, os lindos olhos escuros de madame Klara se ergueram para encontrar os de Valencia.

— Seu problema nunca desapareceu. O perigo não acabou. A senhora não está segura. — Ela fez uma pausa, como se escolhesse as palavras com cuidado. — Vossa graça ainda corre perigo.

Valencia assentiu bruscamente, e o pânico que sentira antes voltou a se erguer dentro dela.

— A senhora consegue ver o que... ou quem? Quem enviou a carta?

Ela poderia fazer alguma coisa para se proteger daquela vez? Agiria diferente agora, pensou. Daquela vez, levaria o alerta a sério.

Madame Klara voltou a atenção para a mão de Valencia e segurou-a com mais força. Então, fechou os olhos, exalou pesadamente e inclinou a cabeça como se estivesse ouvindo algo ao longe. Ou alguém.

Depois de alguns momentos ela reabriu os olhos.

Valencia se inclinara para a frente no assento, com a expectativa vibrando por seu corpo enquanto encontrava o olhar insondável de madame Klara.

— Então? Consegue vê-lo?

— Essa pessoa se confunde com as sombras. A escuridão a rodeia, mas ela está observando Vossa Graça. E não vai parar. Essa pessoa lhe deseja o mal.

Valencia deixou os ombros caírem.

Madame Klara balançou a cabeça.

— Lamento não poder ser mais específica. Vossa graça tem alguma ideia de quem poderia querer lhe fazer mal? Tem algum inimigo?

Meu marido. Mas, a menos que ele tivesse retornado dos mortos, não era ele.

— Não. Não há ninguém.

— Ah. — Ela assentiu com um sorriso triste. — Há alguém, Vossa Graça.

Valencia se encostou na cadeira, abatida.

— A senhora me ajudou.

Não tanto quanto Valencia esperava, mas as boas maneiras sempre prevaleciam, mesmo naquelas circunstâncias.

— Há algum lugar para onde possa ir? Vossa graça tem como sair da cidade?

Valencia conteve um risinho zombeteiro e também uma negação imediata. Deixar a cidade era exatamente o que ela não queria. E agora...

Sim. Tinha um lugar para ir, e talvez devesse fazer aquilo. Talvez ficasse segura lá, mas não queria estar em segurança se aquilo significasse nunca mais ver Rhain.

De que adiantaria a segurança se estivesse se sentindo morta por dentro?

A ideia de deixar Londres parecia insuportável como sempre, e seria ainda mais difícil por causa de Rhain. Ele estava ali, convenientemente alojado no quarto anexo ao dela, com apenas uma porta os separando, ao alcance do braço. Ela não queria que o que havia encontrado com ele terminasse. Estava apenas começando.

Eles estavam apenas começando.

Não importava quanto tempo o duque fosse passar na cidade, Valencia queria estar ali também. Em Londres. Com ele. Queria passar mais noites — todas as noites — na cama com ele.

— Vossa graça? — chamou gentilmente madame Klara.

Valencia balançou a cabeça, sentindo-se subitamente calma e decidida.

— Não posso partir.

A mulher franziu o cenho.

— Temo por Vossa Graça.

Valencia também temia, mas vivera grande parte da vida apreensiva, com medo do próximo passo. Não estava mais disposta a permitir que o medo a mantivesse prisioneira.

Ela ergueu o queixo, dizendo lentamente:

— Tenho amigas.

Valencia tinha consciência de que o perigo era real. Sabia que havia alguém lá fora, observando-a, espreitando-a... mas não estava sozinha. Nunca estivera sozinha.

Suas amigas eram as mais leais. Bravas como qualquer guerreiro. Elas a ajudariam. Talvez pudessem pensar juntas e descobrir quem poderia estar querendo lhe fazer mal. Mais uma vez.

O fim de semana festivo no campo

Um ano antes

Não importava quantas vezes o marido de Valencia pusesse as mãos nela — *a machucasse* —, e aquilo havia acontecido várias vezes ao longo dos anos, ela nunca se acostumara à violência, à surpresa, ao choque. A dor era sempre um espanto para o corpo, por mais frequente que fosse.

Quando menina, ela havia sido acarinhada, amada e mimada pela mãe. Era difícil conciliar a mulher que se tornara com a criança que já fora. Valencia supunha que ninguém jamais imaginava que o próprio futuro seria de medo e dor. Ninguém jamais imaginava se tornar uma vítima.

Ninguém jamais imaginava um destino como aquele.

Ela caiu de joelhos. E assim ficou, rastejando o mais rápido que conseguia, tentando escapar dele. Tinham chegado quase ao fim do corredor. O único caminho que restava era para baixo, descendo as escadas.

Valencia começou a se levantar, pronta para fugir, quando sentiu o forte golpe da bengala do marido nas costas. Uma agonia incandescente atravessou-a, queimando.

Valencia caiu novamente, sentindo as palmas das mãos arderem contra a passadeira áspera no piso do corredor. Ela se virou, então, com um gemido furioso, e encarou-o, chutando a bengala debaixo dele, fazendo-o cair no corredor ao lado dela.

— Valencia! Você está machucada? O que está acontecendo?

Ros e Delia pareciam um par de anjos com suas camisolas flutuando ao redor delas como asas ondulantes. Elas se adiantaram descalças pelo corredor, na pressa de alcançar a amiga, e Valencia sentiu a vergonha apertar sua garganta, sufocando-a. *Não*. Aquilo não era algo que ela queria que as amigas vissem.

— N-nada.

As duas agarraram suas mãos, ajudando-a a se levantar.

Dedham conseguiu ficar de pé sem ajuda, apoiando-se pesadamente na bengala. Seus olhos continuavam com a mesma fúria. Ele acenou selvagemente com a mão para elas.

— Isso não é da conta de vocês. Voltem para suas camas.

— Esta não é a sua casa — retrucou Ros, com as narinas dilatadas.

— Valencia? — Era Maeve chegando agora, ainda vestindo o robe e apertando o cinto ao redor da cintura enquanto se aproximava delas.

— Ah. Agora virou uma festa — zombou Dedham. — Todas as suas amigas estão aqui. Esplêndido.

Maeve olhou dele para Valencia, consternada.

— Você está com problemas, Valencia? Nós podemos... ajudar? — perguntou ela, com a voz sempre razoável.

— Está tudo bem — garantiu Valencia a todas, lutando para conter as lágrimas e se esforçando para não sufocar com aquela mentira descarada. As amigas não deveriam ver aquilo. Não deveriam saber. — Voltem para a cama. Sinto muito por termos perturbado...

— Ah, cale a boca, sua vadia estúpida. Você acha que elas acreditam nisso? — grunhiu Dedham, e Valencia não conseguiu se conter. Ela reagiu.

Talvez tenha sido a presença das amigas, cercando-a, lhe dando coragem. Sua mão acertou com força o rosto dele. Foi uma sensação tão boa. Tão satisfatória.

Dedham ficou paralisado por um longo momento, então seus olhos se voltaram para ela, chocados e cintilando de ódio.

Valencia teve a sensação de que agulhas geladas atravessavam seu corpo. Ela sabia o que a aguardava.

Mais medo. Mais dor.

O marido ergueu a bengala e baixou-a na direção do rosto dela. Valencia ergueu o braço, preparando-se para o golpe.

Mas nunca aconteceu.

A dor nunca chegou. As amigas avançaram.

Quase como se fossem uma só, elas se chocaram contra ele. Valencia viu o rosto de Dedham de relance, os olhos arregalados, a expressão atordoada um instante antes de ele tombar e cair escada abaixo, com a boca aberta em um grito silencioso.

Ficaram todas paradas no topo da escada, ofegantes, soluçando, agarrando-se umas às outras, olhando para o corpo quebrado e sem vida do marido de Valencia.

Capítulo 22

Na selva, o leão é o maior predador. Na aristocracia, é o libertino. Não sei qual é o mais perigoso.

— Valencia, a duquesa viúva de Dedham

Ninguém disse nada enquanto o bilhete era passado de Ros para Maeve e para Delia, então todas leram uma segunda vez.

Valencia viu a cor sumir do rosto das amigas. Delia lhe estendeu a carta, mas ela recusou. Não precisava ler aquilo novamente. Já sabia as palavras de cor.

Quando saiu de casa, Valencia passou para pegar Delia e Ros e elas foram diretamente até a casa de Maeve. As quatro se sentaram no jardim, enquanto os criados estavam ocupados preparando tudo para a apresentação musical daquela noite, mas aquele não era o único motivo para se acomodarem ali. Havia menos chance de serem ouvidas ao ar livre.

Finalmente, Maeve falou, com os olhos cheios de esperança:

— Talvez não seja sobre aquela noite.

Ros deixou escapar uma risadinha debochada.

— Sobre o que mais poderia ser?

Maeve balançou a cabeça e lançou um olhar suplicante para Valencia.

— Poderia se referir a mais alguma coisa, Valencia?

— Não consigo imaginar o que mais poderia ser...

— É um tanto vago — disse Delia, tão esperançosa quanto Maeve.

— Vocês me desculpem, mas isso é uma ameaça. — Ros agitou o bilhete no ar, amassando-o.

— Foi um acidente! — Os lábios de Delia tremiam. — Não queríamos matá-lo.

— É claro que não — concordou Maeve, no mesmo tom calmo e razoável de sempre. Nada a abalava. — Estávamos defendendo Valencia.

— Ah, somos assassinas.

Ros deu de ombros como se aquilo não lhe importasse nem um pouco.

— Mas ele mereceu. Não vamos fingir o contrário.

Maeve arquejou, então sussurrou com voz rouca:

— Não somos *assassinas*.

Ros deu de ombros novamente.

— Bem. Nenhuma de nós vai apodrecer no inferno pelo que fizemos. Acho que com isso todas podemos concordar.

— O que devemos fazer? — perguntou Delia. — Devemos contar a minha mãe? A Jasper?

Valencia balançou a cabeça.

— Não. Quanto menos pessoas envolvidas, melhor. — Ela não queria envolver Tru naquilo. Afinal, a festa tinha sido na casa de campo da amiga. Se a verdade daquela noite viesse à tona, elas poderiam ao menos poupar Tru de qualquer outro envolvimento. Afinal, a mãe de Delia estava prestes a se casar com o amor de sua vida. Finalmente havia encontrado a felicidade. Valencia não lançaria qualquer sombra sobre aquilo. — Não. Vamos manter isso entre nós.

Aquele tinha sido o acordo original, não contar a ninguém, e manteriam o pacto.

Pelo menos Valencia acreditava que todas haviam cumprido o combinado, mas a verdade era que alguém fora do grupo sabia. Alguém falara?

Logo ficou evidente que Valencia não tinha sido a única a ter dúvidas. Ros fixou os olhos na sobrinha.

— Delia... você contou a alguém?

O rosto da jovem ficou muito vermelho.

— Não! Nunca. Nós combinamos.

Maeve deu uma palmadinha na mão dela.

— É claro que não. — Maeve lançou um olhar de reprovação para Ros. — Nós fizemos um pacto.

Valencia suspirou.

— Bem. Alguém sabe. Alguém que estava lá, provavelmente. Um dos outros convidados...

Maeve mordeu o lábio, tensa. Todas trocaram olhares preocupados.

— Quem faria uma coisa dessas? — Delia balançou a cabeça, perplexa.

O silêncio se instalou enquanto elas refletiam, enquanto se lembravam daquela noite, tanto tempo atrás, em Lake District, na Casa Chatham. Valencia catalogara todos os convidados em sua cabeça, e seus rostos passaram por sua mente naquele momento, um após o outro.

— Lorde Burton — sussurrou Valencia, enquanto o rosto terrível do homem se elevava acima de todos os outros em sua mente.

O homem estava acordado àquela hora, agredindo-a pouco antes de Dedham aparecer para culpar a esposa pelos abusos do outro homem. Só podia ser ele.

— Ahhh. — Delia assentiu, o tom de lástima. — Sim, sim. Ele é um homem terrível. — Como amigo de longa data do seu falecido pai, ela conhecia bem os modos depravados de Lord Burton.

— Ou Ashbourne — Ros entrou na conversa.

— Lorde ou lady? — perguntou Maeve.

Valencia estremeceu.

— Qualquer um.

Ros assentiu em um tom carregado de desprezo.

— Ambos são pessoas desprezíveis.

— Então, na verdade... há alguns suspeitos — resmungou Valencia, continuando a considerar as outras possibilidades.

Ros fez uma careta e balançou a cabeça.

— Mas... em relação a Burton e aos Ashbourne... por que eles teriam esperado um ano? Parece improvável. Se quisessem chantageá-la, não teriam feito isso antes?

Valencia assentiu. Burton certamente teria usado aquilo contra ela. Teria sido uma forma eficaz de manipulá-la para obrigá-la a fazer o que ele quisesse.

— Ora. Quem então? — perguntou Delia, as belas feições distorcidas pela ansiedade.

Quem, de fato?

Então, de repente, Valencia soube.

Soube *exatamente* quem lhe enviaria uma carta tão ameaçadora.

Capítulo 23

A única coisa mais importante do que um nobre é o seu herdeiro.

— Hazel, a marquesa de Sutton

O marido de Hazel encontrou-a com os pulsos enfiados na terra do jardim, arrancando ervas daninhas e empilhando-as. Sutton não costumava se aventurar ao ar livre. Ele reclamava que o sol era muito forte — sim, mesmo em Londres — e que o jardim ficava muito longe da casa. Na verdade, ficava a poucos passos da porta dos fundos, mas para ele poderia muito bem estar a uma légua de distância.

Sutton ainda se recusava a ser empurrado em uma cadeira de rodas, embora a esposa achasse que talvez já estivesse na hora. Naquele estágio, ele estava fadado a sofrer uma queda.

Ela temia aquilo, e admitia que não era por razões inteiramente altruístas. Uma perna ou quadril quebrado não seria divertido para ninguém da casa. Seria uma desgraça para ele, para os criados e para Hazel em particular. Suas exigências sobre a mulher só aumentariam caso viesse a ocorrer aquele infeliz evento.

— Aí está você. — Ele brandia uma folha de pergaminho na mão livre, a que não segurava a ponta da bengala para se apoiar. — Estive procurando por você, minha cara. — Seu lábio superior se curvou enquanto avaliava o trabalho dela. — Deveria ter imaginado que estaria aqui. Você sabe que temos criados para fazer isso. Jardineiros contratados exatamente para esse propósito.

Hazel se sentou sobre os calcanhares, limpou a terra das mãos enluvadas e soprou a mecha de cabelo flamejante que caía diante de seus olhos.

— Sabe que prefiro cuidar do jardim sozinha.

Ela havia crescido na cidade, em cortiços estreitos. Nunca tivera um quarto só para si, menos ainda um pedaço de verde ou de terra sob os pés. Nada que crescesse ou florescesse. Sempre houvera apenas cinza. Ela amava trabalhar no jardim.

Hazel indicou com um aceno de cabeça o papel na mão dele e voltou a se inclinar sobre as flores.

— O que tem aí?

— É uma lista. Tenho trabalhado nisso desde a nossa conversa.

Ela parou, com as mãos sobre os bulbos de tulipa.

— Que conversa? — perguntou Hazel, mostrando-se deliberadamente em dúvida.

Ela fingiu ignorância, mas sabia. Ah, como sabia. Aquela terrível conversa que haviam tido depois de visitar Valencia permaneceu com ela, repetindo-se em sua mente durante dias.

Você terá o meu herdeiro... Existem maneiras, minha cara.

O que Sutton poderia ter querido dizer? Ela tivera medo demais para exigir esclarecimentos ao marido. Hazel estivera tensa desde aquela declaração dele — em parte aterrorizada com a possibilidade de Sutton aparecer em seu quarto, no meio da noite, decidido a violá-la; em parte descrente, porque o homem não conseguia nem vestir a calça sem ajuda. Ele certamente não era capaz de gerar um herdeiro em ninguém.

— Sua tonta, você esqueceu? Precisamos engravidá-la, colocar um herdeiro em seu ventre, para que você esteja devidamente protegida no futuro e não se veja em um destino semelhante ao de nossa cara Valencia.

— Aquilo não foi uma brincadeira? — perguntou Hazel em tom débil.

Ou um pesadelo?

— Na verdade, não. É um plano brilhante. Você sabe quem é meu herdeiro? O filho de meu primo, Martin. Aquele almofadinha se considera um poeta, um *artista*, e organiza aqueles saraus ridículos.

Ela estava ciente dos saraus. Costumavam ser convidados com frequência e obviamente nunca haviam comparecido. Não era o estilo de evento social que

Sutton gostava de frequentar, e Hazel ficava feliz de permanecer em casa. Só saía quando o marido insistia. Por que deveria se importar em apoiar as damas com seus sorrisos falsos e os cavalheiros com seus olhares maliciosos?

Sutton balançou a cabeça.

— E não podemos contar com a gentileza *dele* para ajudá-la. Não mesmo.

E realmente não poderiam. Poeta ou não, Martin se enquadrava na categoria dos cavalheiros pervertidos. Hazel ouvira falar que seus saraus eram algo que faria Dionísio corar. Sutton não devia saber daquilo, ou provavelmente a teria arrastado para um deles.

— Ah. Essa sua lista... — Hazel o incentivou a continuar, apontando a tesoura de jardinagem para o papel.

— Ah. Sim. Pensei muito sobre o assunto e encontrei quatro candidatos.

— Candidatos? — repetiu ela, sem entender.

Ele a encarou exasperado.

— Você está sendo muito tola, minha cara. Candidatos a serem pais de seu filho, é claro.

Hazel o encarou espantada. *É claro*?

O que havia de tão *claro* naquilo? Ele estava disposto a comprar um garanhão para... Ela se voltou para o jardim. Para *fertilizá-la*. E anunciava aquele plano como se fosse uma conclusão natural.

— Marido, não é possível que esteja querendo dizer... Está falando de adultério. Esposas foram mortas por menos e o mundo desviou os olhos.

Sutton afastou o comentário com um aceno desdenhoso da mão nodosa.

— Ora, isso não é adultério.

— Hum... Acredito que seja a própria definição da palavra, milorde.

— Não se o ato tiver meu apoio — retrucou ele, e sacudiu o papel no ar.

— Não creio que seja assim que funcione — comentou Hazel em tom irônico. Mesmo que ele concordasse em ser traído, ainda assim era infidelidade.

— Ora, mas *deveria* funcionar assim. Eu sou seu marido e não apenas não estou reclamando como ainda estou dizendo que você *pode* fazer isso. Por um bem maior, minha cara... você deve dormir com um desses homens. — Sutton sacudiu o papel mais uma vez.

Hazel ficou encarando-o, perplexa. Aquilo era um absurdo.

As palavras do marquês eram... absurdas, e despertavam um profundo terror dentro dela. Não queria se deitar com ninguém. Felizmente, aquela parte de sua vida havia acabado.

Quando se casara com Sutton, Hazel havia dito a si mesma que nunca mais teria que deixar um homem dormir em sua cama. Aquele tinha sido o conforto de trocar votos com ele. Estava se casando com um homem velho, mas impotente, e a cama dela seria só dela.

Sutton agitou mais uma vez o papel.

— Vamos lá, pensei muito sobre quem pode ser confiável em termos de discrição e quem já provou seu valor.

— Discrição? — Hazel balançou a cabeça.

Provou seu valor?

— Sim. — Ele assentiu, então a encarou, irritado. — Sinceramente, Hazel. Você costuma ser muito mais inteligente do que isso.

Ela nunca se vira diante de um plano tão ultrajante. Como se poderia esperar que entendesse aquilo?

Sutton continuou:

— Todos esses cavalheiros são casados, então sabemos que eles serão discretos, e todos provaram o valor de sua semente e geraram vários filhos.

Hazel recuou. Ele fazia tudo aquilo parecer tão sórdido... Como se ela não passasse de uma égua reprodutora, o que não parecia um grande avanço em relação a ser uma *prostituta*, que era sua designação antes do casamento. Sem dúvida, ainda era como muitos pensavam nela.

— C-como sabe que algum desses cavalheiros casados estaria disposto a fazer uma coisa dessas? Quebrar seus votos matrimoniais... e doar um filho de sua linhagem?

Sutton riu.

— Você é terrivelmente ingênua, minha cara. Esses são meus pares. Eu os conheço porque fui um deles.

E ele teria concordado com uma coisa daquelas.

Hazel ainda tinha dúvidas.

— Acho que julgou mal...

— Uma chance de dormir com você, sem consequências? — Ele riu. — Não estou julgando nada mal. Eu conheço os homens.

Hazel se encolheu.

— Eu não posso...

Sutton esticou o corpo em toda a sua altura não muito considerável e lançou um olhar severo para ela.

— Insisto que faça isso, esposa. É a única maneira de impedir que tudo o que tenho acabe nas mãos de quem não merece.

Hazel sentiu uma onda de raiva dominá-la. Ali estava ela mais uma vez, recebendo ordens para abrir as pernas, de alguém que esperava que simplesmente obedecesse e entregasse seu corpo. No fim, ao que parecia, as coisas não haviam mudado muito.

Ela forçou um sorriso e pegou a lista para ver quem eram os cavalheiros que o marido havia considerado dignos de engravidá-la.

Sutton entregou o papel de bom grado, retribuindo o sorriso dela, claramente achando que havia vencido.

Hazel aprendera uma coisa com o tempo. Era mais fácil deixar os homens acreditarem que haviam vencido. Deixá-los pensar que ela fora derrotada. Então, faria o que quisesse e viveria como quisesse.

Por curiosidade, Hazel examinou a lista. Todos homens casados, como o marido havia dito. Havia até mesmo um dos bastardos do falecido rei na lista.

— Só linhagens impecáveis — acrescentou Sutton, balançando a cabeça, satisfeito consigo mesmo.

Hazel supunha que aquilo era verdade. Bastardo ou não, o sangue do homem era azul.

Ainda mantendo o sorriso tenso no rosto, ela dobrou o papel e enfiou-o dentro da luva.

— Vou pensar a respeito.

— Por favor, faça isso. Você deve começar a tratar do assunto imediatamente. Não que eu ache que estou prestes a expirar, mas e se você tiver uma menina? Vai querer tentar de novo até ter um filho homem.

Eu não quero tentar de jeito nenhum.

Ele não entendia aquilo?

Depois que o marido partisse de vez daquele mundo, Hazel aceitaria qualquer pensão que lhe fosse destinada e se retiraria para uma feliz obscuridade. Ela não tinha a menor vontade de manter consigo nada daquela vida ou de se apegar a qualquer coisa daquele mundo aristocrático.

Ainda assim, Sutton estava decidido a seguir por aquele caminho. Ele tinha um brilho determinado nos olhos — o mesmo que sempre aparecia quando era mais implacável.

O marido prosseguiu:

— Deve haver um filho homem. E — disse ele com ênfase — você não é mais tão jovem.

Hazel deu uma risadinha sem humor ao ouvir aquilo. *Aquele* homem a estava chamando de velha?

Ela suspirou e assentiu. Deixaria-o pensar que havia vencido por enquanto e ganharia tempo…

Mas por quantos anos?

Apesar das limitações físicas, Sutton não estava exatamente no leito de morte. O que faria se ele não deixasse o assunto de lado e vivesse mais uma década ou além? Como fazê-lo desistir da ideia?

Nesse cenário, o que posso fazer senão lhe dar o que quer? Um herdeiro.

— Muito bem — comemorou ele. — Agora preciso entrar para tirar um cochilo. Toda essa luz do sol está me deixando febril.

Hazel ergueu o olhar para o céu nublado.

Sutton partiu com uma batida constante da bengala. Assim que ele desapareceu de vista, ela tirou a lista da luva e examinou os nomes como se estivesse examinando um cardápio de entradas.

— Milady!

Hazel ergueu a cabeça ao ouvir o grito ofegante.

O mordomo de Sutton arfava, o rosto corado pelo esforço enquanto corria em direção a ela, que estava ajoelhada entre as flores.

— Eu disse a ela para esperar no salão de visitas.

A identidade da referida *ela* logo ficou evidente. A enteada de Hazel havia seguido os passos do mordomo e logo alcançou o cavalheiro no caminho de cascalho.

— Milady — anunciou o homem um tanto tardiamente quando parou diante de Hazel. — A duquesa viúva de...

— Ah, saia daqui — disparou Valencia. — A marquesa sabe quem eu sou e quero falar a sós com ela.

O mordomo olhou para Hazel em busca de orientação. Ela assentiu.

— Deixe-nos, por favor, Ritter.

Ele se afastou então, não sem antes lançar um olhar cauteloso para Valencia.

A mulher esperou até que ele partisse antes de avançar.

— Foi você?

Hazel inclinou a cabeça.

— Fui eu... o quê?

O rosto da enteada ficou muito vermelho e ela respirou fundo, como se estivesse se esforçando para manter a compostura.

— A carta que recebi essa manhã... Foi você que mandou? — perguntou ela, com acusação na voz.

Valencia estava bastante aborrecida. Hazel a examinou com atenção. Mais do que isso, ela estava... assustada.

Hazel apoiou uma mão enluvada no joelho dobrado e se levantou.

— Eu não lhe enviei nenhuma correspondência.

Valencia devolveu o olhar atento, claramente avaliando-a em busca da verdade. Depois de alguns momentos, disse:

— Sei que não nos damos bem... mas preciso que seja sincera comigo.

— Valencia — disse Hazel em tom cuidadoso, hesitante. A enteada estava falando com gentileza, quase com bondade, e ela não sabia o que pensar daquilo. — Eu não lhe mandei nada. — Uma pausa. — O que havia nessa carta?

Ao ouvir aquilo, Valencia cerrou os lábios. Era evidente que o conteúdo daquela carta não estava aberto ao público.

Ela balançou a cabeça.

— Não se preocupe.

Hazel se irritou.

— Preciso lembrá-la de que foi *você* que veio *aqui*?

Valencia soltou o ar com força e assentiu brevemente, concordando.

— Sim.

Hazel sabia que estava sendo acusada de algo sério, sem saber dos detalhes. Ela era a última pessoa em quem a enteada confiaria, mas a mulher parecia à beira de um colapso. Seus olhos estavam avermelhados e o cabelo escuro, despenteado, como se ela tivesse passado os dedos várias vezes pelos fios.

— Valencia. — Foi sua vez de falar com gentileza. — Está tudo bem? Posso ajudá-la em alguma coisa?

Os olhos escuros e líquidos de Valencia encontraram os dela e se mantiveram fixos ali. Depois de um longo momento, ela soltou outro suspiro. Então, balançou a cabeça lentamente.

— Não. Ninguém pode me ajudar.

Depois de dizer aquilo, ela se virou e saiu do jardim.

— Valencia! — chamou Hazel, se adiantando um passo para ir atrás dela, mas a enteada continuou, sem se deter, sem olhar para trás.

Capítulo 24

Se deseja realmente saber tudo o que acontece na Boa Sociedade, pergunte à camareira. Ela sempre sabe.

— Valencia, a duquesa viúva de Dedham

Valencia já estava fazendo as malas quando Tildie entrou no quarto.

Ela não perdera tempo ao chegar em casa. Assim que entrou no quarto, pegou as valises.

Depois da visita à Hazel, Valencia estava quase certa de que não era a madrasta que estava por trás da carta. Ela não sabia quem era o responsável, e aquilo talvez fosse o mais assustador de tudo.

O predador no escuro, a sombra na janela, a ameaça desconhecida... Tudo aquilo parecia muito pior.

Não poderia permanecer em Londres. Agora aceitava aquilo. Por mais que quisesse ficar, não poderia. Não poderia ficar ali, sentindo medo o tempo todo, sempre assustada. Talvez fosse covardia, mas estava fugindo. Sentiria-se mais segura em qualquer lugar que não fosse ali, para onde cartas ameaçadoras eram enviadas.

— Vossa graça? Nós vamos... partir?

Valencia lançou apenas um olhar de relance à jovem.

— Sim, por favor me ajude. Gostaria de sair dentro de uma hora.

Tildie empalideceu ligeiramente ao ouvir aquilo.

— Sair? Agora? Para onde?

— Para Yorkshire, é claro. Para a casa destinada à duquesa viúva.

Ela lançou outro olhar rápido na direção da camareira.

— Isso é, se você ainda quiser ir comigo.

Houve uma longa pausa antes que Tildie respondesse:

— É claro. Sim.

Apesar da concordância, as palavras não soaram convincentes. A camareira assentiu brevemente, piscou algumas vezes, então assumiu a tarefa de arrumar a bagagem. Elas deixaram mais do que guardaram. O resto poderia ser enviado depois. Precisava partir o mais rápido possível. Naquele momento mesmo, continuava a se sentir como se estivesse sendo observada...

Depois de algum tempo, Tildie saiu para buscar um criado para ajudar com a bagagem, deixando a porta aberta... deixando Valencia exposta.

— Valencia? — Ela ficou paralisada ao ouvir a voz profunda. — Está indo a algum lugar?

Valencia se virou lentamente para encarar Rhain. Ele não estava sozinho. Dewey Pugh estava ao seu lado com aquele sorriso infernal, parecendo estar se divertindo muito com toda a situação.

Rhain entrou no quarto e se aproximou. Pugh seguiu vários passos atrás, como se fosse completamente aceitável que ele entrasse nos aposentos dela.

— Rhain — sussurrou Valencia.

Ele olhou dela para a bagagem.

— Para onde está indo?

Ela fez uma pausa antes de responder:

— Para a casa destinada às duquesas viúvas.

As narinas dele se dilataram ligeiramente.

— Em Yorkshire? — Como se houvesse outra.

— Sim.

— Por quê? Achei que não queria ir para lá. Achei que tínhamos um acordo. As minhas irmãs ainda não se ambientaram...

— As suas irmãs vão ficar bem — garantiu ela, voltando de novo a atenção para a bagagem. — Acredito que nesse exato momento haja uns vinte cavalheiros no salão de visitas. Não vão faltar opções às moças.

O duque levou a mão ao braço dela, então, virando-a novamente para que o encarasse.

— O que aconteceu? Por que está partindo? Alguém a ofendeu? Uma de minhas irmãs? Minha mãe?

— Não. Não. Nada disso.

Mas Rhain a conhecia bem o bastante para saber que alguma coisa *havia* acontecido.

Os lindos olhos dele examinaram atentamente o rosto dela. Rhain se inclinou, então, a voz rouca acariciando a pele dela.

— Sou eu, então. Você está indo embora por minha causa?

Valencia sentiu o rosto muito quente, e algo desabou dentro dela diante da vulnerabilidade na voz dele. Ela lançou um olhar rápido e constrangido na direção de Pugh. O primo de Rhain continuava a assistir a cena, parecendo extasiado.

— N-não.

— Valencia. Você concordou em ficar.

A apreensão de Rhain deixou o peito dela apertado.

— Eu tenho que ir.

Tildie voltou então com um criado. Ambos pararam abruptamente, olhando para todos que estavam no quarto. Pugh assentiu na direção deles, como se estivesse dando as boas-vindas ao espetáculo.

Rhain não olhou na direção deles. Ele não parecia se importar nem um pouco com o fato de terem uma plateia. O duque fixou o olhar em Valencia com a intensidade penetrante de um lobo.

— Não. Vá. Fique. — O silêncio recaiu sobre o quarto. Então: — Você não pode partir. Não quero que vá.

Por um momento, Valencia também esqueceu os outros. Só conseguia olhar para Rhain e ansiar por poder ficar. Seu coração se expandiu no peito diante das palavras dele, por saber que o fato de ela ficar ou partir era importante para ele... por saber que ele se importava. Que se importava... com ela. Ele se importava com *ela*. Mesmo que Rhain não tivesse dito as palavras, Valencia conseguia ver aquilo em seu olhar, na intensidade de sua expressão, na tensão de seu corpo.

Tudo aquilo a fez hesitar, enfraquecendo sua determinação. Ela umedeceu os lábios.

— Rhain — disse Valencia baixinho, suplicante —, não faça isso. — Não torne isso tão difícil. Não faça doer tanto.

Com os olhos ainda fixos nos dela, ele ordenou aos outros no quarto:

— Deixem-nos.

O criado saiu imediatamente. Tildie e Pugh hesitaram. A voz de Rhain soou mais forte, mais alta.

— Eu disse para saírem. E não nos perturbem.

Tildie se sobressaltou ligeiramente. Pugh obedeceu, pegou o braço da camareira e conduziu-a para fora do quarto, fechando a porta com um clique suave.

Assim que ficaram a sós, Valencia tentou explicar — ao menos o que poderia explicar. Afinal, havia segredos que jamais poderiam ser revelados.

— Sei que estou rompendo nosso acordo, mas suas irmãs são moças adoráveis e vão ficar bem. Por favor, entenda que eu realmente preciso partir…

Rhain a interrompeu. Ele se adiantou com um passo longo e segurou o rosto dela entre as mãos.

— *Você* é que precisa entender — disse o duque, em agonia, deixando os polegares correrem pelo rosto dela. — Não pode me deixar.

Valencia mergulhou no olhar dele, afogando-se naquelas piscinas castanhas. Ela tentou falar, mas só conseguiu deixar escapar um som abafado. Havia mesmo achado que aquilo não iria doer? Que poderia evitar aquela dor?

— Diga-me que não me quer e deixarei você ir.

Ah. Deus.

Ela abriu a boca, preparando-se para dar voz àquela mentira, mas só escapou um soluço.

Então Rhain a estava beijando.

Devorando os lábios dela. A língua dele tinha gosto de conhaque, de homem e *dele*, e encheu a boca de Valencia, preenchendo a dela, deixando-a com as pernas bambas. Ela se agarrou a Rhain e cravou os dedos em seus ombros.

Rhain mordeu os lábios dela com gentileza.

— Diga-me que também me quer.

— Eu também quero você — falou Valencia em um soluço.

Ele passou um dos braços ao redor da cintura dela, erguendo-a junto ao corpo. Então, carregou-a no colo por alguns metros até acomodá-la na cama. E logo estava acima dela, entre as suas coxas.

As mãos de ambos se agitavam em movimentos febris, rasgando as roupas um do outro em um frenesi até se verem livres delas. Até Rhain já estar dentro dela, a boca ainda na dela, engolindo seus gritos, as mãos dos dois agora por toda parte, tateando, apertando, envolvendo.

Os dois trabalharam em conjunto, desesperados um pelo outro, selvagens como animais.

Valencia ergueu os quadris, acompanhando cada arremetida, tão ansiosa por recebê-lo quanto ele estava por entregar tudo a ela, por reivindicá-la — até se tornarem um só.

ELES ADORMECERAM NA cama dela.

Valencia o acordou mais uma vez naquela noite, subindo em cima dele, e os dois fizeram amor lentamente, sem pressa, com beijos longos e intermináveis. Seus corpos se colaram e se contraíram um contra o outro até ficarem exaustos, saciados. Até a memória dela estar quase transbordando dele. Mesmo assim, Valencia queria mais. Aquilo não bastava. Nunca bastaria, mas não havia jeito.

Ela queria aquilo todas as noites.

Queria Rhain todas as noites.

Queria amá-lo. Queria que ele a amasse. *Meu Deus*. Aquilo doía.

Pouco antes do amanhecer ela se esgueirou para fora da cama e pegou uma de suas malas o mais silenciosamente possível — se preocuparia com o resto de suas coisas mais tarde. Mandaria buscá-las quando chegasse a Yorkshire.

Valencia saiu do quarto e esperou por alguns instantes no corredor para ver se ele a seguiria. Satisfeita por não o ter acordado, continuou pelo corredor silencioso.

Os criados acordariam em breve. Alguns talvez até já estivessem acordados. Ela precisava encontrar Tildie.

Pelo menos teria o dia inteiro para viajar — iria para o mais longe possível de Londres.

Valencia estava quase chegando à escada usada pelos criados quando foi empurrada repentinamente por trás, com violência. Ela caiu de joelhos com força, e as camadas do vestido a protegeram pouco contra a dor da queda. Um grito agudo escapou de sua garganta diante daquela dor inesperada antes que fosse rapidamente silenciada com uma mordaça. Então um capuz cobriu sua cabeça.

Valencia se debateu freneticamente e conseguiu acertar um golpe em algum lugar do corpo do agressor.

Ele grunhiu, claramente aborrecido com os esforços dela. Então deixou escapar um som irritado e a agonia explodiu em uma bofetada no rosto dela. O corpo de Valencia ficou flácido e o esquecimento a envolveu como uma neblina densa.

Sua cabeça ficou zonza. Ela gemeu, se esforçando para se manter consciente, lutando para permanecer viva, mas era muito difícil.

A neblina foi ficando mais espessa, e seu mundo, mais escuro e mais profundo dentro do capuz.

Seu último pensamento foi em Rhain.

VALENCIA TINHA A sensação de estar nadando no fundo de um lago, forçando o corpo contra o leito pantanoso e denso em busca da superfície. Ela se libertou com um suspiro e abriu os olhos em uma nova onda de dor.

Então, estendeu as mãos amarradas para sentir o próprio rosto e conseguiu tocar levemente a mandíbula inchada no lugar em que havia sido atingida.

Valencia piscou algumas vezes e olhou ao redor, avaliando o ambiente.

Estava em um quarto pequeno. Em uma cama estreita. A luz de um único lampião brilhava fracamente na mesa de cabeceira. Uma janela acenava do outro lado do quarto, e ela sabia que precisava alcançá-la para ver onde estava. Ainda assim, o mundo ondulava a seu redor como se ela estivesse debaixo d'água.

Valencia inalou o ar entre os dentes, respirando fundo, esperando até que o mundo se firmasse e que tudo parasse de ondular e se confundir a sua volta.

A mordaça ainda estava enfiada em sua boca, e aquilo era um sofrimento por si só. Ela se mexeu na tentativa de se levantar e percebeu que não poderia. Não apenas seus tornozelos estavam amarrados, como também estavam presos à cama. Com as mãos também contidas, ela não conseguiria desamarrar os pés, por mais que tentasse. Não conseguiria se levantar para espiar a janela, por mais que desejasse desesperadamente. Pelo menos o capuz havia sido removido. Pelo menos. Assim, poderia ver qualquer horror que estivesse por vir.

Valencia esperou na cama. Não tinha escolha. Era uma prisioneira.

Minutos se passaram. Horas.

Era impossível saber quanto tempo. A luz entrava pelas frestas das venezianas. Partículas de poeira dançavam nas estreitas faixas de luz. Ela cochilou, entrando e saindo de um estado de consciência, pensando em Rhain, se perguntando se ele já teria se dado conta de seu sumiço, se saberia que ela fora levada à força.

Valencia precisava desesperadamente se aliviar e estava começando a se perguntar se teria que fazer aquilo na cama quando ouviu a fechadura sendo destrancada.

Ela prendeu a respiração. Então, levantou a cabeça e olhou em direção à porta, pronta, finalmente, para ver quem havia feito aquilo.

Era a mesma pessoa que lhe enviara a carta ameaçadora. Só podia ser. Quantos inimigos uma pessoa poderia ter? *A carta* tinha a ver com *aquilo*.

A porta se abriu com um rangido das dobradiças carentes de óleo. Valencia aguçou o olhar, procurando, tentando ver o rosto da pessoa que a raptara.

Por fim, o vilão ultrapassou a soleira e a encarou com frieza. Ela arquejou, perplexa.

Você.

O fim de semana festivo no campo

Um ano antes

Tildie fechou a porta atrás de si, tomando cuidado para não fazer barulho. Ela não deveria estar ali. Não àquela hora da noite. Não naquela parte da casa. Não saindo daqueles aposentos.

Sabia que a patroa não aprovaria tal comportamento de sua parte. Era o tipo de coisa que poderia fazer com que fosse demitida. Ainda assim, Ashbourne a encantava. Era um homem bonito e rico, um nobre... e não era um amante terrível. Tildie sorriu diante daquele pensamento. Só aquilo já poderia ter sido tentação o bastante, mas havia mais. Podia sentir no bolso da saia o peso do colar de safiras que ele lhe dera de presente. Como se poderia esperar que ela resistisse? Afinal, era humana.

Tildie se afastou da porta do quarto e enfiou a mão no bolso, acariciando as pedras frias da joia e sentindo-se tranquila. Ela merecia aquilo, e havia algo na atenção de um nobre que alimentava seu ego, que a fazia se sentir linda e especial. Importante.

Ela atendia àquelas pessoas todo dia, o dia todo. Na maioria das vezes, nem a viam. Tildie era invisível. Nem sequer existia para eles. Especialmente para as damas, que andavam de um lado para o outro com seus vestidos e joias, ignorando a presença dela. Então, quando os homens que estavam na vida daquelas mulheres a desejavam, quando a cobiçavam e a procuravam em detrimento das próprias esposas tão louváveis...

Sim. Aquilo a fazia se sentir gratificada. Completa. E decididamente nada invisível.

Ela seguiu em direção à escada dos criados com passos leves, mas parou ao ouvir o som de... vozes. Vozes abafadas. Várias vozes.

Tildie se virou, acompanhando o barulho, curiosa para saber quem estaria acordado àquela hora tão avançada.

Ela se moveu furtivamente, aproximando-se de um dos cantos. Então, fez uma pausa e olhou ao redor. Foi então que viu o duque e a duquesa discutindo. A camareira estremeceu. O homem era um desgraçado, sempre maltratando a esposa.

A patroa tentava esconder os hematomas, mas Tildie sabia. Ela sabia que o duque tornava a vida da duquesa um inferno e realmente sentia pena da mulher — uma das únicas aristocratas que haviam chegado a conquistar e merecer sua simpatia. No entanto, Tildie sabia que não deveria intervir. Precisava do emprego. Não poderia ir contra um duque do reino. A avó e a irmã contavam com ela. Não poderia se dar ao luxo de ser demitida e deixá-las desassistidas.

Tildie balançou a cabeça e começou a se virar, pronta para se retirar para seus aposentos... então, as outras apareceram. As amigas da senhora: lady Cordelia, a sra. Bernard-Hill e lady Shawley.

Tildie deixou escapar um pequeno suspiro de alívio. *Ótimo*. Elas ajudariam a duquesa — garantiriam que saísse ilesa.

Fascinada, Tildie ficou assistindo enquanto a situação piorava, incapaz de desviar os olhos da terrível cena que se desenrolava.

Ela viu com horror crescente quando o duque se lançou sobre a esposa com os olhos insanos, erguendo a bengala para atingi-la. Tildie ficou apavorada — até o momento em que as mulheres partiram para cima dele como se fossem uma só, empurrando o homem escada abaixo.

Tildie soltou um arquejo, se virou e fugiu, com passos rápidos e silenciosos até estar em segurança dentro de seu quarto. E permaneceu lá, mesmo quando gritos de alarme soaram pela casa, alertando para o que ela já sabia.

O duque de Dedham estava morto.

Capítulo 25

Não há problema que um novo vestido e lindos sapatos não curem.
Bem, quase nenhum problema.

— Valencia, a duquesa viúva de Dedham

Rhain acordou em uma cama fria.

Também não era a cama dele, mas adormecera com Valencia, portanto era a cama na qual queria estar. Ele se apoiou em um cotovelo e olhou ao redor do quarto, sentindo uma profunda decepção ao não encontrá-la. Quase tão intensa quanto a decepção que sentira quando Valencia anunciara, na véspera, que estava de partida. Rhain a convencera a ficar e agora sabia que precisava convencê-la a permanecer ali... para sempre.

As malas dela ainda estavam no chão, a não ser pelo fato de que talvez houvesse uma a menos. Rhain vestiu a calça, atravessou o quarto e abriu a porta, olhando para o corredor. Então, franziu o cenho, saiu e examinou a valise largada ali, como se tivesse sido descartada e esquecida.

Rhain pegou a mala e virou-a nas mãos.

Passos soaram no corredor. Ele levantou os olhos. A criada de Valencia, Tildie, avançou pelo corredor. Ela fez uma pausa quando o viu, arregalando os olhos ao reparar na mala que ele segurava.

— Vossa graça — murmurou a jovem, com a voz hesitante.

— Você viu a duquesa viúva?

— Hum. — Ela mordeu o lábio e desviou os olhos, sentindo-se claramente desconfortável em encarar o duque. — Ela se foi.

— Se foi? — Valencia não teria deixado as malas. Havia algo errado ali.

Rhain se aproximou da camareira, ainda segurando a valise nas mãos.

— Você viu Valencia? — pressionou, com a voz mais severa.

A criada estava agindo de forma estranha, e Rhain estava convencido de que ela sabia de alguma coisa.

— Hum. — A camareira continuou a balbuciar e ele sentiu um frio no estômago.

— Responda, mulher — exigiu. — O que aconteceu?

Ela pareceu subitamente nauseada.

— A duquesa se foi e... eu acho... que ela está com problemas.

Rhain sentiu o corpo todo ficar tenso, pronto para a batalha, só que não sabia contra quem ou o que lutar. Só sabia que lutaria por ela.

Por Valencia, ele lutaria até a morte.

— Qual é o problema? — perguntou em um grunhido.

A camareira suspirou.

— Eu preciso explicar.

VALENCIA FICOU ENCARANDO-O por um longo tempo, sem compreender. Ela não conseguia emitir qualquer som além de ruídos abafados através da mordaça, mas de qualquer forma não sabia o que teria dito.

Era tudo tão confuso.

Coisas demais giravam na mente dela. Seu pensamento principal parecia se resumir à pergunta que queimava através dela como fogo, mesmo enquanto o via avançar em direção à cama: *por quê?*

— Boa tarde. Vejo que está acordada.

Dewey parou ao lado da cama e abaixou a mordaça. Valencia recuou, com medo de que ele pudesse tocá-la ou bater nela novamente. O homem continuou a falar:

— Fico muito satisfeito em ver que meu golpe não a feriu de maneira permanente. — Ele inclinou a cabeça, pensativo, enquanto a examinava. — Eu nunca bati em ninguém antes. Você terá que me perdoar por isso.

Valencia mexeu a mandíbula dolorida e umedeceu os lábios secos com a língua igualmente seca.

— É admiravelmente habilidoso nisso, apesar de toda a sua inexperiência. — A voz dela saiu rouca e tensa.

Os lábios dele se curvaram em um sorriso frio.

— É bom ver que você mantém o espírito esportivo. Isso tornará as coisas mais fáceis.

Ela o fitou com cautela.

— Que… *coisas*? — E olhou ao redor do quarto. — Onde estou? Por que estou aqui, Pugh?

Ele fez um som de escárnio.

— Me chame de Dewey. E quantas perguntas, Valencia… Mas suponho que isso seja compreensível. Eu sentiria o mesmo em sua posição.

Ela o encarou irritada.

— Vamos deixar de lado essa falsa compaixão. Você me sequestrou e me aprisionou… — A voz de Valencia morreu na garganta, e ela olhou novamente ao redor, curiosa.

Pugh agitou os dedos no ar.

— Esta é minha casa. Nada tão grandioso quanto o que está acostumada, mas é apenas temporário. Em breve estarei morando em Mayfair. — Ele estufou um pouco o peito.

— Em Mayfair?

— Isso mesmo. Depois que meu primo retornar ao País de Gales e você se recolher a Yorkshire, alguém vai precisar ser o senhor e mestre do que já foi seu lar.

Valencia finalmente começou a compreender.

— Você me quer fora do caminho.

Ele assentiu, satisfeito.

— Achei que isso estava garantido no momento em que Rhain apareceu… mas aí você resolveu seduzi-lo. Ele está bastante encantado por você. — Pugh bufou e se sentou na beira da cama, ao lado dela. — Tentei mostrar a ele todas as maravilhas que Londres tinha a oferecer, mas o homem só tinha olhos para você, duquesa. — Ele revirou os olhos ao dizer aquilo. — Tão provinciano. Culpo a criação de meu primo por isso. Bryn Bychan não transborda exatamente aristocracia. — Pugh a mirou de cima a baixo, de forma insultuosa, e Valencia se encolheu sob aquele olhar. — Você deve ter uma boceta mágica, duquesa.

Aquilo a fez estremecer por dentro.

— Eu não entendo. Por que se importa com o relacionamento dele comigo?

— Rhain me nomeou seu administrador quando ele retornar ao País de Gales. Serei seu substituto. É como se eu fosse passar a ser o duque interino. Você tem alguma ideia da bênção que isso é para mim? — Ele a fuzilou com o olhar.

Aparentemente, era uma bênção grande o bastante para fazer com que ele a sequestrasse.

Pugh continuou:

— Ele não pode mudar de ideia e permanecer aqui por sua causa.

Ah.

Valencia tentou umedecer a boca seca novamente.

— Não é assim entre nós.

— É claro que é — zombou ele. — Você não é tão estúpida assim. Sabe que tem meu primo na palma da mão. Parabéns, duquesa. Não demorou muito.

Aquele homem achava que ela tivera a intenção de seduzir Rhain? Para prendê-lo a ela?

— Estou ciente de que você nunca desejou ir para a casa destinada à duquesa viúva — acrescentou Pugh. — Quer permanecer aqui, e agora ele quer você. Posso ver muito bem para onde tudo isso está indo. — Ele assentiu, muito seguro de si.

E agora ele quer você.

Valencia viu o rosto de Rhain em sua mente, ouviu a voz dele.

Fique.

Como ela desejava estar com seu duque naquele momento...

— Então você me sequestrou... Para quê? Com que propósito?

Valencia engoliu em seco, sentindo a garganta absurdamente apertada. Pugh sem dúvida a queria fora do caminho. O medo retornou, subindo por sua garganta... Na verdade, um medo que nunca a deixara de todo, mas que agora a estrangulava. O que aquele homem faria com ela?

Ele riu.

— Não fique tão preocupada. Não vou matá-la. Não sou um vilão.

Valencia precisou se controlar para não argumentar que era exatamente aquilo que ele era.

Ele prosseguiu:

— Vou apenas pedir que deixe Londres... e não se envolva mais com o meu primo.

Valencia o examinou por algum tempo e disse a si mesma para simplesmente concordar com o que o homem queria. *Precisava* concordar com o que Pugh queria para que ele a libertasse. Mentir, se fosse preciso. Qualquer coisa para conseguir escapar dali.

Só que Valencia sabia que ele esperaria que ela cumprisse o combinado e realmente deixasse Londres, deixasse Rhain. E, de repente, teve certeza de que não queria fazer aquilo. Não queria se afastar dele. *Não conseguiria* fazer aquilo. Estava apaixonada e não iria desistir de Rhain. Não se ele também a quisesse.

Ela já havia tentado e fracassado no amor antes, mas daquela vez parecia diferente. Porque ela estava diferente. Rhain era diferente.

Era um homem bom, decente e bonito — por dentro e por fora —, e Valencia estava certa de que aquilo era verdade de uma forma que nunca estivera antes.

Já não era mais uma mocinha crédula. Agora, observava as pessoas com mais atenção. Ouvia o que a *própria* mente, seu coração e seu instinto lhe diziam... em vez de ouvir o que todos na sociedade estavam falando.

— É claro que você poderia me prometer isso e estar mentindo. — Dewey assentiu brevemente. — Não sou tolo.

Não. Ele não era. Era um canalha, mas não era tolo. Valencia estreitou os olhos e o encarou, examinando-o com cautela, preparando-se para o próximo movimento.

— Por isso, tomei precauções para obrigá-la a fazer o que estou pedindo — acrescentou Pugh.

Valencia balançou a cabeça.

— Não estou entendendo...

— Tildie.

— Tildie? — Ela franziu a testa. — O que tem ela? — Ele estava ameaçando fazer mal à camareira? — Se você encostar um dedo nela...

Pugh riu.

— Ah, eu não fiz qualquer mal a ela. Pelo contrário. Tildie gostou muito do que eu fiz com ela. Tildie gosta de mim. — Ele deu um sorriso estranhamente autodepreciativo e deu de ombros. — Tildie confia em mim, tanto que me confidencia coisas. Coisas muito interessantes.

Coisas.

— Que coisas? — perguntou Valencia, sentindo o medo retorcer suas entranhas mais uma vez.

— Coisas como o que aconteceu em um fim de semana festivo no campo, há um ano. Coisas como o fato de você e suas amigas terem assassinado seu marido.

Ela arfou. *Ele* havia enviado a carta.

Por causa de Tildie.

Todas as peças se encaixaram, então. Tildie vira o que aconteceu naquela noite. Ela sabia durante todo aquele tempo e nunca havia dito uma única palavra. A não ser para *ele*. A camareira havia contado a Dewey. Agora ele sabia. Dewey conhecia o segredo delas.

— Não foi isso que aconteceu — insistiu ela, pensando nas amigas tão queridas. — Não tivemos a intenção de matá-lo. Nós *não o matamos*. Foi um acidente...

Ele descartou a explicação com um gesto de mão.

— Ah, eu não me importo nem um pouco com o que aconteceu. Só sei que as autoridades ficariam muito interessadas em fazer justiça pelo assassinato de um duque.

Valencia sentiu um soluço brotar em seu peito e se instalar ali, pesado como uma pilha de tijolos. Ela se esforçou para respirar contra o peso esmagador.

Dewey a tinha em suas mãos. Não podia lutar contra ele. Não poderia arriscar. Não poderia arriscar as amigas.

Ele pareceu irritado e balançou a cabeça.

— Não podemos ter um grupo de assassinas convivendo com a aristocracia, não é mesmo? A alta sociedade não toleraria esse tipo de coisa. Presumo que assim que eu a liberar desse quarto, você vai voltar para casa e terminar de fazer as malas, então seguirá para Yorkshire.

Valencia balançou a cabeça, incapaz de dizer qualquer coisa, sentindo-se presa na armadilha dele, indefesa, derrotada.

O rangido de uma tábua do piso foi o primeiro alerta de que não estavam sozinhos.

Dewey se virou.

— Você estaria presumindo errado, primo.

— Rhain — falou Valencia em um arquejo.

Tildie ficou parada atrás dele por um momento antes de se adiantar correndo na direção de Valencia. Ela começou a soltar as cordas com rapidez que prendiam a patroa.

— Sinto muito, Vossa Graça. Por favor, me perdoe. Eu nunca quis lhe fazer mal.

Valencia mal prestou atenção à camareira ou à doce agonia que foi a sensação do sangue correndo de volta em seus pulsos. Seu olhar estava fixo em Rhain. Ele a examinou minuciosamente.

— Está ferida? — perguntou ele.

Ela balançou a cabeça, obstinada, sentindo uma onda de espanto e alívio percorrê-la.

— Ótimo. — Então Rhain acertou um soco no rosto do primo, e Valencia não conseguiu evitar sentir prazer ao ouvir o som do punho contra o osso.

Dewey caiu com força no chão, deixando escapar um uivo, com a mão sobre o nariz.

— Acha que vou querê-lo por perto a partir de agora? — perguntou Rhain em um tom surpreendentemente contido. — Esqueça a ideia de ser meu administrador. Esqueça todos os muitos sonhos que você teve de andar à minha sombra.

Dewey gritou com a mão em concha sobre o nariz.

— Muito bem! Vá em frente! Acha que não contarei a todos sobre sua bela duquesa? — gritou ele, com a voz transtornada. — *Todo mundo* vai saber que essa vadia e as amigas mataram o duque!

Rhain se abaixou e agarrou o homem no chão pela gravata. Ele torceu o tecido até o primo ofegar, sem ar, agarrando as mãos dele.

— Muito bem — falou Rhain, em um tom calmo que desmentia a fúria que Valencia sentia irradiar dele. — Conte. Conte a todos.

Ela balançou a cabeça enquanto se perguntava que jogo era aquele que Rhain estava jogando. Aquilo não era apenas sobre a vida dela. Havia também suas amigas. A jovem e adorável Delia com tantos anos pela frente. A gentil e generosa Maeve, com um marido amoroso e filhos que precisavam dela. A ardorosa e leal Ros, que ainda não havia descoberto o que queria da vida.

Rhain acrescentou:

— Saiba apenas que vou arruiná-lo. Vou destruir você. Acha que as portas estão fechadas para você agora, Dewey? Pois vou garantir que ninguém jamais o receba. Vou sujar tanto seu nome que ninguém em todo esse território, do País de Gales a Londres, aceitará você como contador. Você nunca vai conseguir trabalho. Nem amigos. Nem uma família amorosa. Vai morrer sozinho. Sem amigos. Pobre.

Dewey o encarava boquiaberto.

— Mas, primo... somos sangue do mesmo sangue, família — implorou.

— Você deveria ter pensado nisso antes de tentar mandar a mulher que eu amo para longe de mim.

Valencia arquejou. *Ele me ama?*

Ele me ama.

Rhain ainda sustentava o olhar aflito do primo.

— Só para deixar tudo bem claro. Você entendeu o que vai lhe acontecer se uma única palavra sobre aquela noite vier à tona, certo? Você vai esquecer tudo sobre esse assunto. Sobre ela. — Ele indicou Valencia com um aceno de cabeça. — Sobre mim. E eu, da minha parte, vou me esforçar para esquecer que você existe.

Dewey assentiu bruscamente.

— Eu entendi.

Tildie soltou a última corda que prendia Valencia, que na mesma hora jogou as pernas pelo lado da cama e plantou os pés com firmeza no chão. O sangue retornou aos seus membros como um ataque doloroso de agulhas afiadas. Ela deve ter deixado escapar algum som ou algo transpareceu em sua expressão.

De repente, Rhain estava ao seu lado. Ele passou um braço ao redor da cintura de Valencia e ajudou-a a se levantar. Sua expressão se tornou ameaçadora enquanto ele examinava a mandíbula inchada dela e tocava cuidadosamente a pele macia com as pontas dos dedos.

— Primo — falou Rhain, com a voz pesada, enquanto acariciava a pele inchada dela —, sugiro que saia da minha vista antes que eu coloque as mãos em você outra vez, arruiná-lo talvez não seja o bastante.

Dewey hesitou apenas um instante, olhando para todos no quarto com uma expressão sombria, antes de sair apressado.

Valencia encarou Rhain com um sorriso vacilante e cumprimentou-o sem jeito:

— Olá.

A confissão de amor dele ainda ecoava em sua mente.

Rhain fitou-a com um sorriso carinhoso.

— Olá, meu amor. Está pronta para ir para casa?

Casa. A casa dela era com ele, seu lar. Valencia deixou que aquilo adentrasse em seu íntimo e a acalmasse.

— Você veio atrás de mim. — A voz dela saiu embargada. Lágrimas arderam em seus olhos.

— Está tudo bem, querida. — Ele deu um beijo quase reverente em sua boca. — Eu iria atrás de você em qualquer lugar. Yorkshire. Londres. Aonde quer que você vá, quero estar sempre com você.

— Eu te amo — sussurrou Valencia. E, pela primeira vez na vida, estava sendo sincera.

Ela sabia o que significava amar e ser amada.

O sorriso de Rhain agora tinha um toque travesso.

— Isso significa que vai se tornar a duquesa de Dedham… de novo?

Epílogo

O amor romântico é efêmero.
É melhor encarar o casamento como uma transação de negócios.
— Hazel, a marquesa de Sutton

Um mês depois...

O casamento foi lindo.

Uma cerimônia pequena, somente familiares e amigos próximos. Reservado e circunspecto, mas não menos grandioso por isso. Afinal, o noivo era rico como Creso. Talvez o hoteleiro mais rico do país.

Após a cerimônia na igreja, todos se dirigiram a Harrowgate para um elaborado café da manhã nupcial na cobertura do hotel — óbvio!

As flores desabrochavam por toda parte, trazidas frescas das estufas da região. Limoeiros perfumados com folhas verdes cintilantes e cerosas cercavam a longa mesa forrada de linho, enquanto o sol se erguia para abençoar a ocasião. Nenhuma despesa havia sido poupada. O champanhe era servido à vontade em taças dispostas ao lado de travessas de lagostins e ostras, com tigelas de caviar e delicados suflês amanteigados que derretiam na língua.

Valencia gemia de satisfação enquanto comia alguns morangos cobertos com creme de leite e polvilhados com avelãs moídas.

— Isso resolve tudo — declarou ela acima da conversa animada ao redor, inclinando-se para Rhain, que estava a seu lado. — Vamos fazer nosso café da manhã de casamento aqui.

Rhain mergulhou a colher na tigela e provou a iguaria.

— Hum. Talvez possamos convencer o cozinheiro de Thorne a trabalhar para nós. Consegue se imaginar comendo assim em todas as refeições?

Valencia raspou o interior da tigela, ansiosa para saborear até o último pedaço.

— Temo que Jasper esteja disposto a ir ao campo de batalha por uma transgressão dessas.

Ela olhou para o belo casal sentado à cabeceira da mesa, em trajes nupciais. Eles cintilavam, e o amor transbordava de seus olhos enquanto olhavam um para o outro.

Rhain deu de ombros e sorriu.

— Talvez valesse a pena.

Valencia sorriu e limpou com carinho um pouco de creme da boca do homem com quem se casaria dali a exatos quatro meses.

Quatro meses interminavelmente longos.

Ela mal podia esperar.

Depois de anunciarem o noivado, Rhain havia se mudado para uma casa só para si do outro lado da cidade, a pedido da mãe, deixando Valencia na Casa Dedham com ela e as irmãs dele.

Era a coisa respeitável a se fazer, em especial porque Rhain tinha uma casa cheia de irmãs que — ainda — desejavam ser apresentadas à sociedade de maneira adequada. Não seria bom que o irmão criasse um escândalo, dormindo no quarto contíguo ao da futura esposa.

A felicidade de Valencia era avassaladora — e, era bem possível, contagiosa.

Ela e Rhain não eram os únicos que encaravam a perspectiva do casamento na família. Para a surpresa de todos, Del — ainda mais taciturna do que nunca — estava prestes a aceitar um pedido de casamento feito pelo segundo filho de um visconde, um camarada muito alegre e tagarela que louvava a espirituosidade da jovem e achava sua natureza espinhosa muito sedutora. Valencia não ficaria surpresa se todas as seis senhoritas Lloyd estivessem casadas ou noivas naquela mesma época no ano seguinte.

A preocupação com o decoro era válida, mas a mudança de Rhain foi um tremendo incômodo. Valencia já havia passado tempo o bastante vivendo sem o amor e a paixão que Rhain derramava com prazer sobre ela. Detestava cada noite passada longe dele.

Não era nenhuma donzela e se considerava velha demais para se conter. Rhain sentia o mesmo. Desde que ele se mudara para a própria casa, os dois viviam se esgueirando como um casal de amantes clandestinos — a não ser durante as duas semanas em que ele viajara para a casa no País de Gales para supervisionar seus negócios lá.

Aqueles quinze dias haviam sido um tormento. Na noite do retorno de Rhain, Valencia acordara com seus beijos ardentes. Ele havia entrado furtivamente no quarto dela — que o decoro e a ira da mãe dele se danassem, caso ela os descobrisse.

Valencia ansiava pelo dia em que poderiam acordar juntos, em que ela poderia estar com Rhain... em Londres, no País de Gales, ou onde quer que fosse, desde que estivessem juntos e tivessem seu próprio quarto. Um espaço que fosse deles e só deles.

Os dois haviam decidido dividir seu tempo entre Londres e Bryn Bychan. Desde a descoberta da perfídia de Dewey, não tinha havido qualquer conversa sobre encontrar outro administrador para representar Rhain. Ele aceitou o manto do ducado e todos os seus deveres e responsabilidades inerentes sem hesitar. Quanto a Dewey, ele partira para os Estados Unidos seguindo a sugestão *nada* gentil de Rhain. Valencia ficou aliviada e sentiu que respirava melhor sem a presença daquele homem em suas vidas.

Rhain encontrou a mão dela por baixo da mesa e entrelaçou os dedos dos dois intimamente. Então apertou a mão dela e aquele mero contato já fez uma onda de calor disparar pelo corpo de Valencia. Ele deve ter visto na expressão dela o efeito de seu toque, já que o castanho dos seus olhos se tornou mais profundo, deixando claro seu próprio desejo.

Sem pensar ou se importar com os convidados que os cercavam, ele deu um beijo rápido nos lábios dela e murmurou:

— Mal posso esperar pelo dia do *nosso* casamento.

Valencia compartilhava o sentimento e desejou, não pela primeira vez, que eles simplesmente tivessem fugido para se casar. Sentia o coração inflar no peito, ainda encantada por ter encontrado aquilo, por ter encontrado Rhain — um amor real. Um sentimento que não desapareceria nem recuaria diante das primeiras dificuldades. Ela sabia que os dois haviam encontrado aquilo juntos, assim como tinha certeza de que iria durar.

Valencia piscou para afastar as lágrimas súbitas e desviou o olhar, esforçando-se para manter a compostura. Naquele momento, seu olhar pousou no casal sentado do outro lado da mesa. Sua madrasta e seu pai.

O pai estava ocupado devorando a comida que havia em seu prato sem qualquer decoro, a gordura escorrendo pelo queixo, sem se dar ao trabalho de limpá-la com um guardanapo. Hazel mal havia tocado na comida.

Ela olhava para Valencia e Rhain com uma expressão enigmática e tensa. Quando Hazel percebeu que Valencia a pegara encarando-os, fixou um rápido sorriso no rosto e assentiu em cumprimento com uma alegria exagerada — mas não antes de Valencia ler a expressão em seus olhos e compreender do que se tratava. Tristeza.

Tristeza?

Valencia nunca vira Hazel com aquela aparência antes. A madrasta sempre parecia tão serena e, se não exatamente feliz, contente. Muito contente, até. Fora aquela expressão de satisfação que irritara Valencia muitas vezes.

Talvez eu nunca tenha olhado com atenção para ela antes.

Com aquele pensamento desconfortável em mente, Valencia olhou para Hazel. Olhou além das joias que a madrasta usava no pescoço, as que pertenceram à mãe, primeira esposa do marquês.

Ao olhar para a madrasta com atenção, talvez pela primeira vez — enquanto o coração transbordava de alegria e a mão entrelaçava de forma tranquilizadora com a de um homem decente, um homem que amava e que a amava —, Valencia viu algo de seu antigo eu na expressão dela. Viu a tristeza tão conhecida que costumava habitar seu íntimo.

Valencia reconheceu em Hazel a sombra de uma pessoa que ela já havia sido — e não gostou daquilo. Não gostou nem um pouco. Desejava o melhor para a madrasta. Qualquer mulher merecia coisa melhor. Qualquer mulher merecia o que Valencia havia encontrado. Um amor para o resto da vida.

Impressão e Acabamento:
GRÁFICA E EDITORA CRUZADO